AF493442

LA

COLONNE VENDOME

ROMAN HISTORIQUE

PAR THÉODORE LABOURIEU

PARIS

CHEZ C. VANIER, LIBRAIRE, 1, RUE DU PONT-DE-LODI, 1

PRÉFACE

Dès l'érection de la Colonne Vendôme, sa démolition avait été le rêve et le but de la Prusse. La France républicaine s'affranchissait à peine du joug des rois, que l'Allemagne, conduite par le despostime sournois des Hohenzollern, songeait déjà à humilier, sinon à terrasser, le Génie de notre Révolution.

Napoléon Ier eut un double tort vis-à-vis des souverains de l'Europe, ce fut de se réédifier un trône sur la gloire de sa Grande Armée, sortie des entrailles de la France plébéienne; d'oublier, au profit de son despostime, ce que rappelle la Colonne Vendôme : la France victorieuse tenant en respect l'Europe monarchique sous l'égide de sa Liberté.

Tous les despostimes sont condamnables, qu'ils soient monarchistes, impérialistes ou démocratiques.

La Colonne Vendôme, depuis sa glorieuse origine jusqu'à sa démolition passagère, prouve cet axiome que l'auteur de ce récit déduit de certains faits épisodiques, inédits et curieux. C'est l'histoire vraie et populaire des seuls architectes de la Colonne : le Citoyen et le Soldat.

Aussi la Colonne Vendôme, la Colonne de *la Grande Armée*, est-elle la couronne de fer de notre capitale. — Malheur à qui la touche !...

La commune de 1871, en s'associant à l'œuvre souterraine de la *mauvaise* Allemagne, en abattant ce que les émigrés eux-mêmes avaient laissé debout à la France de 89, la commune devait tomber à son tour.

Le Gouvernement de 1830 avait honoré encore le noble préjugé attaché au culte populaire de la Colonne de la Grande Armée. Aussi l'avait-il couronnée du véritable Napoléon de la France, du Petit Caporal en redingote. En remplaçant le Napoléon légendaire, si cher aux fils de la République, par un *Cesar imperator*, Napoléon III a brisé de ses mains sa plus précieuse Couronne ; il est tombé comme est tombée la commune, comme tomberont les Hohenzollern payant la commune, — c'est-à-dire la folie, l'incendie et le meurtre — pour effacer en un jour d'émeute tout un siècle de gloire.

L'Histoire de la Colonne Vendôme contient quatre périodes : celles de 1810, de 1814, de 1834 et 1871 : deux époques de gloire, deux époques de honte. Cette histoire démontre, par des faits intimes, inconnus, que le peuple français, trop souvent, hors de cause, n'aurait eu qu'à vouloir—s'il n'avait été égaré par le despotisme— pour rester le maître de ses destinées. Elle flétrit à la fois les intrigues d'en haut, et l'inepte férocité d'en bas: intrigues ou inepties toujours exploitées par cet ennemi cruel: le Prussien! ce vaincu haineux de 92 qui, depuis 1814 jusqu'en 1871, a médité toutes ses revanches; qui, récemment, s'est effacé derrière l'odieuse commune pour achever l'œuvre que n'avaient osé tenter les coalisés de 1814: l'absorption de l'Europe par l'anéantissement de la France.

La démolition de la Colonne Vendôme est un avertissement à la génération nouvelle. Elle indique clairement le but que poursuit depuis soixante ans la *mauvaise* Allemagne.

Ainsi le prouve l'auteur en faisant mouvoir, dans des scènes épisodiques, les divers personnages très-historiques, qui ont concouru soit à l'érection, soit à la dégradation de la Colonne Vendôme: monument impérissable, parce qu'il est aussi cher à la nation qu'il est un épouvantail à l'Etranger, parce que, quiconque le touche, touche à l'honneur de la France.

L'ÉDITEUR

LA

COLONNE VENDOME

CHAPITRE PREMIER

LA PLACE VENDÔME EN 1792

En 1792, la place Vendôme était ce qu'elle est aujourd'hui : une ruine anticipée, un désastre de sa première splendeur.

La terreur de 93 en avait fait ce qu'en a fait la terreur à *nouveau* de 1871.

Comme aujourd'hui, la place Vendôme débaptisée — elle s'appelait la *Place des Piques*, — ne présentait à l'esprit et aux yeux attristés des citoyens qu'un amas de ruines.

Une première fois, on l'avait décapitée : la statue équestre de Louis XIV gisait sur le sol, renversée par la foudre révolutionnaire.

Ainsi la tradition des jacobins s'est perpétuée par nos petits-neveux de la commune : le nouveau trophée de notre illustration militaire jonche encore le pavé de la place Vendôme, souillée par la plus ignominieuse de toutes les catastrophes populaires !

Même ineptie, même ignorance, plus grande férocité ont essayé d'anéantir aux dépens de la gloire nationale, ce qu'avaient détruit des mêmes forcenés, en haine de la gloire monarchique.

Le 29 août 1792, à neuf heures du soir, la place Vendôme, ou plutôt la place des Piques, était cernée par le peuple en armes.

On attendait les ordres des chefs de la commune pour s'emparer, dans leurs riches hôtels, des suspects qui n'avaient eu ni le temps, ni la volonté d'émigrer.

Parmi les nombreux patriotes qui encombraient et cernaient la place, deux sentinelles causaient à voix basse, tout en paraissant surveiller les abords de la statue renversée.

Ces individus, à peine agés de vingt ans, avaient des allures aussi sinistres que grotesques.

Le plus petit portait une casquette de loutre historiée d'une cocarde. Sa figure était en partie cachée par le poil de sa coiffure patriotique. Ses traits, d'une expression sournoise, juraient avec son attitude martiale et tout son acoutrement de sans-culotte.

Cet être rachitique brandissait avec peine un sabre qui dépassait presque la hauteur de ses membres tourmentés et débiles ; il causait avec un grand diable armé d'une pique, orné d'un bonnet rouge.

— Citoyen Caracalla !—dit le plus petit au plus grand, — tu sais pourquoi la commune nous a octroyé ce soir nos quarante sous ?

— Oui, citoyen Brutus, lui répondit l'homme à la pique — pour avoir l'œil sur les ci-devants qui veulent aller à Coblentz y faire faire un plongeon à la République une et indivisible.

— C'est cela ! Mais tu dois comprendre, Caracalla, ajouta le petit homme en tournoyant la lame de son sabre sur le pavé ; tu dois comprendre que ce n'est pas uniquement pour la bagatelle des quarante sous de la commune que je me suis fait, moi, le chef de la brigade de la section des Cordeliers ?

—Explique-toi, demanda l'homme à la pique, se rapprochant de l'homme au sabre.

— Certes, j'aime la Patrie —, ajouta l'homme au sabre — j'adore la République, le civisme est une belle chose, mais les biens des ci-devants ne sont pas non plus à dédaigner ! On peut détester les aristocrates ; leur fortune, c'est une autre affaire

—Comment ! tu en veux aussi aux biens de nos anciens maîtres ?

— C'est nous qui sommes les maîtres, ne l'oublie pas si tu tiens à conserver ta coloquinte sur tes épaules.

Et le petit homme regarda singulièrement le grand diable, dont il voulait faire un complice débonnaire.

— La preuve que nous sommes les maîtres, ajouta Brutus, c'est que nous tenons captifs, au nom de la commune, les marquis de Vaudeuil, dont hier nous étions les très-humbles valets.

— Où veux-tu en venir?

— A te faire surveiller de près ces aristocrates. Tu vois cette lumière là-bas?

Brutus indiqua à Caracalla une lueur indécise éclairant à peine une des grandes fenêtres du dernier hôtel de la place, dans la direction des anciens remparts.

— Oui, répondit Caracalla.

— Te rappelles-tu la pièce qu'elle éclaire?

— La chambre à coucher de la ci-devant.

— Précisément: celle de l'ancienne maîtresse du père du jeune ci-devant, aujourd'hui arrêté et transféré à l'Abbaye, continua Brutus.

— L'ancienne maîtresse du vieux marquis tué au 10 août en défendant le.... roi, répéta très-bas Caracalla.

— Voilà encore un mot de trop — répliqua le petit Brutus; — tout roi est un tyran, ne l'oublie pas. Mais je n'ai pas de préjugés, et ne t'en voudrai pas de ta tiédeur civique quand tu m'auras aidé à avoir raison de celle qui se meurt là-bas. Pauvre femme! qui a l'aplomb de se faire appeler marquise de Vaudeuil, au moment où la graine d'aristocrate ne prend plus sur le sol de la Patrie.

— Jusqu'à présent, je ne vois pas grande difficulté à t'aider — répliqua Caracalla — puisque nous serons soutenus par les citoyens qui nous entourent.

— Benet! tu crois donc que la République n'a que des amis? Vois-tu, Caracalla, fit Brutus en se rapprochant de l'homme à la pique, en lui parlant plus bas encore : il y a contre la république deux sortes de gens; les gens qui sont républicains pour ne pas faire un dernier salut dans le panier de M. Sanson, et les gens qui sont payés à la fois par les hommes de Coblentz et par les patriotes de la commune. Notre ami Comtois est de ces gens-là?

— Comtois, le cocher?

— Oui, Comtois, qui est au chevet de la Vaudeuil, prêt à nous ouvrir la porte pour le quart d'heure, tout en préparant à l'Abbaye la fuite du jeune Vaudeuil.

—C'est un malin! fit Caracalla en réfléchissant, les mains appuyées sur sa pique; oui, c'est un malin que Comtois!

— Et c'est donc pour me garder à carreau contre le cocher — réplique Brutus à Caracalla, que je t'avertis de sa traîtrise; s'il n'est pas, plus tard, très-raisonnable envers les patriotes, je te prends un jour à témoin contre lui au tribunal révolutionnaire.

— Tiens, pas bête! fit Caracalla, qui commençait à comprendre Brutus.

— Ainsi tu m'as deviné dit ce dernier, relevant la lame de son sabre, et prêt à prendre congé de l'homme à la pique. — Au premier signal tu me suivras à l'hôtel des Vaudeuil...

Ah! ça! qu'est-ce qui se passe là-bas? Est-ce déjà l'ordre de donner un bonsoir définitif aux ennemis de la Nation?

Ces soldats, domestiques infidèles, convoitant, sous un faux zèle patriotique, les biens de leurs maîtres, venaient en effet d'être interrompus par un grand bruit qui s'était élevé autour de la place.

Une foule nouvelle, venue des remparts, rompait la haie des soldats.

Les hommes composant cette foule étaient coiffés pour la plupart de grands chapeaux rabattus; ils paraissaient appartenir à la classe des charbonniers et des déchargeurs; ils avaient à leur tête trois gaillards armés de bâtons.

A leur approche, les piques furent en arrêts, — les fusils en joue. Ils formèrent une ligne de fer devant laquelle se plantèrent Brutus et Caracalla.

— Citoyens! cria Brutus, après avoir reconnu la bande de déchargeurs, qui passait pour royaliste, — Citoyens! feu sur les Feuillants s'ils ne disent pourquoi ils viennent inquiéter de vrais amis de la nation.

— Si tu commandes le feu — lui répondit la voix

formidable d'un des jeunes gens courant à Brutus, — je t'accroche à la première lanterne pour te faire voir clair dans les décrets de la Convention.

— Tiens! exclama Brutus, reconnaissant celui qui l'apostrophait — c'est le citoyen Keller! le fils de l'intendant du ci-devant de Vaudeuil! Est-ce que tu viens avec tes lurons pour sauver l'aristocrate? Vous êtes donc las, tous trois, de garder votre tête sur les épaules! Çà, parlez! et baissez un peu votre bâton pour voir.

— A mort!... A mort, les modérés! A mort les royalistes! répétèrent les nombreux soldats-citoyens, derrière Brutus et Caracalla, rivalisant avec la morgue de l'un et le courage très-problématique de l'autre.

Ceux qui paraissaient les chefs de la bande des déchargeurs ne bronchèrent pas plus aux paroles ironiques de Brutus, qu'aux menaces de mort des seïdes du sans-culotte.

Le premier des trois qui avait apostrophé directement Brutus avait une physionomie franche et ouverte, elle contrastait avec les visages farouches des sans-culottes.

A peine âgé de dix-huit ans, ce jeune homme était de haute taille. Il paraissait d'une force peu commune, il portait une veste grise à boutons de métal, un pantalon de velours gris serré à la taille par une ceinture de laine rouge; d'énormes boucles d'oreilles descendaient de chaque côté de son visage. Il avait l'allure et le costume des lurons de barrières.

Les deux compagnons qui l'accompagnaient se distinguaient aussi par un costume très-pittoresque: l'un portait l'habit des anciens postillons à la royale. Un balancement continuel faisait osciller tout son corps. Il brandissait son bâton comme s'il tenait encore le manche de son fouet à triple nœuds. De chaque côté de sa figure bouffie s'étalaient aussi de larges boucles d'oreilles descendant sur le collet rouge de sa veste à galons. L'autre, plus élancé que ses camarades, n'avait pas de boucles d'oreilles. Il avait les traits aquilins, une physionomie aristocratique rehaussée par un costume sévère. Il portait des bottes à revers. A l'exemple de ses compagnons, il avait un bâton à la main, mais plus élégamment façonné. Des manchettes descendaient sur ses mains blanches, fines, nerveuses comme sa physionomie, dont l'extrême jeunesse n'avait pas caractérisé encore toute l'énergie instinctive.

La première altercation du luron avec le rachitique Brutus avait d'autant plus intimidé ce dernier, que les trois compagnons étaient soutenus par des gaillards de sa corpulence.

Les sans-culottes placés derrière Brutus et Caracalla avaient des allures agressives; mais elles ne répondaient que médiocrement à leurs forces épuisées par des libations continuelles ou des enthousiasmes factices.

— Voyons, reprit Brutus jugeant prudent de parlementer avec le chef des lurons — ce n'est pas tout ça, pour venir troubler de bons patriotes dans l'exercice de leurs fonctions, tu dois avoir un ordre?

— Oui, moi et les amis que je te présente: Fanferlot, dit le *postillon aimable* et Bluckmann, *la mort des cœurs*. Voilà l'ordre d'arrêter au nom de la Loi, les ci-devant que vous êtes chargés de surveiller.

Le luron qui avait répondu au nom de Keller, tira de sa poche un papier qu'il montra aux deux sentinelles.

Brutus savait lire à peine, il fut longtemps avant de déchiffrer la signature du Maire de Paris.

Enfin après l'avoir lu, relu cet ordre signé Pethion, après l'avoir donné à commenter à Caracalla Brutus se gratta le front, et s'écria:

— C'est en règle! Mais moi aussi je suis en règle pour la même arrestation. Moi aussi j'ai mon ordre, signé de l'officier municipal, d'un membre de la commune, du citoyen Maillard?

— Oui, répondit Keller, mais mon ordre signé du Maire de Paris annule le tien signé d'un officier municipal. C'est clair! Pas vrai? ajouta le Luron se tournant vers Bluckmann et Fanferlot qui encouragèrent la foule à soutenir leur compagnon.

— Oui, c'est clair! s'empressèrent de crier les déchargeurs.

— Est-ce aussi votre avis, vous autres? demanda Brutus en interrogeant les sans-culottes.

— Non! Non! Mort aux modérés! exclamèrent les soldats de la commune qui brandirent leur armes et hurlèrent avec furie.

— Vous voyez, mes agneaux,—reprit Brutus, encouragé par ces démonstrations; — les avis sont partagés, donc je reste à mon poste.

— Il faudrait pour cela, atôme! s'écria le postillon, que tu pusses rester en place, toi et ton grand sabre. Prends garde, il va te faire faire la bascule. Donne-le moi, histoire de ne pas te fatiguer, mon bijou!

— A un Feuillant! hurla Brutus, en s'avançant contre le postillon. — A un Feuillant, jamais!

— Alors, répliqua Bluckmann, qui jugea prudent de s'interposer entre son ami le sans-culotte — puisque les pouvoirs sont partagés; qu'à l'exemple des Romains de l'antiquité, auxquels Finet a emprunté le nom, que le sort en décide. Ainsi, ajouta-t-il en faisant un signe mystérieux à Keller — tu refuses de faire honneur à la signature du citoyen Maire?

— Oui.

—Alors, ce sera la raison du plus fort, toujours pour imiter les Romains... de l'antiquité.

— Oui! oui! s'empressa d'appuyer le citoyen Caracalla, heureux d'échapp er ax dangers d'une rixe générale. — Oui, que le sort en décide!

— Vous entendez, répliqua Fanferlot, prenant à temoin Caracalla, à qui Brutus lança des regards furibonds. — Au vainqueur la palme! allez! roulez!

Le postillon frappa dans ses mains pendant que Keller et Brutus se mettaient en garde, et que Bluckmann se servait de sa canne pour élargir le cercle des combattants.

Déjà Keller avait retroussé ses manches, la jambe droite en avant, la main fermée contre sa poitrine, et très-intimidé de la tournure qu'avait prise cette altercation.

— Mon chéri! — cria Keller au sans-culotte — je ne veux pas ta mort. Comme il faudrait une dizaine de Brutus de ton genre pour faire broncher un luron de mon espèce, je ne me servira contre toi que de la jambe et de la main droite Ça y est-il, mon sans-culotte? Et, pour ne pas te nuire auprès des belles, je défends la tête. Y es-tu, trésor du Peuple?

J'y suis, mon ami des rois, lui cria Brutus, qui, très-heureux de ces conditions nouvelles, les dents serrées, les poings crispés, bondit sur le colosse pour ne pas lui laisser le temps de se reconnaitre.

Le sans-culotte se heurta contre un corps aussi solide qu'un mur d'airain.

D'un revers de main, Keller envoya Brutus rouler de tout son long sur le pavé, tandis que le postillon cria à la foule:

— Allez! enlevez! Le ruisseau est propre: Brutus l'a nettoyé!

Au moment où Fanferlot faisait entendre ces paroles, Brutus profitait du moment où il était renversé pour tirer un poignard de sa veste et chercher au même instant à en frapper son vainqueur.

Mais Keller aperçut le poignard, il comprit le mouvement du traître. Il revint sur lui, lui arracha d'une main son arme, et, de l'autre, lui asséna sur l'œil gauche un vigoureux coup de poing.

— Cela t'apprendra à être loyal, lui cria-t-il. Je te réponds que demain, mon Brutus, tu auras l'œil aussi noir que si tu te l'étais frotté aux bottes cirées à l'œuf de mon ami Bluckmann.

Le sans-culotte poussa un rugissement auquel sembla répondre un roulement de tambour.

Cette fois, une compagnie de volontaires, avec vivandière en tête, débouchait du haut de la place; elle était précédée d'un commissaire, le panache tricolore au chapeau, l'écharpe à la ceinture; celui-ci montait un superbe cheval blanc qu'il faisait caracoller pour écarter la foule entourant Brutus terrasé, Keller triomphant,

— Qui a l'ordre de me conduire au domicile des suspects? cria-t-il.

— Moi, citoyen commissaire — répondit vivement Keller, laissant Brutus entre les mains de Fanferlot et de Bluckmann.

Le luron agita son papier, signé Péthion.

—C'est en règle, fit l'officier municipal après lui avoir pris le papier, l'avoir lu, puis rendu à Keller; tambours, battez la marche; toi, citoyen, va devant nous.

—Pardon, mon commissaire—continua Keller sans bouger; mais nous sommes trois qui avons le même ordre, moi et ces deux citoyens. Il désigna Fanferlot et Bluckmann, qui retenaient toujours Brutus derrière eux.

— Tant mieux, ajouta l'officier municipal, il

Trois hommes dans la rue Neuve-des-Petits-Champs se dirigeaient vers la boutique de la mercière.

n'y a jamais trop de citoyens pour traquer les chiens d'aristocrates, marchez trois devant, et vive la nation !

— Vive la nation ! cria la foule, ébranlée par la défaite et la traîtrise de Brutus.

Au moment où déchargeurs et sans-culotte s'apprêtaient à suivre le commissaire, les soldats et lurons, la vivandière venait de se détacher des volontaires qu'elle avait d'abord accompagnés.

Elle s'était rapproché de Brutus, la main sur son œil et pestant contre ses vainqueurs.

— Brutus, lui dit celle-ci, tu n'es pas encore terrassé ; tu peux déjouer les lurons qui nous ont devancés, en trompant déjà la République.

Le petit homme se redressa comme une vipère blessée, qui espère encore mordre et empoisonner.

— Cydalise ! exclama le sans-culotte, avec joie — est-ce que tu viens, toi, de la part de Comtois ?

— Oui — fit la vivandière, jeune fille de seize ans, d'une rare beauté, mais dont les traits secs, les regards durs, trahissaient une âme cruelle ; — oui, pour te dire que Keller et ses amis ne sont pas encore les maîtres de notre destinée. Tu connais, n'est-ce pas la boutique de la Doucet ?

— La boutique de la mercière de la rue Neuve-des-Petits-Champs, derrière l'hotel de Vaudeuil ? interrogea le sans-culotte.

— Précisément, c'est par là que vous traquerez le père de Keller, s'il parvient à nous soustraire les papiers et les titres que nous voulons pour nous, si la République vit, pour le jeune ci-devant, si la République meurt.

Et la vivandière, comme si elle eût craint d'en avoir trop dit, s'éloigna de Brutus, pour rejoindre les soldats aux abords de l'hôtel de Vaudeuil.

Brutus, à ces paroles, avait repris toute son énergie. Sa convoitise était excitée par la vengeance. Il courut à Caracalla qui, appuyé sur sa pique, restait en faction, pour ne pas s'exposer à une nouvelle et dangereuse rencontre.

— Viens, Caracalla — lui cria Brutus, une main sur une partie de son visage entamé — viens derrière l'hôtel du marquis. Si le luron ne m'a laissé qu'un œil, il est bon et il me suffit pour y voir plus clair qu'il ne pense.

— Mais je suis en faction, je me dois à la Patrie, objecta Caracalla qui redoutait les horions.

— La Patrie ! C'est très-beau ! On la respecte !... Mais la fortune, c'est plus respectable et plus séduisant encore... Suis-moi.

Caracalla, autant par cupidité que parce qu'il subissait toujours le pouvoir du petit homme, le suivit, sans quitter sa pique.

Ces gens-là qui se mouvaient sous les exigences de la nation transformés étaient tous les anciens serviteurs de la maison de Vaudeuil. Les uns, comme Keller et ses amis, défendaient contre la République, les droits de cette noble famille ; les autres, au nom de la République, ne visaient qu'au vol et au pillage. Étrange contradiction du droit commun, en désaccord avec l'intérêt privé ! singulière situation faite aux honnêtes gens par des bandits armés au nom du droit : situation anormale qui ne se retrouve qu'en ces temps de calamités publiques !

Hier encore, cette situation était la même, à cette place Vendôme où la colonne brisée de Napoléon Ier avait remplacé la statue mutilée de Louis XIV, par des soldats de la Commune, bénéficiant, au nom de la liberté, des mêmes licences, des mêmes hontes et des mêmes rapines !

CHAPITRE II

LA MERCIÈRE DE LA RUE NEUVE-DES-PETITS-CHAMPS

En 1792, la boutique de mercerie de Marie Doucet, boutique qui faisait l'angle de la rue Neuve-des-Petits-Champs, était encore très achalandée. La mode est une despote, elle exerce son empire sous tous les régimes. La beauté, qu'elle soit en carmagnole ou en paniers, aura toujours les mêmes adorateurs.

Marie Doucet, la mercière de la rue Neuve-des-Petits-Champs, comptait seize ans à peine. La beauté de cette jeune fille, brune de cheveux, et au tempérament robuste, s'arrangeait merveilleusement des modes actuelles dont elle était l'oracle. Dans sa boutique, les bonnets Phrygiens, les coiffures tricolores, les cornettes vertes, les fichus rouges, encadraient à ravir sa figure, au profil grec.

Depuis la révolution, la mère de Marie Doucet, déjà vieille, ne descendait plus au comptoir. Ancienne suivante des marquis de Vaudeuil, la mère de Marie avait obtenu de ses maîtres, en raison de ses longs services, un fonds de mercerie à l'hôtel qu'elle avait servi pendant plus de trente ans.

Sous la révolution, la fille avait remplacé la mère dans son commerce, et avait substitué à son enseigne du *Panier galant*, l'enseigne plus patriotique des : *Couleurs de la nation.*

Dès sa tendre enfance, Marie Doucet avait été fiancée au fils de Keller. C'était un mariage projeté depuis longtemps entre la veuve Doucet et le vieux Keller.

Les terribles événements qui venaient de surgir, sans détruire les projets des vieux serviteurs, en avaient un peu changé le cours.

En ce moment, la mère de Marie Doucet et le père de Keller ne songeaient qu'au salut de leurs maîtres, tandis que les Brutus et les Comtois ne pensaient qu'à les trahir, à profiter de leurs malheurs.

Naturellement, les enfants des honnêtes serviteurs de Vaudeuil, sans se préoccuper des devoirs de la Patrie, des droits de la République, s'étaient associés au dévouement de leurs parents.

De même que le fils de Keller voyait son civisme suspecté par des intéressés, la fille de Marie Doucet était en lutte aux suspicions des patriotes exaltés.

Ces derniers, instruits par les mauvais serviteurs des Vaudeuil, prétendaient que sous le sol de la boutique existaient des issues souterraines conduisant au rempart et s'étendant jusque sous la place Vendôme. Les patriotes disaient que Marie Doucet ne jouait son rôle de républicaine que pour tromper la nation; qu'elle n'attendait que le moment des visites domiciliaires, pour faire échapper sous les souterrains de sa boutique la marquise de Vaudeuil et sa fille.

Le vrai de tout cela, c'est que le 29 août, pendant que Brutus, soudoyé par Comtois, attendait l'instant de pénétrer chez la marquise, le père de Keller veillait au chevet de la marquise mourante, et faisait obtenir à son fils un ordre du Maire de Paris pour défendre sa maîtresse contre ses ennemis.

La famille du marquis de Vaudeuil était très divisée; madame de Vaudeuil, dont le mariage n'avait pu être validé, par suite des terribles événements de la révolution, n'avait pas de plus terrible ennemi que le fils du marquis, issu d'un premier mariage.

Comtois, à l'hôtel de Vaudeuil, surveillait avec le vieux Keller, ce qui se passait tant à l'extérieur qu'à l'intérieur, il escomptait à son profit les événements qui gravitaient autour de cette malheureuse famille.

C'était pour empêcher Brutus et Caracalla de faciliter les menées de Comtois que le fils Keller et ses amis, au nom de la République, étaient venus attaquer les sans-culotte.

Au moment où, sur la place Vendôme, Keller et ses amis se dirigeaient avec l'officier commissaire vers l'hôtel de Vaudeuil, trois hommes, dans la rue Neuve-des-Petits-Champs, s'avançaient vers la boutique de la Mercière.

Le premier, sous le costume de volontaire, le second, sous l'habit civil, étaient conduits par un tout petit homme, presque un enfant dont le dos était caché sous un tambour lui servant pour ainsi dire de carapace.

C'était le tambour de la gendarmerie nationale; il avait un costume de fantaisie, dont la coquetterie était en accord avec le patriotisme: il avait la veste bleue, le baudrier jaune, le gilet rouge où dans l'échancrure, on apercevait une chemise à jabot sur les plis duquel on pouvait lire ces mots en lettres brodées: *Mon cœur à la nation.*

Les traits de cet enfant étaient d'une vivacité peu commune, ils exprimaient la sensibilité mêlée à un grand fond d'énergie et de malice.

Le volontaire était un homme de vingt-cinq ans, très-brun, à la peau mordorée; il avait cette physionomie correcte et un peu abrupte, des gens du Midi; elle exprimait l'urbanité jointe au courage. Le bourgeois, c'est-à-dire le troisième individu, avait une attitude tranquille qui contrastait avec les allures turbulentes et décidées des deux autres. Il portait une longue redingote grise, un tricorne toujours prêt à s'en aller au diable; sa physionomie, un peu égarée, ne manquait ni d'intelligence, ni de finesse. Il paraissait possédé d'une distraction poussée aux dernières limites, il était toujours à vingt pas de ses compagnons, soit en avant soit en arrière; aussi le volontaire impatienté, cria-t-il, à la fin, au distrait dans un accent marseillais très-prononcé :

— Eh! l'artiste? Est-ce qué tu vas longtemps déserter nos rangs. Pécaïre? si tu ne me touches pas les coudes, zé vai té donner une accolade peu fraternelle; qué zé té le dis, qué zé té le jure, bagasse!

— Laisse-le, répliqua le petit tambour, se rapprochant du Marseillais. L'artiste n'est après tout qu'un embarras. Tu l'as vu à l'Abbaye!

— Belle besogne, bagasse, que nous avons faite là, troun de l'air! répliqua le soldat en se baissant vers le tambour. Nous, des soldats de la

République, faire évader un Vaudeuil, un aristocrate. Qué ? Belle besogne !

— N'était-ce pas la volonté de Keller !

— Autrement mon Pichoün, fit le Marseillais, sans plus remarquer l'artiste, autrement ze n'eusse tendu la corde avec toi pour faire sauver un parpaillou dont les pères nous auraient fait pendre ! Mais bagasse, on ne peut rien refuser à Keller ! Quel luron, qué ? Toute ma vie je me rappelerai le coup de poing enchanteur qu'il m'a envoyé à la Courtille. Et zé le dis, et zé le jure ; c'est entre nous à la vie à la mort.

— Donc, reprit le petit tambour, c'est encore pour lui que nous allons sauver, chez la Doucet, chez la fiancée de notre ami, un défenseur du marquis.

— Encore un aristocrate ?

— Conséquemment !

— Bagasse ! Cé n'est pourtant pas pour la chose de défendre les amis de Verdun, qué je me suis engagé à Marseille ; vingt-mille millions de bagasse ! Zé demande à retourner à la Cannebière, moi.

— Cette fois, continua froidement le tambour, c'est pour sauver le père de Keller.

— C'est différent ! Pourtant z'aimerais mieux, mon Pichoun, sauver la République que ses ennemis que vous me donnez tous à protézer, qué !

Le tambour et le Marseillais en étaient là de leur entretien, lorsqu'ils rejoignirent l'artiste qui, la main sous le menton, le chapeau en arrière, observait avec une attention admirative la boutique de la mercière.

Cette boutique avait conservé l'élégante configuration de l'époque de Louis XV, elle était faite pour plaire à un amoureux de la forme, comme le compagnon de ces soldats ; l'artiste absorbait son attention dans cette galante devanture où s'étalait, par un contraste insolent, des bonnets à la patriote, des gilets à la Marat, des cravates aux couleurs nationales.

C'était ce constraste qui avait séduit l'artiste. Dans sa contemplation, il n'avait pas senti jusqu'aux coups de coudes de ses compagnons.

— Pécaire ! lui cria le Marseillais, quand tu resteras là, planté comme une grue, té ?

— Cette boutique ne manque pas de charme ! se dit l'artiste sans se préoccuper des horions de ses camarades, décidément nos confrères de l'ancien régime ne manquaient pas de talent. Ils possédaient, malgré le mauvais goût de l'époque, l'amour de la ligne et le respect des belles formes.

— Qu'est-ce qué tu nous santes là, Aristide ! fit le Marseillais, en haussant les épaules, — avec tes formes ! avec tes lignes ? Est-ce qué tu vas à présent te pâmer sur une devanture de boutique comme tu l'as fait, cette nuit, à une porte de prison, au risque de nous faire couper le cou, té ?

— Ecoute donc, Marseillais, j'étais là, en face d'une porte romane du plus beau style, une porte exempte des écarts du gothique fleuri. Çà ne se rencontre pas souvent, les amours !

— Etait-ce une raison bagasse ! pour manger la consigne, quand nous te tendions la corde afin de sauver un homme dont la reprise nous eut fait guillotiner ! Merci ! bagasse, zé ne possède pas tant qué ça l'amour des vieilles portes, ni des devantures, moi.

— Voulez-vous que je vous dise, Marseillais, vous êtes un sauvage, mon ami.

— Et toi, un fou !

— Assez causé ! s'écria le tambour, s'interposant entre le volontaire et l'artiste, nous ne sommes pas ici pour discuter des goûts et des couleurs.

— C'est juste, Kasa, répliqua le Marseillais, qui prit la position militaire.

Le tambour désigné sous le nom de Kasa, continua au Marseillais :

— Toi, Rabasson, tu vas aller prévenir les volontaires de la section, pendant que je monterai la garde à cette boutique ; et au premier roulement de ma peau d'âne, tu accourras avec ta recrue.

— C'est entendu, bagasse, quoique j'aimerais mieux que ta peau d'âne m'appelât à Verdun contre les ennemis de la nation, répliqua le Marseillais désigné sous le nom de Rabasson.

Puis Kasa frappa sur l'épaule de l'artiste qui contemplait toujours la boutique.

— Et toi, Aristide, tu vas entrer là-dedans pour guetter le père de notre ami, pour lui dire tout ce que nous avons fait en faveur du fils de son ancien maître. Ne flâne pas surtout. Il n'y a pas un instant à perdre ; car la commune ne lambine guère dans ses poursuites contre les ci-devants. Chacun à son poste, et bonne chance.

— C'est égal ! soupira l'artiste, une main sur le loquet de la porte, pendant que Kasa filait le long de la boutique, et que Rabasson détournait l'angle de la rue—j'aimerais mieux être au temps où j'étudiais le dessin à l'académie de Saint-Luc, sous le patronnage des ci-devants que l'on nous donne à sauver ! Quel temps, que ce temps de liberté où chacun s'arrête et s'emprisonne ; où l'égalité la plus manifeste est celle de l'échafaud, où la fraternité s'accuse sur cette devise singulièrement républicaine : Fraternité ou la mort !

Par ces paroles, par les aller et vennes de ces nouveaux personnages, on voit qu'ils étaient encore des affiliés aux lurons.

Ces auxiliaires continuaient, au profit du père du jeune homme, ce que celui-ci entreprenait avec ses fidèles compagnons dans l'intérieur de l'hôtel, envahi par des hommes de la commune, porteurs d'un ordre identique à celui de Keller,

Au moment où Aristide s'apprêtait à pénétrer chez la mercière, une scène non moins mystérieuse se passait dans l'intérieur de son établissement.

Un homme, un vieillard, porteur d'un coffret, sortit précipitamment de l'arrière-boutique, les traits altérés par la plus vive agitation.

— Marie ! — s'écria le vieillard à la jeune fille, placée à son comptoir, et qui semblait l'attendre, Marie, madame la marquise est morte au moment où ces misérables républicains ont pénétré chez elle. Mon fils et ses amis ne sont arrivés que pour protéger la morte contre des perquisitions sacriléges.

— Pauvre marquise ! s'écria la jeune fille avec une douleur mêlée d'effroi ; elle n'aura connu de la grandeur que les tracas et le martyre.

— J'ai pu du moins sauver son enfant, sa chère fille.

— Où est-elle ?

— En haut, chez ta mère.

— Merci, Monsieur Keller, d'avoir songé à nous pour nous faire partager vos dangers.

— Et tu n'es pas au bout, ma fille, — reprit le vieillard en soupirant.—Il faut que tu me caches, que tu m'aides à mettre en sûreté cette cassette ; elle contient les titres légitimant l'union le la marquise de Vaudeuil. Oh ! Je connais mes ennemis. Il vont me poursuivre jusqu'ici ! Comtois qui veillait avec moi au chevet de la marquise pour la perdre, Comtois m'a bien laissé partir de l'hôtel avec l'enfant et la cassette, mais parce que j'étais rejoint par mon fils, parce qu'il n'ose ostensiblement me défier. La fortune est changeante, Comtois ne tient pas plus à se mettre mal avec les républicains, qu'avec la noblesse. Aussi, je l'ai deviné, au regard qu'il m'a lancé quand je suis parti : il a sous la main des agents pour me traquer, pour me voler ce que j'ai sauvé d'abord. Si, chez toi, les gens que mon fils a prévenus, ne viennent me seconder, l'enfant que j'ai porté à ta mère est perdu ! vous êtes tous perdus avec moi !

Le vieillard avait prononcé ces paroles en proie à une vive inquiétude. Sans doute, le père de Keller faisait allusion au drame qui venait de se passer, lorsque son fils et ses amis avaient accompagné l'officier municipal chez la marquise de Vaudeuil, morte sur le coup de cette épouvantable perquisition.

— Eh bien ! répliqua Marie, courageuse fille qui, après avoir refoulé sa douleur, fit appel à toute son énergie. Eh bien ! Monsieur Keller, n'est-ce pas le moment ou jamais de faire jouer la trappe ?

— Oui, répliqua le vieillard qui connaissait cette issue et désirait en profiter. Mais avant de gagner les caveaux des Capucines, — il désigna du doigt la place du plancher au bas du comptoir, — il faut que je sache si le fils de mon ancien maître est sauvé à son tour.

— A quoi bon ! répliqua Marie Doucet, avec impatience, celui-là n'a-t-il pas été l'ennemi de la marquise; ne sera-t-il pas le persécuteur de son enfant ? n'est-ce pas pour lui nuire, conjointement avec Comtois, que le fils du Marquis est sorti des prisons de l'Abbaye ?

— N'importe ! fit le vieux Keller qui poussait la fidélité jusqu'aux dernières limites du devoir. N'importe, le fils du marquis est mon maître.

Il n'avait pas achevé ces paroles que la porte s'ouvrit; Aristide parut.

A la vue de l'artiste que le vieux Keller reconnut sur-le-champ, le vieillard lui cria :

— Monsieur de Vaudeuil est-il sauvé ?

Aristide lui répondit, après avoir vivement refermé la porte :

— Oui, et il doit être à cette heure, sur la route de Verdun, nous l'avons fait échapper, moi et deux soldats, de faction à l'Abbaye. C'est moi qui ai tenu la corde à la fenêtre de la prison, c'est moi qui étais de garde à la porte. Ah ! quelle belle porte, du pur roman ! Un moment, pour admirer ses arrètes, j'ai failli oublier la corde et jusqu'à Monsieur de Vaudeuil qui était au bout. Enfin, c'est fait ! c'est égal, j'aimerais mieux continuer mes études à l'Académie de Saint-Luc, toucher ma pension sur la cassette de vos anciens maîtres, que de prendre les quarante sous de la commune, uniquement pour la trahir. Tiens, pourquoi donc vous plantez-vous comme çà, Monsieur Keller devant le comptoir ? et quels sont ces cris ? Encore de la populace ? On n'en sortira donc jamais ?

Aristide avait prononcé ces derniers mots, très-intrigué à la vue du vieillard qui, une fois instruit de ce qu'il voulait savoir, s'était placé dans l'espace étroit indiqué par la trappe au moyen de fissures, perceptibles seulement pour les familiers de la maison.

Sans répondre à l'artiste, Marie fit jouer, de son comptoir, un ressort ouvrant la trappe où le vieillard disparut ; Aristide resta tout ébahi.

Au même instant, la porte s'ouvrit avec fracas ; une foule de forcenés, à la tête de laquelle se retrouvaient Brutus et Caracalla, se rua dans l'intérieur de la boutique.

Lorsque la foule entra, la trappe était relevée, Marie était à son comptoir, dans l'attitude d'une marchande très-scandalisée de ce qui se passait.

— Mort aux amis des ci-devants, mort aux traîtres ! criaient les plus farouches sans-culotte, au nombre desquels on distinguait naturellement Brutus et Caracalla.

— Qu'est-ce que c'est ? cria la mercière, pendant que l'artiste se dissimulait autant que possible derrière des patriotes dont les allures, et le costume lui inspiraient un profond dégoût.

— Il y a, la petite mère, répliqua effrontement Brutus, la main sur son œil endommagé, il y a que l'ancien intendant des aristocrates de là-haut, est ici. Il s'est échappé avec une cassette et un enfant, par l'escalier de service conduisant à cette boutique; et il n'y a pas dix secondes, je l'ai surpris à travers ta devanture, voilà ce que j'ai vu, citoyenne ?

— On voit bien que tu n'as qu'un œil, citoyen, lui répliqua la mercière.

— C'est possible ! fit Brutus, mais si je n'ai qu'un œil, il est bon. Voyons, où est le valet de l'aristocrate ? Il nous le faut, ou nous cassons tout.

— Oui, oui, nous cassons tout ! répéta Caracalla à l'unisson des sans-culotte.

— Et, ajouta Brutus, désignant Aristide qui essayait de gagner la porte, voilà un citoyen qui était avec lui, je le reconnais.

— Moi, fit Aristide qui, d'instinct, ne pouvait souffrir les futurs terroristes. Moi, j'étais seul ici d'abord, est-ce que vous avez vu quelqu'un avec moi, citoyen ? demanda l'artiste, jouant l'étonnement.

— Moi, fit Caracalla qui avait toujours peur de se compromettre, moi, mais je n'ai rien vu.

— Imbécile ! lui souffla son compagnon en lui assénant un coup de pied qui le fit trébucher, et il continua :

— Eh bien ! s'il n'est pas sûr de lui, Caracalla, moi je suis sûr de ce que j'avance, l'intendant est ici.

— Alors, cherchez ! fit Marie Doucet, en défiant Brutus, qu'elle reconnaissait pour ce qu'il était, mais qu'elle dédaignait de reconnaître.

— Et toi qui l'as vu, avant nous, cria Brutus en frappant sur l'épaule de l'artiste, toi, guides-nous ?

— Puisque je n'ai rien vu, répliqua Aristide se reculant du sans-culotte ; puisque c'est toi, au contraire, qui prétends l'avoir vu, cherche tout seul et laisse-moi me laver les mains d'une perquisition non autorisée par la loi.

Ces mots d'Aristide furent une porte de salut ouverte à Marie Doucet.

L'énergique jeune fille sortit de son comptoir. Les poings sur la hanche, les yeux pleins d'éclairs, elle dit à Brutus, à Caracalla, et aux autres sans-culotte interdits :

— Ah ! Çà ! est-ce fini, cette comédie ! Est-ce que vous prenez ma boutique pour une place publique ? Faudrait voir à me tourner les talons où je m'envais vous coiffer pour rien, d'un bonnet qui vous tiendra chaud l'hiver.

— Oh ! s'écria Brutus, d'autant plus entêté que l'artiste avait essayé de le mettre en défaut, je sais que tu as du chien, la citoyenne ? Moi aussi, j'ai du flaire ! La visite que l'on a faite à l'hôtel du marquis, au nom de la loi, peut s'étendre jusque chez toi, car la boutique tient à l'hôtel ; et tu paies ton loyer aux aristocrates que nous poursuivons, on sait çà, la commère ?

La réplique valait l'objection. Heureusement qu'un roulement de tambour coupa court à cette altercation entre le sans-culotte, Marie et Aristide.

C'était le petit Kasa qui, à la vue des volontaires recrutés près de la place, par le Marseillais, avait battu du tambour. Devinant le danger auquel était exposée la mercière, cernée par les sans-culotte, Kasa n'avait pas hésité à battre de la caisse.

Et Rabasson, au fait de ce signal, était accouru avec ses compagnons, bayonnette en avant, vers la boutique assiégée par les sans-culotte.

— Au nom de la Convention, bagasse ! s'écria Balasson, fondant sur la foule : — Au nom de la Convention, respect au domicile privé.

— Au nom de la Commune, mort aux traîtres ! répétèrent les plus forcenés.

Mais les volontaires eurent vite raison des citoyens plus ou moins armés se pressant dans la boutique.

Dix minutes après, la boutique était vide, Aristide avait jugé prudent de laisser à Rabasson et à Kasa, le soin d'achever la besogne. Lui aussi avait disparu.

Au moment où le dernier soldat avait raison du dernier perturbateur, la vivandière qui, au moment de la visite domiciliaire chez le marquis de Vaudeuil, avait guidé Brutus chez la mercière, se glissa à son tour dans la boutique. A peine la porte se refermat-elle sur les volontaires, que la vivandière apparut, les bras croisés, devant Marie Doucet.

— Sais-tu ! s'écria avec rage cette fille qui connaissait Marie dès son enfance, et qui avait été élevée à l'hôtel des Vaudeuil où elle passait alors pour la maîtresse de Comtois ; — sais-tu, Marie, ce que toi et les tiens, vous avez risqué en jouant avec la République ?

— Oui, Cydalise, — répondit Marie, la regardant bien en face, oui, l'échafaud !

— Non, fit Cydalise en lui lançant des éclairs de ses yeux fauves, et dans un rictus horrible — non, car l'échafaud fait mourir trop vite. Ce que je te réserve, moi, ce n'est pas la mort en une seule fois, c'est une mort de toutes les heures.

— Pourquoi ? et que t'ai-je fait ! lui demande Marie, qui, malgré son énergie, se sentit faible en présence de cet être infernal.

— Ce que tu m'as fait, Marie, lui répondit-elle avec rage, le voici : Tu as pris l'affection de tous ceux qui déjà me méprisent. Adieu ! fit-elle, ton triomphe momentané est aujourd'hui ta condamnation pour toute la vie, adieu !

Et l'odieuse créature disparut pendant que la bonne Doucet s'apprêta à rejoindre sa vieille mère.

Sans plus songer aux dangers qu'elle avait courus, remerciant le Ciel de la protection qu'il accordait aux bons contre les méchants, Marie monta l'escalier de son arrière-boutique. Elle courut à la chambre de sa vieille mère, où l'intendant avait déposé l'enfant de la marquise,

— Allons embrasser, dit-elle, l'ange que Dieu et les malheurs publics nous envoient.

Le vieux Keller, aidé de son fils, avait déjoué une partie des projets ourdis par Cydalise et Comtois ; mais il n'avait pu cependant préserver la marquise de la mort ! Mort causée par la visite domiciliaire des soldats encore timides de cette Commune dont les actes devaient être si terribles, quelques mois plus tard.

CHAPITRE III

LE GÉNÉRAL DE LA PLACE VENDÔME

Au commencement du printemps de l'année 1795, deux années après ces événements, la place des Piques qualifié précédemment de : *place des Conquêtes*, avait repris le nom qu'elle n'avait jamais quitté pour le public ; son nom de place Vendôme.

A cette époque elle avait le même aspect qu'en 92, c'était toujours la grande place aux monuments déserts, triste, silencieuse. Son enceinte était jonchée des mêmes débris, un piédestal renversé, des bornes couchées sur des amas de plâtre et de métal ; les façades de ses grands hôtels gardaient encore, du faite à la base, l'empreinte des ravages révolutionnaires.

Rien n'était changé malgré l'ère nouvelle qui s'ouvrait pour la France. Seulement les fabriques de piques avaient disparu. A l'un des hôtels on lisait ces mots en lettres de bronze dans un cartouche naguère incrusté de lettres d'or : *Hôtel du général de la place.*

Cet hôtel fermait un des côté de l'enceinte à l'angle de la rue Neuve-des-Petits-Champs, en face des Capucines. Il avait appartenu aux marquis de Vaudeuil, et était habité par le général commandant.

Ce général, c'était M. d'Angeranville, beau-frère d'Alexandre Berthier, futur maréchal de l'Empire.

A huit heures du matin, le général regardait, de la fenêtre de son cabinet, un homme, un vieillard errant sur la place, aux abords du piédestal brisé.

Après avoir suivi pendant quelques instants les démarches mystérieuses de cet homme, il alla vers son bureau, il sonna son *officieux.*

Un valet se présenta. C'était l'intendant de l'hôtel. Il avait une figure blême, osseuse, des yeux ronds et verts, le nez proéminent, crochu, et des lèvres minces. Il formait un piteux contraste par son attitude obséquieuse, avec l'air bienveillant et plein de franchise de son maître.

Ce valet, qui semblait vouloir toujours courber le dos pour baiser la main d'autrui, prêt à mordre la main qu'on lui tendait, ce valet qui avait usurpé l'emploi et le rôle du vieux Keller à l'hôtel des Vaudeuil, c'était Comtois.

— Approche, dit M. d'Angeranville, sitôt que l'officieux parut sur le seuil, et en lui désignant la fenêtre ; regarde, et dis-moi si tu ne vois pas là l'homme dont tu m'as parlé il y a quelques jours ?

Et il lui indiqua le personnage errant dans les ruines.

— Oui, citoyen général, répondit l'intendant d'un ton respectueux, c'est le vieillard que la rumeur publique désigne comme fou. Ne s'imagine-t-il pas qu'il existe un trésor dans ces ruines, un trésor secret dont il se prétend le gardien, au profit de ses anciens maîtres...

— Qui furent les tiens, ajouta d'Angeranville observant son officieux.

— Oui, général, des marquis de Vaudeuil dont vous habitez l'hôtel.

— Où tu as pris la place de l'homme que tu considères comme un fou.

— Comme mon général, au nom de la République, a pris la place de M. le marquis.

— Hein, coquin! fit le général en se redressant, d'autant plus indigné que la riposte du valet ne manquait pas d'une certaine justesse.

Comtois se hâta d'ajouter :

— Et ce n'est que justice, dans l'intérêt de la nation.

Le général ne prit pas garde à la tardive flatterie du valet ; il lui demanda :

— Ainsi vous avez servi longtemps tous les deux les mêmes maîtres?

— Oui, général, avant que la Commune eût déclaré ce vieillard traître à la patrie, avant que j'eusse l'insigne honneur d'être l'officieux du citoyen général.

— Et tu dis que ton ancien collègue s'appelle....

Un vieillard se précipita de l'arrière-boutique dans le magasin de la belle mercière, une cassette sous le bras.

— Keller, général.

— Keller? mais c'est le nom du fameux luron, la terreur des faubourgs et de la ville?

— C'est son fils, général, ce Keller avec ses deux amis, les trois lurons, comme on les désigne aux faubourgs, n'ont cessé avec les charbonniers et les déchargeurs d'inquiéter depuis le commencement de la révolution, les amis de la République. On les dit, comme le vieux Keller, des royalistes soudoyés par les Anglais ou les Prussiens.

— Comtois, fit d'Angeranville avec sévérité, — il me semble que je ne t'ai pas demandé ton opinion sur la conduite de ces jeunes gens. Nous ne sommes plus au temps des suspects, Dieu merci.

— Croyez que mon zèle à vous servir...

— Ne doit pas dépasser ce que j'exige simplement de toi, répliqua le loyal général, et il ajouta :

— Tu disais donc que ce vieux Keller est un fou, bon à être envoyé à Bicêtre.

— Je ne fais que répéter ce que dit la rumeur publique.

— Ah! tu n'affirmes plus, à présent que je désire une affirmation.... Passons. Ne m'as-tu pas dit aussi qu'il était très-dangereux à tout citoyen de s'aventurer comme le fait ce vieillard dans les caveaux de la place Vendôme.

— Sans doute, répondit Comtois, un peu dépité de la tournure que prenait l'entretien, sans doute, car ces souterrains en ruine, à demi comblés, menacent d'effrondrer la place.

— Ainsi il existe sérieusement des souterrains? ce n'est pas là le rêve d'un fou?

Comtois se pinça les lèvres, en se sentant serré de près par la logique du loyal militaire. Néanmoins l'officieux fit bonne contenance et répliqua :

— Pour en douter général, il ne faudrait pas y avoir vu disparaître comme moi, le marquis de Vaudeuil, mon maître, le père de l'émigré actuel, lorsqu'il allait y rejoindre une jeune Capucine qu'il aimait, une descendante des Vendômes; la même femme que j'ai veillée, il y a deux ans ici, malgré la loi sur les suspects.

— Oui, je connais cette histoire; et c'est ta fidélité à tes maîtres qui t'a valu d'être resté dans ton emploi.

— Je n'ai fait que mon devoir.

— Eh bien! continue-le, en ne calomniant personne, pas même les gens de l'ancien régime. Mais j'y songe, puisque ces caveaux existent, puisque les émigrés en profitaient si bien pour leurs amours, pourquoi, dans des temps de calamité, n'en auraient-ils pas aussi profité pour y cacher leurs biens, y abriter leur vie?... Alors ce Keller, ne serait pas aussi fou que le prétend la rumeur publique?

— Doutez-vous de mes paroles, général? demanda l'intendant, qui prit un ton blessé.

— Non, je désire seulement de ta part une explication franche, sans acrimonie.

— Vous l'aurez, général, et nul autre que moi ne peut mieux vous la donner, car j'ai veillé jusqu'à sa dernière heure la *maîtresse* du marquis, je vous le répète.

— Je ne t'en demande pas tant, fit d'Angeranville en frappant du pied. Les fautes des maîtres ne regardent pas les valets, surtout quand ces maîtres sont morts en payant comme les tiens, si chèrement leurs fautes. Profite de cette leçon que je ne te répéterai plus.

Comtois baissa la tête, furieux de cette nouvelle mercuriale. D'Angeranville revint au point de départ de ses interrogations.

— Tu soutiens donc que ce Keller est fou et que les caveaux en ruines qu'il visite sont très-dangereux.

— Oui, général.

— C'est bien... Maintenant regarde et observe si cette homme est toujours là, pendant que je vais écrire.

Le général alla se placer à son bureau, mais au moment de prendre la plume, il regarda Comtois se diriger vers une porte latérale.

— Où vas-tu? lui demanda t-il.

— Dans la pièce à côté, pour ne pas distraire le général et mieux observer l'homme en question.

— Reste, c'est inutile. Cette porte est condamnée depuis ce matin.

— Cette porte est condamnée? répéta l'intendant avec étonnement.

— Oui, répliqua d'Angeranville, sans lever les yeux, en secouant la plume dans son encrier, — C'est la volonté de tes anciens maîtres. Elle m'a été transmise par le vieillard que je te charge de surveiller, qui, lui aussi, prétend-il, a veillé la marquise que tu dis avoir été la maîtresse du marquis, quand lui soutient qu'elle a été sa femme.

— Ah! fit Comtois d'un air inquiet, vous avez vu cet homme, il vous a dit....

— Que la marquise avait une fille, une fille existante, et il m'a dit encore qu'il avait mission, au nom des intérêts, au nom des droits de sa famille, de laisser cette chambre telle qu'elle était au moment de la mort de Madame de Vaudeuil.

— Voilà bien là les idées d'un fou! s'écria Comtois, qui prit un accent de pitié pour dissimuler sa rage.

— Ce n'est pas tout, en m'initiant aux dispositions de son ancienne maîtresse, ce Keller m'a fait connaître aussi que tu nourrissais contre lui une haine acharnée. Il prétend que tu sers, contre la fille du marquis, les intérêts de son frère à l'étranger; lui aussi t'accuse de trahison!

— Mais général, cet homme est fou!

— Je le crois. Voilà pourquoi je vais te donner un ordre pour qu'il lui soit défendu, à lui, comme à tout autre, de s'aventurer aux abords de l'ancienne statue. Mais fou ou maniaque, ce n'est toujours qu'un fou de fidélité, un maniaque de sentiment. Voilà pourquoi, loin de l'envoyer à

Bicêtre, je te l'offre comme un modèle à suivre et un sujet à surveiller.

— On connaît la bonté de Monsieur le général....

— Je te fais grâce de tes éloges ; comme je n'ai pas une aussi bonne opinion de ton naturel, songes-y, en te donnant l'ordre écrit de faire respecter les jours de ce vieillard, je te rends responsable desmalheurs qui pourraient lui arriver.

— Mais général, je ne puis cependant répondre des dangers que peut accumuler sur lui un fou... et...

— Plus un mot ! l'interrompit d'Angeranville, en trempant de nouveau sa plume dans l'encre.

— Cependant je faisais observer à monsieur le général ? ..

— As-tu fini de me rompre les oreilles, veux-tu me laisser écrire, et rester à ton poste d'observation ?

Comtois jugea prudent de se taire. Il s'aperçut même qu'il se fourvoyait en marchant sur un terrain où l'avait engagé d'Angeranville plus qu'il ne le voulait lui-même.

Furieux d'avoir été en partie démasqué par le vieux Keller, qui n'avait plus à craindre les représailles de la terreur, aigri par les paroles de son maître, Comtois se planta devant la fenêtre donnant sur la place.

Tournant le dos au général qui écrivait, il lança de la croisée des regards foudroyants sur Keller, et marmotta des paroles de menace.

D'Angeranville finissait à peine d'écrire que la sourde colère de Comtois se changeait en joie : il venait de voir partir Keller, et peu après de voir surgir des ruines l'ancien Brutus, son complice.

Sa joie fut de courte durée, Brutus n'eut pas plutôt paru qu'il fut rejoint par un autre petit homme : le tambour Kasa, un ami des Keller, par conséquent un ennemi de l'ex-sans-culotte. Le petit tambour se coula le long des ruines ; il eut bien vite rejoint Brutus.

Voilà ce que vit Comtois de sa fenêtre.

Et Comtois poussa une exclamation de rage, qui certes eût très-compromis l'intendant auprès du général.

Heureusement que cette imprudente exclamation fut couverte par un violent éclat de rire venant du vestibule.

Tiens ! s'écria vivement d'Angeranville, lévant la tête, avant de parapher son nom. — C'est ce fou de Berthier ? Que vient-il faire de si bonne heure, je ne l'attendais que ce soir.

— Bonjour, général, dit Berthier, entrant comme un ouragan et portant gaillardement la main à son tricorne.

— Bonjour Alexandre, répondit d'Angeranville qui, après avoir signé son nom, se mit en mesure de mettre son ordre sous pli. — Qui t'amène si matin ? Je ne t'attendais que pour dîner ?

— Ah ! ah ! voici la chose — fit Berthier en se dandinant avec mystère. — C'est une surprise que je te ménage. D'abord ne renvoie pas ton officieux, tu vas avoir une nouvelle invitation à faire ; car c'est toujours pour ce soir notre dîner d'amis, n'est-ce pas ?

— Oui, distrait, oui, nous dinons avec Barras et madame Tallien : eh bien, après ?

Eh bien, je veux t'annoncer un autre convive qui ne te déplaira pas, ni à ma sœur, non plus.

— Qui donc !

— Le héros de Toulon ?

— Le commandant Bonaparte !

— Lui-même, le héros de l'armée du Midi, l'idole de nos dames à la mode.

— Dont tu es déjà l'ami, fou que tu es, n'est-ce pas ?

— Dont tu seras aussi fou que moi, lorsque tu l'auras connu ; ce jeune homme a une parole, des regards qui entraînent, captivent, fascinent tout ce qui l'approche. Or, je riais à l'instant, en pensant à madame Tallien qui, avant de connaître Bonaparte, ne pouvait le souffrir et qui, comme les autres en est folle !

D'Angeranville secoua la tête, il sourit d'un air d'incrédulité pendant que Berthier continua :

— Ah ! c'est que la beauté ne peut résister aux héros, surtout à un héros comme celui-là, qui, avant peu, si les circonstances le servent, deviendra, je n'en doute pas, un grand homme.

— Bah ! bah ! répliqua le général — j'ai vu tant de grands hommes dans ma vie, et qui n'ont fait que de très-petites choses, que je nie crois pas plus en celui-là qu'en tous les autres.

— C'est que les autres n'étaient pas de grands hommes, et lorsque tu auras vu notre petit commandant, tu reviendras de ta prévention, comme madame Tallien. Veux-tu en faire l'épreuve, veux-tu l'inviter ?

— Sans doute — puis se tournant vers l'intendant, qui attendait l'ordre de son maître : — Comtois, après avoir remis ce papier à Keller, tu pousseras jusqu'à la demeure du citoyen Bonaparte. Où demeure-t-il, ton héros? termina d'Angeranville, interrogeant Berthier ironiquement.

— Quai Conti, — répondit-il, — mais il a un appartement si modeste qu'il vaut mieux ne pas y faire montrer ton officieux.

Berthier avait prononcé ces mots à voix basse, de façon à n'être pas entendu de l'intendant.

— Je comprends, je vais donner ma carte avec la tienne, et tu lui feras part de mon désir de le recevoir à dîner.

Puis, d'Angeranville ajouta à Comtois :

— Ces deux cartes au commandant Bonaparte ; auparavant, n'oublie pas cet ordre, n'oublie pas ma commission auprès de l'homme que tu sais.

Comtois s'inclina et disparut.

Mais l'intendant ne se dirigea qu'avec discrétion sur la place ; il savait que Keller n'y était plus et que son complice ne pouvait plus le rejoindre, à la suite de sa rencontre avec le petit tambour.

CHAPITRE IV

LE VŒU D'UN GRAND HOMME.

Ce n'était pas sans de puissants motifs que depuis les événements du 29 août, Comtois n'avait quitté d'un seul jour l'hôtel des anciens marquis de Vaudeuil.

Changeant de rôle et d'opinions avec les événements, transformant sa manière d'être selon les variations de cette époque si tourmentée, Comtois était parvenu, à force d'intrigues à rester le valet des hôtes éphémères qui avaient tour à tour commandé dans cet hôtel.

Un seul but l'avait guidé auprès de ses maîtres divers : la trahison contre la République. Il n'avait été fidèle qu'à son plan infâme : ruiner les marquis de Vaudeuil en servant un de ses descendants, émigré et ennemi de la France, contre sa sœur sauvée le 29 août par le vieux Keller.

Celui-ci, après sa disparition dans la boutique de Marie Doucet, avait été traqué par les agents de Comtois, Brutus, Caracalla et Cydalise. Il n'avait échappé à leurs poursuites qu'en se cachant, durant la terreur, dans les mêmes souterrains où il avait mis aussi en sûreté les titres de la marquise.

Le vieil intendant, toute sa vie avait joui de la confiance de son maître ; il avait été l'unique témoin du mariage de ce dernier avec la marquise, une ancienne sœur des Capucines ; ce mariage avait eu lieu, comme on sait, dans ces caveaux dont le vieux Keller, par tradition, connaissait seul les détours nombreux.

Lorsque la terreur s'apaisa, l'ancien intendant, secondé par son fils et par ses amis, se décida à quitter sa sombre retraite ; c'était là que l'attendait Comtois, il se doutait bien, à la suite de perquisitions infructueuses chez les Keller, que les seuls titres légitimant l'union de la marquise et du marquis étaient cachés avec l'exintendant.

Comtois se disait que si jamais les émigrés revenaient en France, le jeune marquis lui paierait cher l'anéantissement de ces titres.

Le vieux Keller n'ignorait pas les vues secrètes de Comtois ; plus d'une fois en sortant des souterrains pour aller chez son fils, à la barrière, ou chez Marie Doucet, rue Neuve-des-Petits-Champs, il s'était vu suivi par Brutus et Caracalla ou par la vivandière Cydalise.

Keller, par prudence, n'avait confié à personne, pas même à son fils, les secrets dont la marquise mourante l'avait fait dépositaire, au profit de sa fille.

Grâce aux détours inextricables des ruines souterraines, Brutus n'avait pu suivre le vieil intendant plus loin que leurs premières marches. Une pierre tournant sur elle-même, disposée par Keller en fermait constamment l'issue.

Désespérant de posséder les titres de la marquise tant que le vieux Keller serait libre, Comtois avait imaginé de le faire renfermer comme fou.

N'ayant pu réussir auprès de l'intègre d'Angeranville, Comtois avait résolu d'en finir avec le gênant et trop fidèle serviteur.

La chose n'était plus aussi facile qu'au temps de la terreur. Les amis du vieil intendant, avertis par celui-ci, veillaient sur ces menées ténébreuses.

Comme on l'a vu, le général d'Angeranville se défiait du zèle apparent de Comtois.

Lorsque l'intendant, muni de l'ordre du général, descendit de l'hôtel pour se rendre sur la place, il était très-inquiet. Son maître, en le faisant responsable des malheurs qui pouvaient survenir au vieillard, le plaçait dans une alternative mortelle. Alors Comtois se demandait ce qu'avait pu dire déjà le petit tambour, rencontrant Brutus.

Plus de doute, les amis de l'ex-intendant se doutaient d'un crime.

Comtois ne se trompait pas. Kasa, garçon espiègle et futé, âme dévouée des Keller, venait de surprendre Brutus lorsque, sur les indications de Comtois, il avait disposé de telle façon les pierres des ruines qu'on ne pouvait les franchir sans risquer d'être broyé par elles.

Le tambour avait tout vu, tout deviné, au moment où Brutus apprêtait l'horrible piége qui devait ensevelir l'ex-intendant.

Lorsque Comtois observait encore de la fenêtre Brutus arrêté par Kasa, ce dernier disait ce qu'il savait, au sans-culotte terrifié !

Comtois, de son côté, se voyant soupçonné par monsieur d'Angeranville, était décidé à détourner Brutus du plan horrible qu'ils avaient conçu la veille.

Mais le misérable, une fois sur la place, ne revit plus son complice.

Quant au vieux Keller, Comtois ne le retrouva ni en allant, ni en revenant ; et d'Angeranville, qui se méfiait de plus en plus de Comtois, avait rédigé en double l'ordre donné à l'intendant, il l'avait fait parvenir aussi à Marie Doucet.

Le soir même, grâce à Kasa, grâce à monsieur d'Angeranville, tous les amis de l'ex-intendant étaient sur le *qui-vive*. Le fils de Keller, celui que nous avons vu à la tête de ses lurons, deux années auparavant, arrivait au quartier Vendôme, tout disposé à défendre son père contre ses ténébreux ennemis.

A cette époque, Keller était en délicatesse avec son père, dont il ne partageait pas les idées monarchiques ; il était aussi en froid avec sa fiancée, qui avait honte de son existence faubourienne et de sa réputation équivoque.

Le luron était un esprit indépendant ; dès son enfance, il avait refusé d'entrer, comme son père, au service de la maison de Vaudeuil ; Artiste ciseleur, ami de l'artiste Aristide, parent des frères Keller, célèbres fondeurs, Keller fils ne s'était souvenu des bienfaits des marquis de Vaudeuil pour sa famille que lorsque ces bienfaiteurs étaient devenus malheureux et proscrits.

Le fils de Keller était un esprit supérieur sous une rude enveloppe. Tout en méprisant la force physique, il en abusait au profit des faibles en sa qualité d'ouvrier artiste, il avait un esprit délicat qu'il cachait sous l'apparence d'une grossière brutalité. Il était grand de cœur et d'esprit; il se faisait petit pour se mettre au niveau du vulgaire qui n'acclamait sa supériorité que par ses mauvais côtés : l'amour de la bouteille et le désir de faire du bruit. Tel était Keller à 18 ans, luron choyé de la Courtille, royaliste pour les jacobins, et jacobin pour les royalistes.

Le soir où Comtois avait cherché en vain Brutus, le jeune Keller, averti par Kasa, fort de l'ordre du général de la place, attendait son père, pour l'avertir des dangers qu'il courait.

Le luron avait donné rendez-vous à Fanferlot, à Bluckmann et à Aristide ; il voulait ainsi prouver à son père, lui défendant toujours de le suivre à la place Vendôme, qu'il ne lui désobéissait que pour préserver ses jours contre des lâches et des meurtriers.

A huit heures du soir, le luron était seul sur la place, faisant le guet aux abords du piedestal.

Il était très-désappointé de n'y pas trouver ses compagnons, il tourna et retourna dans l'obscurité que la lueur de quelques lanternes avait peine à percer.

Constamment aux aguets, il entendit bientôt un bruit de pas qui, dans le silence de la nuit, parvint à ses oreilles.

Grâce aux lumières des fenêtres de l'hôtel du général, où ce soir-là dînaient Berthier et Bonaparte, le luron put distinguer l'homme arrivant des remparts.

C'était son père, c'était le vieux Keller, revenant veiller sur le dépôt de ses maîtres.

A l'arrivée de son père, le jeune homme frappa du pied avec colère, il murmura :

— Vous verrez que Fanferlot et Bluckmann ne viendront pas; ils auront eu de mauvaises raisons avec les citoyens des sections. Sans cela, ils seraient déjà ici.

Pendant qu'il exhalait sa mauvaise humeur, le vieillard s'avançait vers lui. Après avoir tourné des regards inquiets et curieux du côté de l'hotel illuminé, il se décida à entrer dans le cercle plein de décombres, d'où s'élevait le piédestal, et derrière lequel son fils était blotti.

Une fois là, le vieillard sortit de dessous sa redingote une lanterne sourde, il se tourna contre une borne, vis-à-vis le flanc gauche du piédestal, il battit le briquet, alluma à l'amadou une allumette et mit le feu à son falot.

Sans quitter la place où il se tenait accroupi, l'ex-intendant allait remuer une pierre jetée entre un lourd pavé et le piédestal, lorsque, par précaution, il regarda si on ne l'observait pas.

Les regards du vieillard se portèrent sur son fils qui, les bras croisés, debout devant lui, l'observait avec persistance.

— Vous, vous ici, monsieur, s'écria le père de Keller, qui se recula avec autant de surprise que d'indignation, une main sur sa lanterne pour en dérober la clarté et se cacher lui-même.

— Oui, mon père, c'est moi. Riposta le luron sans s'émouvoir du mouvement d'indignation du vieillard.

— Ainsi, monsieur, — reprit celui-ci, que l'air de résolution de son fils rendit furieux; — sans respect pour mon autorité, vous persistez à vous rendre sur cette place; malgré ma défense, vous me suivez, vous m'espionnez ?

— O mon père! exclama le jeune homme, honteux de cette accusation, tout en cherchant ses amis qui n'arrivaient pas.

Aucun bruit ne se fit entendre, la place devint plus sombre avec la nuit. Le vieillard baissa la voix pour dire à son fils ce qu'il n'osait pas même répéter aux échos :

— Oui, monsieur, vous m'espionnez ! Et pourquoi ? Pour me voler, peut-être ?

— O mon père ! taisez-vous ! exclama le luron avec une rage douloureuse.

— En vérité ! Je vais me taire à présent répliqua le vieillard, pressé de se débarrasser de son fils — je vais me taire ! Lorsque vous venez sans doute soustraire, à l'exemple de mes ennemis, la part d'héritage de mes maîtres et des vôtres ! Entendez-vous, coureur de nuit, mauvais sujet, mauvais fils !

Keller, malgré la colère qu'il savait provoquer en désobéissant à son père, pour son salut, ne s'attendait pas à d'aussi dures paroles.

— Vous êtes injuste, dit-il, si vous saviez ce qui dicte en ce moment ma désobéissance, loin de m'accabler, vous m'approuveriez.

Sur ces mots, le jeune homme très-résolu à ne pas laisser son père s'aventurer dans le souterrain, s'était posé sur la pierre que le vieux Keller tenait à déplacer :

— Vraiment ? — ajouta-t-il, voilà bien le fruit des belles doctrines d'aujourd'hui : Monsieur le jacobin discute avec son père. Il trouve des raisons, des excuses pour braver sa volonté, et dissimuler son infamie !

— Quelle infamie, mon père ? demanda le jeune homme un pied sur la pierre que le vieil intendant s'obstinait à ne pas quitter.

— La même qui fait agir Comtois et ses dignes associés.

— O mon père, exclama le luron, en frappant de rage ses poings l'un contre l'autre, — mon père, n'achevez pas !

Le vieillard cependant continua :

— C'est de l'argent qu'il vous faut, n'est-ce pas, pour vous et vos vauriens, pour vous battre le jour, la nuit, pour ne pas quitter les bouges et déserter l'atelier : c'est l'argent de mes maîtres qu'il vous faut?... Mais dites-le donc ; soyez aussi franchement criminel que ceux qui ne cessent de me poursuivre...

— Oh ! cria Keller, la poitrine gonflée, une main sur le bras du vieillard, la voix brisée par la douleur. — Oh ! tenez battez-moi, battez-moi plutôt, mais par pitié pour moi, par respect pour vous-même, ne me traitez pas de voleur.

— Alors retirez-vous, dit froidement le vieillard.

— Non, insista le jeune homme.

— Alors, voleur ! voleur ! voleur ! Répéta par trois fois le vieillard, prêt à s'élancer sur son fils qui n'avait pas bronché d'une semelle.

Insultez-moi — dit Keller, redevenu calme, battez-moi ! Je ne broncherai pas, car à défaut de la raison qui m'a fait venir ici, il y a encore le droit.

— Le droit de narguer son père ?

— Le droit que me donne cet ordre — fit le jeune homme tirant un papier de sa poche, l'ordre du général que lui avait fait parvenir sa fiancée. — Lisez ce papier, mon père, vous verrez combien sont injustes vos accusations contre moi.

— Quest-ce que cela ? demanda le vieillard interdit.

— L'ordre à quiconque de ne plus s'avancer au-delà de ces ruines. Lisez.

Le vieillard éleva sa lanterne au niveau du papier que lui tendait son fils.

— Vous le voyez, ajouta celui-ci, pendant que le vieux Keller épelait à la lueur de son falot les mots tracés par d'Angeranville — vous le voyez ! on ne veut plus que vous compromettiez votre vie.

— Oh ! les infâmes ! exclama le vieillard en abaissant sa lanterne avec accablement.

— Eh ! bien ! mon père, vous vous taisez ? interrogea victorieusement le luron qui revint se poser sur la pierre qu'il soupçonnait être l'entrée des caveaux.

— Monsieur mon fils, répondit l'ex-intendant, sans bouger de place, cette lettre est un piége pour m'éloigner d'ici, pour m'empêcher de veiller sur l'héritage de mes maîtres. On veut m'éloigner et l'on se sert de vous. C'est adroit, pourtant c'est moins criminel de votre part, que ce que je soupçonnais tout d'abord. Mais on ne me trompe pas, moi. Laissez-moi passer.

— Je vous assure.....

— Silence ! malgré vous, malgré votre général, je veillerai toujours sur la destinée de la famille de mes maîtres, cette destinée, plus précieuse que ma misérable existence, ne regarde que moi.

— Et moi, mon père, je vous dis que votre existence m'est plus chère que celle que vous voulez servir. Vous ne passerez pas.

Keller, très-déterminé, se plaça les bras croisés devant son père.

— Une dernière fois, retire-toi, va-t'en.

— Une dernière fois, répliqua froidement le jeune homme, — ne me forcez pas à vous désobéir.

— Retire-toi ! vociféra le vieillard.

— Non, mon père.

— Misérable ! exclama le vieux serviteur hors de lui, le poing déjà levé sur son fils impassible.

Une voix retentit tout à coup derrière les deux hommes.

— Eh ! bien ! que se passe-t-il ici ? s'écria cette voix qui n'était autre que celle du général d'Angeranville.

Il était précédé d'une nombreuse et brillante société. Le père et le fils, absorbés par leur dispute, étrangers à tout ce qui se passait autour d'eux, ne s'étaient pas apperçus que depuis quelques secondes ils étaient l'objet de la curiosité de cette compagnie.

Elle se composait de plusieurs capitaines, en costume de gala, du jeune Berthier, de quelques élégantes de l'époque, coiffées à la Grecque, entre autres de la belle madame Tallien qui donnait le bras à un jeune commandant d'artillerie.

Ce jeune homme au visage pâle, encadré de longs cheveux noirs, avait des yeux brillants et pleins d'éclairs. Ce commandant dont on ne pouvait soutenir longtemps les regards, c'était Bonaparte.

La société sortait de diner ; elle faisait sa promenade du soir, accompagnée de quelques serviteurs, entre autres de Comtois qui, à dessein, se tenait respectueusement à l'écart.

D'Angeranville, à la tête de la compagnie, était arrivé si près du vieux Keller, qu'il put arrêter son bras levé sur son fils.

Le vieillard, quoique très-interdit par l'arrivée et les paroles du général, lui répondait :

— Monsieur, c'est mon fils qui, rebelle à mes ordres, s'obstine à rester ici malgré ma volonté.

— Et votre fils a raison, Citoyen, — répliqua d'Angeranville, qui s'était un peu écarté de ses hôtes — parce qu'au dessus de la volonté d'un père, il y a celle de la loi qui veille, comme votre fils, sur votre propre conservation.

—Mais, gréral...

— C'est bien, retirez-vous..., ne nous forcez pas à être plus raisonnable que vous.

D'Angeranville frappa du pied avec impatience et tourna le dos au vieillard, qui fit mine de se retirer ; mais une fois protégé par la nuit, loin de tout le monde, il opéra un circuit pour revenir à la même place, derrière la société que venait de rejoindre le général.

Toute la compagnie examinait alors les débris de bronze de la statue de Louis XIV, qui, depuis 1792, gisaient encore autour du piédestal mutilé.

Quant au jeune Keller, depuis que ses yeux s'étaient fixés sur les lumineux regards de Bonaparte, toute sa pensée avait été pour le jeune commandant. Son étrange physionomie l'étonnait, l'absorbait tout à la fois.

Keller oublia jusqu'à son père pour ne voir que ce petit commandant dont les traits creusés par la fatigue du travail, dévorés par le feu de l'ambition, avaient une puissance fatidique qui exaltait les faibles et confondait les forts.

M. D'Angeranville, après avoir cru voir s'éloigner le vieux Keller, avait dit à la société qui l'entourait :

— Je vous annonce que c'est la dernière fois que nous nous promenons à travers ces ruines. Demain la place sera déblayée, c'est l'ordre du Gouvernement. On veut que cette place, que je tenais à vous montrer, avant sa transformation, redevienne digne de sa splendeur première.

— Général, répondit le commandant — votre place sera superbe sans doute. Mais pour qu'elle soit jamais complète, il lui faut ce qui lui a manqué, même sous la plus superbe des monarchies : Un centre et un peuple. Telle qu'elle est, ce sera une belle femme sans âme.

— Jene vois pas, commandant, où vous voulez en venir ?

— A rappeler ici, sur cette *ancienne place des Conquêtes*, le génie de nos récentes victoires.

— C'est bien vague ! fit d'Angeranville, hochant la tête.

— Le génie de la France ? — répliqua Bonaparte, donnant plus de concision à sa pensée.

— Le règne des statues est passé, observa en souriant d'Angeranville, et je ne vois pas trop, moi, ce qu'on pourrait mettre ici.

— Une colonne comme celle de Trajan à Rome, reprit Bonaparte, ou bien un sarcophage immense destiné à contenir les cendres du plus grand capitaine de la République.

—Vos idées sont bonnes, commandant, observa à son tour Madame Tallien, cependant je pencherais pour une colonne.

— Et vous l'aurez un jour, Madame, s'écria Bonaparte étendant le bras d'un air inspiré vers le piédestal — oui, vous l'aurez un jour, quand la nation Française, fière de ses victoires, élèvera jusqu'aux nues les trophées de son immortalité !. Vous avez raison M. d'Angeranville, à une nation comme la nôtre, ce ne sont plus des statues qu'il faut, ce sont des colonnes, comme celle que je rêve, où la nation entière puisse inscrire ses conquêtes, éterniser ses héros, avec ces mots inscrits en lettres d'airain : A la France et à sa grande armée !

Ces mots de Bonaparte sonnèrent dans le silence de la nuit comme une glorieuse fanfare ; ils firent battre le cœur de tous les assistants.

— Mais, reprit Bonaparte en souriant, parce que son modeste grade ne lui permettait pas de

Paris. — Typ. WALDER, rue Bonaparte, 44.

Et toi, dit Brutus, guide nous.

jouer ainsi le rôle de prophète — mais pour que vous ayez un jour cette colonne, madame, il faut nous laisser devenir, Berthier et moi, généraux en chefs.

— Ma foi ! ce serait un beau rôle pour moi, répliqua Berthier, hochant la tête d'un air d'incrédulité.

La foule, encore sous la puissance des paroles du jeune commandant, s'éloigna peu à peu et regagna l'hôtel du général. Le jeune Keller n'avait pas perdu un mot des paroles du commandant. Il resta seul, et reveur sur la place.

Son esprit enthousiaste, turbulent avait été exaltée par l'apparition de ce génie naissant, elle avait excité ses sens, si impressionnables; pendant ce temps, le vieux Keller s'était hâté de soulever la pierre qui cachait l'entrée des caveaux et d'y disparaître.

Alors le jeune luron murmurait :

— Voilà le vœu d'un grand homme, je me trompe fort ; ou ce petit commandant le réalisera ou un boulet l'arrêtera. Tonnerre ! j'ai la tête pleine du feu de ses yeux. Bast, ce n'est pas mon affaire ! qu'il rêve pour lui, sa statue, ça le regarde. Le peuple qui a abattu Louis XIV, abbattrait bien aussi la colonne rêvée par ce commandant. Les destinées sont si changeantes !

Et notre luron dont l'indépendance était constamment en lutte avec son esprit dévoué et enthousiaste, revint à ses précédentes impressions.

— Voyez, pourtant, si les amis viendront? Après tout, puisque mon père est parti, filons vers la courtille, c'est jour de décadi, je gage que je trouverai la bande, dans quelque cabaret.

Et sortant des ruines, il répliqua :

— C'est égal ! les yeux du petit commandant ne me sortent pas du cerveau.... En voilà un que la république n'absorbera pas, tonnerre !

Et Keller allait se diriger du côté des remparts, lorsqu'il s'arrêta, à des voix bien connues.

— Tiens, les amis ? s'écria-t-il, au moment de quitter définitivement la place.

CHAPITRE V

LE VŒU DES TROIS LURONS.

Lorsque Keller put apercevoir dans les ténèbres ses amis, Fanferlot et Bluckmann, accompagnés de l'artiste Aristide, du tambour Kasa et du soldat marseillais, le luron lui cria avec joie :

— Arrivez donc, musards, arrivez donc, fainéants, voilà plus d'une heure qu'on vous attend.

— Fainéants ? répliqua Fanferlot, le visage inondé de sueur, les mains sanglantes. Fainéants ? ce serait bon à dire si tu avais été comme nous aux prises, avec dix gaillards qui jouaient moins de la savate que du couteau. Allez, roulez ! tu aurais comme nous, mangé l'ordre et la consigne alors !

— D'autant mieux, mon bon, qu'il y avait dans la bande, un reptile qui ressemble à un certain Brutus de ta connaissance, répliqua le Marseillais.

— Et que c'était lui, ajouta le petit tambour, qui pressait les autres à ne pas nous lâcher, à seule fin de ne pas te rejoindre, moi et Rabasson. Kasa et Rabasson étaient liés par une vive amitié depuis 93, alors que Cydalise avait essayé de les brouiller, à la suite d'un événement que nous raconterons.

—Vous n'êtes pas blessés, au moins, les amis? demanda Keller à ses compagnons, en leur serrant les mains.

— Blessés ! je voudrais bien voir ça, répliqua l'élégant Bluckmann en jouant de la badine, seulement ceux qui ont voulu nous égratigner le sont horriblement, sans que nous ayons eu besoin de jouer du couteau.

— Oui, mais la vipère nous a glissé dans les doigts, reprit Kasa.

— Qui ça? répliqua Keller.

— Parbleu! Finet, dit Brutus ; le même que tu as éloigné, il y a deux ans, qui revient, ce soir, pour jouir de la besogne qu'on lui a commandée ce matin. A propos, Keller, as-tu vu ton père?

— Oui, Kasa; de plus, mes enfants, s'écria le luron sortant de la poche un papier, le même qu'il avait montré au vieillard. — J'ai un ordre du général, ordre qui enjoint à tout individu de ne plus s'aventurer dans ces vieilles pierres. Les Finet-Brutus ou les Comtois en seront pour leur frais de complot.

— Possible ! répéta le petit tambour d'un air de défiance. Mais il sera peut-être trop tard, si ton père, cette nuit, s'obstine encore à aller aux caveaux.

— Mais, répliqua Keller, puisque je l'ai déjà vu mon père, puis qu'il a été obligé de filer.

— Vrai ! répliqua Kasa avec joie.

— Alors, fit Fanferlot, nous n'avons plus que faire ici... Allez ! roulez ! Viens l'artiste !

Et le gros Fanferlot se pencha sur Aristide qui n'avait encore dit mot; ce dernier, à la lueur de sa lanterne, examinait, accroupi sur une pierre, un morceau de bas-reliefs de l'ancienne statue :

— Vois-tu, Fanferlot, lui dit Aristide, les artistes des tyrans avaient le respect des proportions ; ils savaient tenir compte de la lumière et de l'espace... Cette tête informe, vue de face, demande à être contemplée en l'air pour reprendre son galbe ! Gérardon, qui a sculpté sa statue équestre, était un malin en décoration, et les Keller, les pères de notre luron, qui ont fondu cette statue, savaient comment faire parler le bronze et la pierre?

— Qu'est-ce que tu nous contes-là, té? s'écria le Marseillais bousculant Aristide, et le faisant trébucher. Est-ce que tu vas encore nous fuir, sous prétexte d'admirer de vieilles pierres, de vieux bronzes... Nous sommes ici pour les lancer à la tête de nos ennemis, qué? souviens-toi de çà, mon pichoün?

L'artiste bousculé par le Marseillais, heurté par Fanferlot, alla rouler, lui et son bas-relief, dans le tas de ruines.

Dans sa chute, Aristide heurta un corps blotti contre une borne; ce corps fila comme une anguille le Marseillais s'écria :

— Sus au Brutus !.. je l'ai reconnu, il a filé jusqu'ici.

Keller, suivi de ses amis, Bluckmann et Fanferlot, allait se diriger à toutes jambes du côté de l'affilié de Comtois, lorsque Marie Doucet, en proie à la plus vive émotion, parut tout-à-coup aux yeux des lurons.

Elle venait de la rue Neuve-des-Petits-Champs, elle était haletante, effarée, affolée :

— Ah! s'écria-t-elle, vous êtes ici !.. Dites-moi, Keller, ajoute-t-elle, s'adressant particulièrement au luron, avez-vous vu votre père? a-t-il connaissance de l'ordre du général?

— Oui, répondit-il, et tranquillisez-vous, comme je le disais tout à l'heure aux amis, mon père n'a plus rien à craindre, il est hors d'ici.

— En êtes-vous bien sûr? demanda-t-elle en interrogeant aussi les camarades groupés autour d'elle.

— Si sûr, répondit Keller, que je l'ai vu partir, sur l'injonction même du général.

— Ah! fit Marie, portant la main à son cœur, vous me tranquillisez !.. C'est que voyez-vous, je viens de voir à l'instant Cydalise, l'infâme Cydalise, elle m'a dit qu'en ce moment, nul pouvoir humain ne pouvait sauver Keller, qu'il était perdu... et...

— Bah !.. propos de femme !.. l'interrompit Keller en haussant les épaules.

— Mais qu'avez-vous à la main Fanferlot, interrogea Marie, regardant celui-ci qui tenait précieusement le morceau de bas-relief tant admiré par Aristide.

— Çà ? fit le gros garçon, c'est une pierre pour écraser le reptile qui nous a suivi; c'est une pierre pour fermer le dernier œil à l'ex-sans culotte Brutus.

— Brutus est ici?... Alors Cydalise a raison, vous n'avez pu arrêter ceux qui voulaient vous devancer ; vous n'empêcherez pas plus ce soir l'accomplissement du plus lâche et du plus horrible de tous les guet-apens.

— Expliquez-vous, Marie? expliquez-vous, au nom du ciel, répétèrent Keller et ses camarades se groupant de plus près autour de la mercière.

Dans le silence qui suivit ces brusques interrogations un soupir étouffé, déchirant parut monter du fond des ruines.

— Ecoutez! Ecoutez! exclama Marie, plus morte que vive, en se penchant du côté ou elle avait entendu ce cri plaintif, oh! Cydalise et mes pressentiments ne m'avaient pas trompée!

Un nouveau soupir plus déchirant que le premier se fit entendre. Il pénétra dans tous les cœurs des assistants.

— Mais c'est la voix de mon père? s'écria Keller, hors de lui, dans une anxiété impossible à décrire.

— Par ici, Keller? Par ici les amis, cria Kasa, très-peu rassuré sur le sort du vieillard, à la suite de sa rencontre du matin avec Brutus, et qui, plus qu'aucun autre, savait s'orienter à travers les ruines. Par ici.

— O mon Dieu! mon Dieu! mon père, mon pauvre père! Et moi qui le croyais parti.

Keller, comme tous les autres, suivit Kasa, les entraînant vers la pierre déscellée où était descendu le vieillard.

Alors Marie tomba contre une borne, elle s'écria d'une voix brisée par la terreur :

— Mon Dieu, faites qu'ils arrivent à temps pour le sauver.

Pendant que Keller et ses amis descendaient dans le caveau, pendant que Marie priait, accroupie contre une borne, deux hommes, blottis derrière le piédestal, suivaient avec une avide curiosité les péripéties de cette scène.

C'était Brutus, le metteur en scène de cet horrible drame, c'était son fidèle complice, Carracalla.

Brutus disait à celui-ci qui comme lui, se faisait plus petit que possible contre le piédestal.

— Le tour est joué, Comtois sera content!

— Rien ne manquait à cette scène, pas même le grotesque joint à l'horrible. A peine Brutus eut-il achevé sa phrase devant Carracalla tremblant de tous ses membres, que Fanferlot, Bluckmann et leurs amis reparurent en dehors du souterrain. Les premiers portaient de chaque côté le corps inanimé du vieux Keller, les seconds retenaient avec peine son fils se tordant dans les convultions et du désespoir.

— Marie... Marie, s'écria-t-il, on ne veut pas me laisser voir mon père... Cependant mon père se meurt, mon père est mort!

— Au secours! Au secours! criait Marie, à tous les échos, une fois qu'elle eut vu le corps porté par les lurons et le fils Keller se débattant contre ses camarades qui voulaient lui cacher l'horrible réalité.

Ces derniers ne purent longtemps retenir Keller; il échappa à leurs étreintes; il alla au cadavre de son père que Fanferlot et Bluckmann venait de déposer à l'entrée du caveau:

— Mon père! s'écria le jeune homme en couvrant de baisers ce corps inanimé, revenez à vous, vous n'êtes que blessé, n'est-ce pas? oh! parlez! parlez!

Le vieux Keller restait immobile, ses mains pendaient inanimées, sa figure était impassible. Une plaie béante, près de la tempe accusait une blessure mortelle, un sang noir s'en échappait. Marie, redevenue calme, étanchait ce sang avec son mouchoir. Bluckmann et Fanferlot s'étaient jetés dans les bras l'un de l'autre, pendant que le Marseillais, Kasa et Aristide se parlaient à voix basse; cherchant à expliquer ce sinistre qui pour eux était le resultat d'un crime, la conséquence des machinations infâmes de Comtois.

Keller, après avoir porté pour la dixième fois la main sur la bouche, sur le cœur de son père, s'écria en proie au plus violent désespoir:

— Mon Dieu! mon Dieu! mon père est mort!

Ces paroles ne furent suivis que des sanglots de ses amis et des pleurs de Marie, jusqu'au moment où une voix perça le silence de la nuit et s'écria:

— Oui, messieurs, c'est du côté que l'on vient de crier au secours. Arrivez, je vous en prie, arrivez.

C'était de nouveau la voix du général d'Angeranville; lui et sa société venaient de reconduire Madame Tallien à son domicile. Il était en compagnie de Berthier, du commandant Bonaparte, et de quelques officiers.

Comtois les suivait, mais à distance. Aux premiers cris de Marie, il avait tout deviné; son complice Brutus avait exécuté ce qu'il n'avait pu empêcher, il s'agissait de payer d'audace et de sang froid; l'intendant calcula tout de suite les chances de cet horrible guet-apens. Il réfléchit pendant tout le temps que d'Angeranville resta pétrifié d'épouvante à la vue de Keller et de Marie s'épuisant à ranimer le vieillard.

D'Angeranville, alarmé comme tous ceux qui l'accompagnaient, s'écria:

— Mais c'est l'homme de ce matin, c'est le vieillard que j'ai tout à l'heure averti... vite un chirurgien.

Un officier se détacha du groupe, il examina la blessure.

Pendant ce temps, Comtois s'avança respectueusement vers d'Angeranville:

— J'avais bien dit au général, s'écria-t-il, que les visites souterraines de ce vieillard lui porteraient malheur. En voilà le résultat.

Comtois défiait ainsi les protecteurs du vieux Keller.

Quoique abîmée de douleur, Marie se releva, irritée de tant d'audace. La première, elle regarda Comtois bien en face; elle lui dit avec indignation:

— Et qui sait, citoyen Comtois, si ce résultat n'est pas celui d'un crime.

— D'un crime! répétèrent d'Angeranville et les officiers.

En ce moment, Bluckmann et Fanferlot retenaient Keller, prêt à s'élancer contre Comtois, Bonaparte ne quittait pas cette scène des yeux; ses regards profonds, et scrutateurs observaient Comtois pâle comme la mort.

— Oui, d'un crime, répéta Marie, sans cesser

de dévisager l'intendant, d'un crime commis par celui-là même qui l'appelait de tous ses vœux... Entends-tu, Comtois, entends-tu.

— Cette femme est insensée, ou la douleur l'égare, reprit l'intendant qui jugea prudent de se reculer.

— Cependant tu as pâli, Comtois, répliqua Keller, se débattant entre ses deux amis pour bondir sur le misérable. Et cette pâleur-là, c'est la sentence gravée sur ton front.

D'Angeranville, interdit par cette double accusation, ébranlé par les soupçons qu'il concevait lui-même contre Comtois, se tourna vers Bonaparte attentif, silencieux. Il lui dit :

— Voilà qui est étrange, commandant.

Pendant qu'avait lieu cette scène autour du cadavre, Kasa et le Marseillais se tenaient discrètement à l'écart, comme Aristide qui, de son côté, ne quittait pas des yeux le jeune Bonaparte.

Reculés vers le piédestal, Kasa et le Marseillais surprenaient Finet, Brutus et Caracalla blottis près d'eux. Ils s'emparaient des deux complices.

— Qué ! que fais-tu, troun de l'air ? mons Brutus ? tu étais aux remparts tout à l'heure, ce me semble ? Et tu es venu ici, zuste quand la souris a été prise dans la souricière, qué ?

— Conséquemment, répliqua Kasa, mettant à son tour la main sur le grand Caracalla. J'ai déjà vu ce matin, ici, ton digne associé, mon efflanqué ? voyons ne tremble pas comme çà, si tu ne veux pas qu'on te croie du crime.

— Moi, je tremble ? fit Caracalla poussé comme Finet sur le lieu du sinistre. Mais si je tremble, c'est nerveux, j'ai peur des morts, moi.

— Un moment, s'écria Fanferlot, à la vue des deux coquins retenus par le tambour et le Marseillais, et laissant Keller aux mains de Bluckmann. Un moment, votre présence à tous les deux coïncide avec nos soupçons. Vous nous appartenez, avant d'appartenir à la justice.

Et Fanferlot, de sa poigne athlétique, attira les deux misérables près du cadavre.

Cette scène était sinistre : la lanterne de Comtois éclairait la figure déchirée, maculée de sang et de boue du cadavre. L'intendant lui-même était livide. Aux pieds du corps se tenaient Keller Bluckmann et Marie sanglotant. Derrière eux, Fanferlot, Kasa et le Marseillais observaient les inquiétudes mortelles des bourreaux de Keller. A quelque distance, et causant entre eux, on voyait les officiers atterrés ; juges indécis qui n'osaient se prononcer avant d'Angeranville et Bonaparte.

Aristide, lui, par une distraction qui n'était excusable que chez cette nature d'artiste, était resté loin de ces deux groupes. Il avait oublié jusqu'à la mort de Keller pour observer curieusement le jeune Bonaparte, dont les yeux creux, brillants, se détachaient d'une façon fantastique, de son profil césarien.

Keller, lui, tout à la perte horrible qu'il venait d'éprouver, s'avança vers le jeune Bonaparte qui l'observait particulièrement, il s'écria en faisant encore quelques pas vers lui :

— Commandant, je ne sais si la mort de mon père provient d'un crime ou de la fatalité, ce que je sais pourtant, c'est que tout-à-l'heure, à cette place, vous avez dit que si vous étiez un jour général en chef, vous élèveriez à la France une colonne digne de son immortalité. Et bien ! moi aussi, commandant, au nom de mon père, mort sur cette place, j'ai un vœu à remplir. Je désire que dans l'œuvre que vous rêvez, vous n'ayez pas d'autre ouvrier que moi. Mes pères ont fondu le bronze de cette statue équestre ; moi, je veux être aussi l'artisan, comme mes pères, de votre trophée futur. A cette place est attachée ma vie. Si vous y rêvez un trophé éternel, moi j'y rêve un acte de réparation et de justice. Voilà mon vœu à moi !

—Et nous serons toujours avec toi pour t'aider à l'accomplir, répondit Bluckmann, une main sur l'épaule de Fanferlot et levant l'autre en même temps que Keller, au dessus du cadavre du vieillard.

Les trois lurons étendirent les mains au-dessus du mort, comme pour le prendre à témoin du vœu solennel qu'ils faisaient spontanément.

Marie Douçet priait, toujours agenouillée près du cadavre.

L'officer, qui avait considéré le vieux Keller avec la plus scrupuleuse attention, venait de dire au général :

—Cet homme est bien mort, et il est mort par accident.

Comtois, à l'écart, qui par prudence ne voulait reconnaitre ni Finet, ni Caracalla, se recula, très-rassuré par ces paroles; il murmura en menaçant les lurons :

— Voilà bien des larmes et des accusations, elles provoqueront plus d'un orage.

— Bah! répliqua Finet qui, à dessein, était revenu derrière Comtois, petite pluie abat grand vent.

Puis, tirant Caracalla avant que Comtois eût le temps de se retourner, il ajouta :

— Viens, Caracalla, la place est malsaine, filons!

Au moment où les deux misérables s'éloignaient, Kasa frappait sur l'épaule d'Aristide. Celui-ci, loin de cette scène lugubre, attachait ses yeux obstinés sur Bonaparte, très-attentif à ce qui se passait dans les deux groupes séparés par le cadavre.

— Et bien! lui dit Kasa, qu'est-ce que tu fais là l'artiste?

— Moi, dit le jeune homme, je regarde le petit commandant, il a un galbe antique qui tire du césar, avec des yeux d'aigle en plus. Ce doit être un italien?

— Non, lui répondit Kasa, c'est un Corse.

— Alors il tient du vautour, et sa première proie sera la République.

— Tu es bien peu sensible, fit le tambour avec amertume, à la douleur de Keller! Merci pour lui!

— Ah! pardon, mais la douleur, vois-tu, çà passe!...

— Et la vengeance?

— Un peu moins que la douleur! ajouta Aristide, dont le scepticisme provenait de son absence de sentiment.

Dans le même moment d'Angeranville disait à Bonaparte :

— Rentrons, Commandant, rentrons, vous dresserez un procès-verbal sur ce triste événement.

Alors des hommes, des serviteurs conduits par l'astucieux Comtois, requis par lui, emportaient sur une civière le cadavre du malheureux Keller.

— Et vous, mes amis, dit le luron désolé à ses camarades, et vous, souvenez-vous du vœu des trois lurons.

— Nous nous en souviendrons! reprirent les trois amis, dans un serrement de main solennel.

— Tiens — ajouta Aristide, en faisant remarquer à Kasa et au Marseillais l'attitude solennelle des lurons —Voilà nos amis qui jurent à la façon antique, dans des poses qui feraient envie au peintre David. C'est beau comme Phydias!

De son côté, Bonaparte observait le groupe des amis pendant que, de l'autre, s'éloignait avec terreur Comtois et ses acolytes.

—D'un côté, murmura-t-il la lâcheté et le crime, de l'autre l'abnégation et l'honneur! Voilà, ajouta-t-il, indiquant les lurons, voilà le vrai côté de la France.

Déjà le petit commandant escomptait sa future grandeur.

Il suivit le cortége funèbre derrière lequel marchait Keller, traîné par ses amis et Marie, défaillante! cortége précédé de M. d'Angeranville et de son escorte d'où, Comtois avait prudemment disparu.

CHAPITRE VI

L'ATELIER DE KELLER.

Au sommet de la montée de Belleville, existait, il y a quelques années encore, un endroit boisé, appelé *la Ferme*; c'étaient là que les Keller, célèbres fondeurs du siècle dernier avaient établi leurs ateliers et leur fonderie.

Les Keller avaient été ruinés par la Banque Law. Le père de notre luron, à la suite de la ruine de sa famille, était entré en condition chez les marquis de Vaudeuil; il ne lui était resté pour patrimoine que les immeubles de ses pères; la ferme, l'atelier et la fonderie.

Sous la Révolution, l'atelier était désert, la fonderie sans activité. Cependant le fils de Keller, par son caractère indépendant, et par la force des circonstances, n'avait pas voulu entrer en maison; lui aussi était ciseleur; mais la révolution le laissait continuer sans profit l'art professionnel de ses pères.

Depuis deux mois que s'étaient passés les tragiques événements de la place Vendôme, notre luron, partagé entre la douleur d'avoir perdu son père et les loisirs que lui laissait la République, passait son temps à se battre, à se griser, à travailler à ses moments perdus.

Ce qui donnait plus d'amertume à son âme, c'était que Marie Doucet, sa fiancée, scandalisée de sa conduite, lui tenait toujours rigueur; elle était d'autant plus forte contre son amant qu'elle s'était consacrée avec sa vieille mère aux soins de l'enfant que lui avait confiée le vieux Keller.

De son côté, le luron, malgré ses débordements et ses chagrins, n'avait pas oublié le but de sa vie, le vœu qu'il avait formé de venger un jour la mort de son père.

Lorsqu'il ne se battait ni ne se grisait, il travaillait dans son atelier à l'œuvre qu'il s'était consacrée, au projet de Bonaparte; au chef-d'œuvre monumental rêvé en l'honneur des Armées victorieuses de la République.

Comme à cette époque, l'art et la mode étaient tournés vers l'antiquité, Keller avait sacrifié aussi au goût du jour, dont le peintre David et l'architecte Percier étaient les oracles.

Keller préparait à ses loisirs une maquette représentant une colonne copiée presque servilement sur la colonne Trajane.

Bien des fois la colonne était restée inachevée dans sa terre glaise, au moment où une rixe du dehors entre soldat et faubouriens appelait le concours de notre robuste luron.

Si Keller eût vécu à un autre temps, la maison qui lui servait d'atelier eût été bien faite pour le retenir au travail; cette habitation, d'où étaient sortis les chefs-d'œuvre des Coysevox et des Gérardon, avait un prestige, un attrait tout particuliers, et l'art et la nature en avaient été aussi les architectes.

Qu'on se figure une maison de bois, à deux étages, ouverte par deux rangs de croisées à châssis, dont les larges ouvertures étaient séparées par des poutres surchargées de plâtres et couvertes de ramures.

Ces plâtres, copies des plus gracieux modèles de la Renaissance et de l'antiquité, couraient sur toute cette maison enfouie sous des bouquets de feuillage et de fleurs.

C'était dans cette oasis que le jeune Keller avait appris à aimer l'art, l'indépendance et la liberté; c'était là également qu'il avait contracté ses habitudes faubouriennes très en désaccord avec les façons de son père si attaché à ses maîtres, et aux préjugés de leurs maisons.

Un jour que pour la vingtième fois Keller, à son atelier, refaisait sa maquette, il eut la visite de son ami Aristide.

— Peut-on entrer? lui demanda l'artiste entrebaillant la porte, il n'y a pas de modèles?

— Des modèles? répliqua Keller, posant son ébauchoir sur son escabeau. Ah! çà qu'est-ce qui voudrait poser pour un artiste fondeur, aujourd'hui, qu'on ne fond plus que des canons? Allons, entre, et viens boire.

Keller ne travaillait jamais sans être accompagné d'une bouteille et de deux verres.

— Tiens! tiens! reprit Aristide, observant la maquette pendant que le ciseleur versait un bourgogne tentateur dans deux verres posés sur une table boiteuse. Voilà qui n'est pas trop mal! vous êtes ambitieux M. Keller! de ciseleur-fondeur, vous devenez architecte? vous imaginez des colonnes à l'instar de Rome, vous vous convertissez, au vrai, au beau, à l'art italien! pas dégouté, mon gaillard!

— Oui, fit le luron, en choquant son verre plein contre celui d'Aristide, je fais comme nos pères, qui cependant n'étaient pas tout à fait convertis à l'art pur; je fais comme nos pères du Moyen-Age qui, quoique maçons, élevaient des cathédrales qui n'étaient pas, il est vrai, des copies grecques ou romaines! Et aujourd'hui, si mon projet réussit, il faudra pourtant que j'en fasse les honneurs à un architecte! Voilà comme on entend l'égalité à notre époque, qui se dit l'ennemie des privilèges. Mais bast, fit Keller replaçant son verre vide sur la table, c'est ainsi que s'accréditent les choses de ce monde : elles commencent par prendre naissance dans une échoppe avant d'être acclamées dans un palais.

— Vous n'êtes pas modeste, maître Keller?

— Suis-je dans le vrai? lui riposta l'ouvrier le regardant avec ironie et lui versant un second verre.

— Oui, et de plus, ajouta l'artiste, tu es doublement adroit.

— Que veux-tu dire?

— Parbleu, que tu te souviens de l'idée du petit commandant d'artillerie, et que tu l'as traduite aujourd'hui, parce que tu commences à avoir confiance en son étoile.

— Et parce que je me souviens aussi de la mort de mon père, répliqua Keller, courbant le front d'un air sombre.

— Et puis, ajouta Aristide, qui n'avait pas un grand fond de sensibilité, et qui n'aimait guère se fixer à une idée triste, et puis parce que, en réalisant un projet qui fait honneur à ton patriotisme, tu veux détruire les bruits qui courent sur notre compte.

— De quels bruits veux-tu parler?

— Ignores-tu que nous passons pour des agents de l'Angleterre et de la Prusse.

— Ah! bah!

— Oui, si tu l'ignores, je t'en avertis.

— Qui nous vaut cette belle Réputation?

— Nos combats continuels aux faubourgs avec des soldats de la République.

— On peut ne pas aimer l'épaulette et détester en même temps les ennemis de son pays.

— Va faire comprendre cela aux imbéciles!

— Je me moque des imbéciles! riposta Keller, s'apprêtant à verser un troisième verre à l'artiste qui l'arrêta de la main, et continua de lui répondre :

— C'est-à-dire que tu te moques de la majorité de la Nation. Moi et les camarades nous avons moins de confiance en nous-mêmes, aussi je t'avertis que moi et Bluckmann, nous nous engageons, pas plus tard que demain nous partons, sac au dos, à la conquête de l'Italie.

— C'est sérieux, ce que vous voulez faire là? interrogea l'artiste qui, dans son étonnement, oublia de se verser un troisième verre.

— Dame! il vaut mieux, répliqua Aristide, aller à la rencontre de la gloire, que d'aller peupler Botany-Bay ou Cayenne. D'ailleurs, j'ai toujours rêvé voir l'Italie; je voulais gagner le prix de Saint-Luc ou de l'Académie, pour aller étudier à Rome! Et bien, ce que me refuse Apollon, je le demande à Mars.

— Qui diable! fit Keller en se frappant le front, a pu ainsi nous calomnier?

— Il ne faut pas chercher très-loin, répondit Aristide, les Cydalise et les Comtois, parbleu!

— Encore faut-il qu'ils aient eu des preuves?

— Des preuves! Ah! ils n'en manquent pas. D'abord ton père ne nous a-t-il pas fait sauver autrefois le marquis de Vaudeuil, un émigré, devenu aujourd'hui l'agent de la Prusse et de l'Autriche; toi-même, Keller, n'es-tu pas d'origine prussienne? Hier, dans notre dernière rencontre avec des soldats ivres, n'avons-nous pas eu pour auxiliaires des lurons qui payaient au comptoir avec de la monnaie à l'effigie de Frédéric de Prusse, ou de Georges d'Angleterre? Je te dis que nous sommes compromis, bien compromis; nous n'avons qu'un moyen de déjouer l'opinion qui se venge de nos succès, c'est de mettre nos bras, notre cœur, au service de la Nation. Pour ma part, j'aimerais mieux tenir le pinceau que la clarinette de cinq pieds. Que veux-tu, la patrie avant la vocation!

— Surtout lorsqu'on est conseillé par la prudence.

— Ah! c'est méchant, çà! mais l'ami Bluckmann, le brave des braves, le bourreau des cœurs, est-il aussi conseillé par la prudence, lui?

— Oh! lui, c'est différent, c'est un muscadin! comme la mode est à l'épaulette d'or et à l'épée au côté, c'est par amour des belles qu'il s'engage dans l'ordre militaire et galant des traîneurs de sabre.

— Et, tu ne veux pas faire comme nous?

— Non, j'ai mes idées.

— Et tu restes par amour pour la belle Doucet?

— Bah! elle me dédaigne.

Paris. — Typ. Walder, rue Bonaparte, 44

Tu ne veux pas t'en aller, reprit Keller.

— Raison de plus : on n'aime que ce qui vous dédaigne.

— C'est mon affaire... Tu ne tiens donc à rien, tu n'aimes donc rien, toi ?

— Si, les vieux meubles et les vieux plâtres ; c'est moins dangereux que d'aimer les femmes.

— Tu ne veux plus boire ?

— Merci, le vin trouble la cervelle autant que la femme trouble le cœur, j'ai assez bu.

— Fainéant, va!

Et le luron se versa un nouveau verre qu'il but d'un trait, puis il répliqua :

— Ah ça, quelle manie de voir des espions partout! de donner toujours à l'Angleterre et à la Prusse des rôles aussi odieux ?

— Et l'on n'a pas tort, fit Aristide, enjambant par dessus des académies brisées, des bas-reliefs poussereux, pour aller admirer un Jean-Goujon accroché au mur.—Et l'on n'a pas tort. L'Angleterre et la Prusse, vois-tu, ce sont des insectes nuisibles, tenaces comme la teigne; plus on s'y frotte, plus on s'y blesse. Ce n'est ni l'Autriche, ni la Russie qui est à craindre? Les colosses, c'est fragile à la base. Une fois à terre, bonsoir ! Ceux qui sont à redouter, ce sont plutôt les petits qui se cachent sous l'épiderme des géants, ce sont les neutres, comme la perfide Albion et la très positive nation prussienne.

— Tiens ! fit Keller, se versant un autre verre, — comme moi, tu changes d'état? d'artiste, tu deviens homme polique! achève, rival de Pitt, tu m'amuses.

— Suis-je aussi dans le vrai? lui demanda l'artiste, qui continua ainsi sa tirade, pendant que Keller continua de boire:

— L'Angleterre, vois-tu, joue notre révolution; la Prusse paie nos plus cruels révolutionnaires pour mieux ruiner la France. Elle nous bat par ses espions, elle nous exténue à l'intérieur. Si la France sait vaincre en quelques mois, ses plus terribles ennemis, les neutres, savent attendre un demi-siècle le moment de la revanche. Souviens-toi de ça, mon luron. Louis XIV était un grand conquérant! Eh bien! le peuple a détruit de ses mains les statues de son Dieu au moment où la France allait redevenir, grâce aux neutres, aussi petite que sous Charles VII. C'est l'or étranger qui, en 92, a fait renverser les statues de nos rois. Qui sait si la colonne que tu rêves, avec ton petit Bonaparte, ne sera pas brisée par des Français poussés par ces neutres: le léopard anglais et l'aigle prussienne à deux têtes!

— Tu es fou! exclama Keller, exaspéré de cette boutade qui blessait au vif ses opinions libérales. La République ne veut pas plus de conquérant que de despote; elle ne se bat que pour la liberté.

— En attendant, fit Aristide, tu rêves une colonne au profit de ton Bonaparte, et tu te fais courtisan! Bluckmann rêve des épaulettes d'or pour s'incliner sous le premier despote qui flattera sa vanité; nos ennemis nous conduisent vers un régime nouveau, tout aussi despotique que l'ancien! Où est la République, dans tout cela? Vois-tu, tant qu'il y aura trois hommes sur la terre, le premier se fera appeler Monseigneur, le second sera très-honoré d'être le courtisan du premier, et le troisième, très-heureux d'être le domestique des deux autres!

— Tu es désespérant!

— Bien parlé, cria une voix derrère eux, votre maître et le mien n'eût pas mieux dit.

Ces paroles partirent de la porte restée entrebaillée.

L'artiste railleur et l'ouvrier confondu se retournèrent brusquement.

Tous les deux se trouvèrent en face de la Cydalise; elle était debout devant la porte dont elle tenait le loquet.

Cydalise était railleuse et superbe, superbe surtout de méchanceté; elle paraissait avoir tout entendu, et n'était apparue qu'au plus sûr moment, lorsque l'entretien de l'artiste et de l'ouvrier coïncidait le mieux avec son plan et son but.

Cydalise était alors âgée de 18 ans. Elle revenait d'Allemagne, où elle avait séjourné deux ans, après avoir trahi son pays, comme on le verra bientôt. Elle était vêtue de noir; elle rappelait, par le costume sévère, l'émigrée de cette époque, sauf la figure dont les traits durs, les yeux creux, pleins de haine, les lèvres altérées de vengeance personnifiaient plutôt la furie que la martyre.

— Cydalise, toi, ici, misérable! tu oses te présenter chez moi?

Keller, menaçant, fit un pas vers elle, tandis que son ami détaillait, en artiste, cette beauté infernale.

— Parole d'honneur, se disait Aristide, cette femme ferait bien dans un décors de tragédie. Quelle tournure, quelle galbe!

— Voyons, Cydalise, parle...? Parle, si tu ne veux pas que je me souvienne que tu étais avec Gomtois, sur la place Vendôme, à l'époque où expirait mon père?

— C'est pour que tu t'en souviennes que je me suis rendue aujourd'hui à ton atelier, lui répondit la Cydalise; puis elle s'avança vers l'ouvrier, en ayant soin, cependant d'éviter son geste agressif. — C'est pour te rappeler surtout la volonté de ton père.

— Toi! exclama Keller.

— Puis-je te parler seul? lui demanda-t-elle, regardant Aristide d'une façon significative; celui-ci fit un pas vers la porte.

— Non! reprit vivement l'ouvrier, je n'ai rien à entendre de toi.

— Prends garde, je parle au nom du marquis de Vaudeuil, au nom de ton père?

— Parle au nom des aristocrates, si tu veux, cela m'est bien égal! Mais ne parle pas au nom de mon père, ne souille pas son nom dans ta bouche, ou j'oublie que tu es femme.

— Tu es bien dédaigneux pour le marquis de Vaudeuil, dont toi et les tiens vous avez autrefois sauvé la vie à l'abbaye.

— C'était la volonté paternelle que j'exécutais — répondit Keller, en reportant ses yeux sur sa maquette, comme pour se disposer à se remettre au travail — cela ne regarde que moi et mes amis, bonjour.

— Tu fais bien vite justice d'un dévouement dont monsieur le marquis te garde cependant une vive reconnaissance.

— Il est bien bon !

— C'est en son nom que je voulais t'entretenir.

— Et je te répète que c'est inutile — répliqua l'ouvrier en reprenant son ébauchoir et en s'asseyant sur un tabouret, en face de son escabeau.

— Je comprends, fit l'impitoyable Cydalise, se rapprochant de lui, pendant qu'Aristide observait toute cette scène. — Je comprends aujourd'hui que l'on encense d'autres dieux, on ne veut plus se souvenir des dieux tombés.

— Dont tu veux recomposer l'Olympe pour dérober dans ses nuages toutes tes infamies, n'est-ce pas, Cydalise ?

Ce disant, Keller gratta tranquillement sur son ébauchoir la terre glaise de sa maquette.

— En tous les cas, je ne suis pas la seule ; ta fiancée, ta chère Marie Doucet pourrait bien y cacher sa part de trahison dans les nuages dont tu parles, Keller.

— Que veux-tu dire ?

L'artiste se retourna vers Cydalise, froid et impassible

— Veux-tu que je parle encore devant témoin ? lui répondit-elle en signalant Aristide.

— Je l'exige !

— Tant pis !

— Nous n'avons rien à redouter de toi.

— Peut-être ! dit-elle avec un accent qui fit frissonner Keller.

— Voyons, siffle tes calomnies vipère, nous t'écoutons.

— Eh bien ! répliqua Cydalise en saccadant sa voix, ne t'es-tu jamais demandé si l'enfant recueilli par Marie Doucet, était bien l'enfant de la seconde et prétendue épouse du marquis de Vaudeuil, père de l'émigré ? Ne t'es-tu jamais dit que la tendresse aveugle de ta fiancée pour cet enfant ne cachait pas un mystère qui pouvait s'expliquer par le dédain que te manifeste si évidemment la Doucet ? N'as-tu pas été étonné que ton père surtout tecelat un secret te concernant ? Ne t'es-tu pas dit que son obstination à t'éloigner de la place où il avait enfoui son secret, avait un autre but que celui de complaire à ses maîtres ? songe que cet enfant en question a aujourd'hui près de quatre ans ; songes qu'en 92, Marie Doucet faisait un petit voyage de sept à huit mois et qu'il était à peine question alors de la maîtresse du père du marquis actuel......

— Assez ! assez ! Misérable !... exclama Keller ; et il se leva précipitemment de son escabeau, les yeux en feu ; il s'empara de la main de la femme qui avait si sûrement trouvé l'endroit vulnérable de son ennemi.

— Ah ! répliqua Cydalise, avec un sourire perfide, tout à la joie d'avoir touché si juste—pourquoi n'as-tu pas voulu que je te parlasse en particulier ?

— Tu mens, entends-tu, tu mens, reptile ! Ta bave n'empoisonnera jamais l'amour et l'estime que je porte à Marie, une sainte fille celle-là, autant que tu es lâche, perfide et criminelle

— En attendant, tu pâlis, tu es furieux, et tu me brises les mains ! exclama Cydalise qui, cette fois, souffrait horriblement de l'étreinte du colosse. Mais les souffrances morales de Keller dépassaient encore les souffrances physiques qu'il faisait endurer à la misérable.

Aristide observait tranquillement cette scène en amateur. Nature curieuse et indiscrète, il applaudissait en secret cette femme pour la façon adroite avec laquelle elle savait grouper les faits les plus naturels, et leur donner, comme l'aurait fait un juge instructeur, une tournure des plus graves. Il aimait, en sa qualité d'artiste, tout ce qui était émouvant, extraordinaire, tout ce qui sortait du cercle de la banalité : le génie du mal comme le genie du bien.

Au moment où le luron, sans pitié pour les plaintes de Cydalise, lui serrait encore les poignets, la porte de l'atelier s'ouvrit, quatre militaires apparurent, c'étaient le Marseillais Rabasson, le tambour Kasa, un lieutenant de la garde et Bluckmann, devenu soldat dans la brigade du Marseillais.

A la vue de Keller, retenant toujours Cydalise, les trois militaires, sauf Bluckmann, parlèrent à la fois.

— Tiens, ma fiancée, bagasse ! ma fiancée du bord du Rhin ! s'écria le Marseillais.

— Et pour qui j'ai eu l'honneur et le plaisir de battre la caisse répliqua le petit tambour.

— Pendant que l'espionne travaillait au compte du roi de Prusse, ajouta le lieutenant qui s'avança d'un air de menace contre Cydalise, les mains dégagées, de l'étreinte de Keller.

A la vue de ses trois accusateurs, l'infâme créature se glissa vers la porte ; elle disparut au moment où Keller, étonné de l'arrivée de ses amis, du changement opéré dans la situation de Bluckmann, demanda au lieutenant la cause de la métamorphose de son ami.

— La cause ? répondit le lieutenant, la cause, c'est cette horrible femme !

— Car depuis hier, répliqua Bluckmann, nous sommes dénoncés par elle comme étant des agents prussiens. Pour ma part, voilà ma réponse, ajouta-t-il, en lui montrant son costume militaire.

— Quand je te le disais, continua Aristide au ciseleur, tout en pressant la main à ses amis. Aussi, pas plus tard que ce soir, je suis des leurs. Toi, une dernière fois, veux-tu faire comme moi ?

— Non, répondit le luron, qui, plus que jamais, tenait à rester à Paris ; non la Nation dira ce qu'elle voudra ; je suis un trop modeste artiste pour vouloir aller étudier en Italie, sous l'égide de la gloire. Je n'ai pas non plus l'ambition de Bluckmann, qui rêve l'épaulette d'or. Et maintenant, j'espère que vous allez me dire ce que signifiaient vos paroles contre la créature qui vient de sortir de chez moi, hein ?

— Tu vas être servi, répondit le petit Kasa ; d'abord, nous te présentons le lieutenant Bonvin, un crâne qui joue son rôle dans l'histoire, où figure, au premier plan, ta Cydalise, une rouée qui, pour la malice, en remontrerait à tous les diables ! En attendant, la compagnie à soif ; il y a loin de la caserne à ta sempiternelle montée de Belleville.

Kasa n'avait pas achevé ces paroles que Keller, heureux de retrouver des amis qui, à l'encontre d'Aristide, ne faisaient pas fi de la bouteille, alla quérir derrière un énorme bas-relief plusieurs fioles et plusieurs verres ; il les porta sur la table, pendant que le petit tambour, au milieu du groupe, s'écria :

— Attention ! Je commence ; cela se passe en 93, sur les bords du Rhin, huit mois après que nous te quittions, le Marseillais et moi, pour aller faire la chasse aux Prussiens.

Keller s'apprêta à écouter, le verre en main, un récit qui devait l'éclairer sur les menées de la Cydalise et de ses ennemis ; il était d'autant mieux disposé à boire, tout en écoutant cet épisode, qu'il avait besoin de s'étourdir.

La Cydalise avait glissé dans son cœur un horrible soupçon sur Marie, sur sa fiancée, que jusqu'alors Keller avait appris à aimer, à respecter à l'égale d'une sainte.

CHAPITRE VII.

LE MARIAGE AU TAMBOUR.

Kasa, les coudes sur la table, les yeux fixés sur les bouteilles pleines, commença son histoire.

Nous prenons la parole pour le petit tambour, afin d'expliquer d'abord la cause des événements qui ont précédé l'épisode raconté par Kasa ; événements dont le jeune soldat ne pouvait que signaler les faits.

Depuis que le marquis de Vaudeuil avait été sauvé à l'Abbaye, il avait pris du service dans l'armée de Condé. Il avait mis dans ses intérêts contre la France, Comtois et Cydalise.

Mais la Prusse, qui, sur le dire des émigrés, devait si facilement fondre sur Paris et venger la mort de Louis XVI, s'était vu bien vite arrêtée dans sa marche par nos héroïques volontaires.

En vain l'or de l'Angleterre, en vain les espions prussiens avaient-ils essayé à l'intérieur comme aux frontières, d'entraver les efforts de notre patriotisme, tout cela n'avait abouti, qu'à provoquer les massacres de septembre, à multiplier les atrocités de tout genre, de Paris aux frontières.

La Prusse, nation prudente et réfléchie jusque dans ses horribles exactions, avait abandonné la cause des émigrés, lorsqu'elle s'était convaincue qu'elle ne pouvait avoir raison de nos armées républicaines.

Frédéric-Guillaume de Prusse ne tarda pas à laisser à l'Autriche le soin de combattre ouvertement la France; elle se contenta de se ligner avec le roi d'Angleterre, uniquement pour recevoir son argent, et lui vendre ses soldats, sauf à abandonner aussi l'Angleterre après avoir reçu ses subsides; sauf à garder une prudente neutralité jusqu'au jour où l'Angleterre ruinée, l'Autriche exténuée, la France, à bout de victoires, dussent compter avec la Prusse escomptant les désastres des uns, et les victoires des autres.

La Prusse, après avoir secondé les émigrés, les abandonnait peu à peu, pour agir de concert avec le bas-peuple français, contre la révolution.

Dès lors l'armée du Rhin fut travaillée par les agents prussiens, pendant que Frédéric-Guillaume se retirait ostensiblement de la coalition de l'Europe contre la France républicaine.

La Prusse a deux faces, comme son aigle-vautour, qui possède aussi quatre serres : les unes tendues sur la Pologne et la Hollande, les autres sur toute l'Allemagne et une partie de la France.

Depuis que le prince de Condé commençait à désespérer de vaincre la France républicaine, le jeune marquis de Vaudeuil, son aide-de-camp, avait fait comme Frédéric de Prusse, il avait abandonné son prince; il était entré dans les vues nouvelles de son véritable maître, le roi de Prusse.

Il soudoyait au profit de l'étranger, des subalternes pris dans sa propre maison, des Comtois, des Cydalise, qui, tant à Paris que sur les bords du Rhin, complotaient contre la République.

Les uns, comme Comtois, travaillaient à l'intérieur les patriotes timorés, les autres, comme Cydalise, allaient à la frontière entraver la rapidité des opérations des défenseurs de la République; puis des misérables, des Caracalla et des Brutus, ne songeaient, comme leurs maîtres, qu'à engloutir un trône dans des flots de sang pour en faire sortir un nouveau trône !

La Prusse, en attendant mieux, se faisait la pourvoyeuse de ces espions contre lesquels Dumouriez eut fort affaire ainsi que la Convention, qui envoyait des commissaires pour surveiller ces espions, et tracasser Dumouriez lui-même, suspecté aussi par les jacobins,

Telle était la situation politique et militaire de la France en 93, au moment où commence le récit de Kasa; situation qui expliquait aussi la démarche récente de Cydalise auprès de Keller, essayant ce qu'elle avait tenté avec un égal insuccès sur les bords du Rhin, deux ans auparavant.

Maintenant, revenons au récit du petit Kasa, dans lequel figurent les principaux personnages qui l'écoutaient, chez Keller, groupés le verre en main autour de sa table.

Voici le récit de Kasa :

« C'était au commencement du printemps de 1793 ; de nombreux volontaires venaient de renforcer l'armée de la Moselle; il y avait parmi eux le Marseillais Rabasson et le narrateur qui, à la suite de leur équipée à l'Abbaye, s'étaient hâté de solliciter de la Convention l'ordre de suivre les généraux de l'armée du Nord.

« Rabasson et Kasa en avaient assez de trahir, même au nom de l'amitié, la République française. Ils préféraient la servir, les armes à la main. Par un singulier hasard, celui qui commandait un des corps de l'armée prussienne en présence de la brigade de Rabasson, c'était précisément l'émigré que Kasa avait sauvé de la prison, l'aide-de-camp du prince de Condé, le marquis de Vaudeuil.

« Alors il y avait dans les rangs des volontaires une cantinière très-suspecte pour le tambour, la belle Cydalise, partie de Paris en même temps que lui.

« Rabasson, moins au courant que Kasa, des menées de Cydalise, créature du marquis, en était tombé éperdûment amoureux.

« Les représentations de Kasa n'avaient fait qu'aigrir Rabasson contre son ami lorsque celui-ci lui avait assuré que l'insuccès de nos armes provenait de la vivandière, qui, sur les bords du Rhin, comme sur la place Vendôme, travaillait avec Comtois à la ruine de la France et à la perte de la République.

« L'amour n'écoute rien ; et d'amis, Kasa et Rabasson étaient devenus presque ennemis, comme on va le voir par cette conversation tenue entre le tambour et le volontaire, deux heures avant le mariage de ce dernier avec la rusée vivandière.

« — C'est donc ce matin que tu te maries, Marseillais? lui demandait Kasa, assis sur un banc, et jouant aux cartes avec Rabasson.

« — Que l'on s'en flatte, mon tapin, réplique celui-ci; et que l'on ne pourra plus appeler Baudruche Rabasson, un soldat sans bidon, qué? puisqu'il épouse la cantinière de son choix, té? Aussi vrai que j'abats ta dame, mon pic hoûn, aussi vrai que tu ne boiras plus gratis au nez et à la barbe de nos conscrits, bagasse!

« — Es-tu bien sûr de çà, Marseillais?

« — Aussi sûr que je prends ton ci-devant monarque, mon bon?

« — Cela ne vaut rien, comme la dame de cœur, et atout! Or, ce soir, tu pourrais voir filer avant ton mariage le dame de tes pensées avec celui dont nous avons fait connaissance à l'Abbaye.

« — Mon bon! je t'ai déjà dit que je méprisais tes calomnies à l'endroit de ma particulière. Débine le Vaudeuil que nous avons eu la maladresse de laisser filer à Paris, je te l'accorde, rien de plus, rien de moins!

« — Trèfle! répliqua Kasa, abaissant une carte, puis il ajouta. — Oh! ce que j'en dis, Marseillais, c'est à seule fin de m'économiser des ras et des flas en l'honneur de ton hymenée intempestif. J'ai gagné, quinte-majeure! fit-il, en abaissant son jeu. — Maintenant, si tu voulais me faire payer un petit verre par ta future, tu le pourrais sensiblement, avant de faire caresser ma peau d'âne en l'honneur de celle qui appartient au colonel d'en face.

« — Et si je voulais me donner le plaisir contraire, s'écria Rabasson furieux. — Car Rabasson n'est pas conscrit, té? Et je né puis croire à ta médisance contre la belle de mon cœur. Un mot de plus, je te montre que je sais aussi bien jouer du sabre que tu sais jouer des baguettes. Assez causé, si tu ne veu que l'on te prouve, en dépit de notre vieille amitié, qu'on s'est payé de la salle d'armes tous les zours, et qu'on n'a pas perdu son temps, bagasse.

« Un groupe de volontaires entourant les deux joueurs, accueillit par des rires les paroles et la pantomine du Marseillais.

« Cette scène se passait sur les bords du Maine, où depuis quinze jours nos soldats, mal vêtus, à peine nourris, sans souliers, restaient forcément immobiles, ne pouvant faire une manœuvre, sans être déjoués par les Prussiens et les Impériaux de l'autre côté du Maine ou du Rhin.

« Evidemment ils étaient trahis dans leur propre camp. Aussi les paroles du tambour étaient-elles mortelles pour le Marseillais. Déjà les soldats qui les entouraient se divisaient en deux groupes, disposés à prendre fait et cause pour l'un ou l'autre de leur compagnon, lorsqu'une cantinière sortit d'une tente voisine et se planta hardiment entre les deux adversaires.

« C'était Cydalise.

« — Eh bien! Qu'est-ce que c'est? On me déchire ici! s'écria-t-elle, se campant fièrement entre son amant et le petit tambour. Avant de parler, mauvais fourbi! ajouta-t-elle, regardant le tambour, — tu devrais bien tourner sept fois ta langue et interroger ta conscience; ta langue dirait, d'accord avec ta conscience, que c'est à toi que nous devons la connaissance du colonel de Vaudeuil, tiré par toi de l'Abbaye avant d'être ce qu'il est: l'aide de camp du prince de Condé, voilà!

« A ces mots, un cri d'indignation fut poussé par les assistants.

« L'épisode très-vrai de cette délivrance donnait à la traîtresse un avantage marqué sur le tambour.

« — Tonnerre, s'écria-t-il les yeux en feu, les poings crispés, si tu n'étais pas une femme, Cydalise.

« — Oui, lui répliqua le Marseillais, mais je ne suis pas une femme, moi, bagasse? Et si, avant le conjungo préparé par ta peau d'âne, tu ne rétractes tes infamies, suffit, on s'alignera proprement, histoire de s'entamer l'épiderme.

« Le Marseillais quitta Kasa; le tambour resta seul sur son banc, pendant que la vivandière achevait plus loin d'indisposer les volontaires contre le petit tambour.

« — Ah! murmura Kasa, elle est forte la Cydalise; mais on veille! Il n'y a pas dans l'armée que des traîtres et des imbéciles.

« A peine achevait-il ces paroles qu'un homme, enveloppé d'un long manteau frappa sur l'épaule, du tambour.

« — Soldat, me voilà, lui murmura l'homme au manteau.

« — Citoyen commissaire, lui répondit Kasa, en se retournant vers l'homme mystérieux,—en face de vous est la tente de notre lieutenant, le traître qui doit nous livrer. De l'autre côté, se trouve la tente de la vivandière... l'espionne de la Prusse!.. La traîtrise se regarde. Maintenant, agissez, vous êtes averti.

« — Et je t'en remercie, au nom de la Convention et de la patrie en danger.

« L'homme s'éloigna, Kasa ne tarda pas à l'imiter, à la vue du sergent Bonvin rôdant aussi aux alentours de la cantine.

« — Bon! se dit Kasa, au tour maintenant de mon sergent; celui-ci n'est pas un traître comme mon lieutenant, ce n'est seulement qu'un innocent comme le Marseillais. Eloignons-nous, et voyons venir la Cydalise.

« En effet, Kasa avait à peine disparu derrière un fourré que la cantinière regagnait Bonvin sur le banc quitté par le tambour.

« — Ainsi, c'est bien décidé, Cydalise, lui dit le sergent, une fois que la vivandière fut venue à lui. — Vous épousez aujourd'hui le Marseillais.

« — Il le faut bien! soupira l'hypocrite créature.

« — Il le faut bien! répéta Bonvin avec un étonnement mêlé de joie. — Vous ne l'aimez donc pas, ce Rabasson?

« — Vous me le demandez, lui dit-elle en attachant sur lui d'irrésistibles regards. — Et ne comprenez-vous pas que je n'obéis qu'au devoir en épousant le plus honnête soldat de la brigade.

« — Au devoir?

« — Ou plutôt à la nécessité, en sacrifiant aux mauvais propos dont Kasa est le méchant interprète!

« — Cydalise, répliqua Bonvin d'un ton sévère, — Kasa est le dévouement et l'honneur en personne. Je ne souffrirai pas...

« — C'est possible, mais il me hait; et il ne m'a pas moins condamnée en me forçant à épouser le Marseillais, en m'éloignant de quelqu'un, d'un autre...

« Et l'adroite cantinière laissa échapper un soupir qui en disait bien plus que les paroles et le silence qui les précéda.

« — De quelqu'un, d'un autre?... interrogea le sergent, qui mit à profit le silence de la cantinière et lui serra vivement les mains.

« — Brisons là, monsieur Bonvin, s'écria-t-elle en retirant sa main des mains du sergent, et comme obsédée par une pensée unique. — Vous l'avez dit, et c'est bien décidé, je me marie avec le Marseillais, aujourd'hui, à l'instant; en épousant un des plus braves soldat de l'armée, on ne prétendra plus, je suppose, que je pactise avec les ennemis de la France?

« — Pourtant, Cydalise — répliqua le sergent, un peu défiant depuis que Kasa avait fait connaître à toute la brigade les antécédents de l'espionne prussienne — pourtant il était bien permis de le supposer, vous qui, dit-on, avez été la protégée du colonel de l'armée de Condé.

« La cantinière se pinça les lèvres, elle frissonna, mais, trop adroite pour ne pas déjouer rencore ce dernier coup venu d'un homme qui ne demandait qu'à se rendre, elle répliqua:

« — Eh bien! sergent, je serai aussi franche avec vous que vous l'êtes avec moi; oui, je l'avoue, en entrant dans l'armée du Rhin, je croyais n'avoir qu'un devoir à remplir: servir le marquis de Vaudeuil, mon ancien maître, oui, servir l'étauger contre vous-même.

« Le sergent, malgré toute sa passion pour cette créature, se recula d'elle d'un air indigné.

« Cydalise arrêta son indignation en attachant sur Bonvin des regards suppliants :

« — Pardonnez-moi, sergent, je suis femme, dit-elle; je ne connais pas, moi, les devoirs imposés par votre patriotisme. Cependant, Bonvin, lorsque j'ai vu vos souffrances, lorsque j'ai su admirer votre courage, votre abnégation héroïque pour votre première maitresse : la France, j'ai oublié que j'étais l'alliée des émigrés ; aujourd'hui, fit-elle en baissant les yeux — je l'ai tout-à-fait oublié....

« — Pour servir la France, notre mère commune ?

« — Non... pour vous servir... peut-être.

« — Oh ! ne me regardez pas ainsi, vous me rendriez fou.

« — Allons, fit Cydalise, en secouant la tête d'un air ironique — revenez à la raison, beau sergent, abandonnez-moi, ne songez qu'à votre maîtresse : la France !

« — Mais si je ne suis pas ici, s'écria Bonvin, emporté par sa passion jalouse — vous vous marierez tout-à-l'heure avec le Marseillais.

« — Sans doute ! Que vous importe ! L'honneur, chez-vous, ne parle-t-il pas plus haut que l'amour.

« — Eh bien ! Cydalise — répliqua Bonvin, qui ne se possédait plus — voyez à quel point je vous aime : en dépit de mon honneur, pour empêcher ce mariage, pour être à vous, je suis capable d'oublier la France, de tout oublier !

« Cydalise arrêta une exclamation de joie qui signifiait : — A merveille ! la position de l'armée française, grâce à ce sot, sera bientôt occupée par l'armée prussienne.

« Puis l'espionne s'esquiva au bruit fait derrière elle par le petit Kasa qui chantonnait ironiquement à l'espionne et au sergent :

« Sur leur front ceint de nos lauriers
« Je n'aime pas voir les guerriers
« Mêler le myrthe avec la rose.

« — Ah ! c'est toi, galopin ! s'écria le sergent furieux d'avoir été interrompu ; furieux encore de s'être si avancé auprès de l'adroite cantinière.

« — Oui, moi, fit Kasa, déjà à califourchon sur le banc où il avait surpris les amoureux — prêt à bénir de mes baguettes le conjungo de cet imbécile de Marseillais.

« — Leur bonheur te gêne ?

« — Oh ! pas tant qu'à vous, sergent !

« — Hein !

« — Est-ce que je vous ai offensé ?

« — Non, mais je n'aime pas les mots à double entente. Puis Bonvin ajouta avec une certaine appréhension : — Tu nous a donc écoutés ?

« — Trop poli pour vous démentir, lui répondit Kasa.

« — Alors — reprit Bonvin avec confusion — je te fais honte.

« — Trop poli pour vous démentir, et avec tout le respect que l'on doit à un supérieur.

« — Kasa ! exclama Bonvin, d'autant plus offensé qu'il se sentait coupable, explique-toi sans détour, je le veux.

« — Bien vrai !

« — Je l'exige !

« — Alors, reprit le tambour, battant la mesure de ses doigts — vous croyez que la Cydalise vous aime.

« — Elle me l'a fait supposer !

« — Et la supposition peut être vraisemblable. Vous êtes si bel homme, sergent ! Mais le colonel Vaudeuil, à la solde de la Prusse, est aussi un bel homme ; de plus il est à la tête de quarante mille habits verts contre quinze mille sans-culotte. C'est çà, pour Cydalise, une femme de tête qui sait compter, c'est çà qui fait pencher la balance de l'autre côté du Rhin !

« — Je t'ai dit déjà que je n'aimais pas les mots à double entente.

« — Cependant c'est assez diaphane ce que je vous montre là. Comment, sergent, vous ne comprenez pas que le mariage au tambour du Marseillais n'est qu'un signal convenu entre l'espionne et le colonel prussien.

« — Oh ! ce serait infâme !

« — Rien n'est infâme pour la Cydalise, qui a mis aussi dans ses intérêts notre lieutenant.

« — Le lieutenant Vidal ?

Assez ! assez ! misérable ! exclama Keller.

« — Oui, le lieutenant Vidal, qui, par mes baguettes bénites, et au moment de l'hymenée, préviendra le prussien pour attaquer notre corps d'armée au repos, pendant que vous, sergent, on vous enverra à l'opposé de la rivière.

« — Oh ! la misérable ! fit Bonvin, aussi indigné que confus d'avoir été un instant la dupe de l'odieuse cantinière; puis, se consultant, il ajouta : — Mais, triple canon ! voilà qui explique depuis quinze jours notre inaction ici !

« — Vous voyez clair, à la fin ! toutefois, après la Convention qui vient d'envoyer un citoyen commissaire pour changer l'ordre et la marche des traîtres qui arrêtent la besogne des patriotes.

« — Vraiment ! et comment saits-tu encore cela ?

« — Oh ! moi, répliqua Kasa au sergent — je suis si petit, si petit, que les herbes du fleuve peuvent se permettre de m'humilier au point de me laisser tout voir, sans être vu. C'est comme cela que tous les soirs j'ai pu surprendre la cantinière passer le fleuve pour aller livrer au marquis colonel tous les secrets de nos mouvements ; c'est comme cela que j'ai vu tout-à-l'heure arriver ici un commissaire de la Convention pour faire changer de ton la musique, un peu trop sur le même air de l'espionne, de l'émigré et du lieutenant Vidal.

« Kasa achevait à peine ces paroles que Bonvin, très-édifié sur les manœuvres de la Cydalise, interrompit le tambour. Il lui fit signe de regarder du côté de la rivière :

« — Si mes yeux ne me trompent pas, voilà des roseaux qui remuent là-bas; ce ne sont guère des tricornes qui les dominent.

« — Non, fit le tambour, regardant dans la même direction — je crois que ce sont des casques prussiens.

« — Ils attendent le signal? interrogea Bonvin.

« — Faut pas les faire languir... et j'ai mon tambour tout prêt pour la cérémonie.

« Attends un peu — fit Bonvin, arrêtant Kasa, — quoique je ne sois pas de service, quoique je n'aie pas d'ordre du lieutenant, je vais faire sa besogne et commander sans lui mon peloton. Je te réponds alors que les Prussiens ne perdront rien pour attendre, et que le Marseillais verra trente six chandelles à sa noce.

« — A la bonne heure, sergent! je vous retrouve.

« Les deux soldats disparurent derrière les tentes au moment où en sortaient Cydalise, la fleur d'oranger à la boutonnière et le galant Marseillais, dans ses plus beaux atours, c'est-à-dire dans un pantalon à peine rapiécé, les pieds chaussés de sabots neufs.

« — C'était le moment du mariage; derrière les fiancés marchaient les témoins et tout un peloton de volontaires, commandé par le lieutenant Vidal, très-inquiet depuis qu'il avait eu une entrevue avec le citoyen délégué commissaire de la Convention.

« Celui-ci ne quittait plus d'un pas le lieutenant Vidal; il l'avait encore accompagné, sous prétexte de célébrer le mariage de Rabasson et de Cydalise.

« Mais le tambour n'arrivait pas; le sergent Bonvin, en train de prévenir les soldats de son bataillon, ne venait pas non plus. Le lieutenant Vidal était très-agité; sous prétexte de chercher des yeux Kasa, il regardait du côté de la rivière, vers les roseaux où rampaient les Prussiens, guettant le signal d'attaquer les Français, sans défense.

« Rabasson, aussi était très-impatient, mais c'était de jouir de son bonheur!

« Enfin, à la grande joie de Cydalise, Kasa parut avec son tambour; il monta sur le banc, domina les futurs et les volontaires placés entre deux rangs, l'arme au bras, devant les fiancés.

« — Portez armes, présentez armes!

Cria le lieutenant Vidal, qui voulait donner le plus d'éclat possible à la cérémonie pour distraire ses soldats et avertir sûrement les Prussiens.

« — Bagasse! on me porte les armes! Quel honneur! s'écria le Marseillais en pressant la main de sa fiancée avec une tendresse mêlée d'orgueil.

Le délégué commissaire tira un papier qu'il déplia et lut aux futurs :

« Au nom de la Nation, de la République une et indivisible, le citoyen François-Baudruche Rabasson consent-il à épouser la citoyenne Angélique-Irma Cydalise?

« — Oui, citoyen, que j'y consens et que je m'en flatte! s'écria Rabasson avec empressement.

« — Tambour, battez aux champs! commanda le commissaire.

Kasa fit entendre un formidable roulement, on eût dit que tous les tambours du régiment l'accompagnaient.

Lorsqu'il eut fini, le commissaire reprit :

« — Et la citoyenne Angélique-Irma Cydalise consent-elle à épouser François-Baudruche Rabasson?

« Cydalise n'eut pas le temps de répondre au citoyen commissaire, une décharge de mousqueterie la devança, et des cavaliers, des uhlans, s'élancèrent ventre à terre sur les soldats français.

« — Aux armes! alerte! crièrent en même temps des volontaires commandés par le sergent Bonvin, arrivant derrière les uhlans.

« — Ah! tron de l'air, voilà des témoins sur lesquels je ne comptais pas! s'écria le Marseillais, séparé brusquement de sa fiancée.

« Les soldats couraient tous aux armes; un uhlan, plus audacieux que les autres, enfonçait le carré des Français, s'emparait de Cydalise et l'emportait sur son cheval, au moment où les Français se repliaient vers les tentes.

« — Ah! bagasse, le Prussien qui enlève ma femme! reprit le Marseillais désespéré et dégaînant; voilà une fin de noce sur laquelle je ne comptais guère.

Kasa était descendu de son banc; malgré les balles qui sifflaient autour de lui, il avait fait signe aux soldats commandés par Bonvin de venir porter du renfort aux soldats livrés par le traître Vidal.

« — Vive la République ! cria Bonvin à la tête de ses soldats et prenant entre deux feux les uhlans. Les volontaires, qui avaient fui un instant sous l'impétuosité de l'attaque des cavaliers ennemis, revenaient à la charge; ils tentaient de faire leur jonction avec les soldats de Bonvin.

« — Vive la France! répéta Kasa, battant de la caisse avec acharnement, pendant que les soldats, du côté des tentes, répondaient, à force de mitraillade, à l'appel de Bonvin et de Kasa.

« Les Prussiens, se voyant surpris, ne voulurent plus rien donner au hasard; ils retournèrent d'où ils étaient venus avec Cydalise, qui, découverte cette fois par l'insuccès de sa trahison, ne pouvait rester au milieu de l'armée française.

« Dix minutes après cette échauffourée, qui n'avait pas manqué que d'être très-sanglante, Rabasson, encore le sabre nu, disait à Kasa, dont la caisse avait été crevée à force de battre la charge :

« — Kasa, tu avais raison, mon bon ! la Cydalyse n'est qu'une drôlesse ; désormais, je ne croirai plus à l'amour, je me contenterai de l'amitié... Entre nous, c'est à la vie, à la mort ! mon pichoûn.

« Il n'avait pas achevé, qu'un nouveau spectacle vint faire diversion à la scène de réconciliation des deux amis; l'envoyé commissaire interpellait le sergent Bonvin à la tête de ses soldats.

« — Sergent, lui dit-il, la République, tout en appréciant votre héroïque initiative, ne peut que blâmer cependant votre infraction à la discipline.

« Puis, se tournant vers le lieutenant Vidal, présent à cette scène :

« — Lieutenant, ajouta-t-il, retirez vous-même les épaulettes du sergent.

« Un murmure d'indignation allait s'échapper des poitrines des volontaires lorsque le commissaire ajouta :

« — Et maintenant que vous avez ses épaulettes, fit le délégué en regardant fixement Vidal, — défaites les vôtres, pour les donner à ce brave.

« — Comment! citoyen commissaire ! balbutia Vidal en pâlissant.

« — Vos épaulettes d'or, ajouta froidement le délégué, iront mieux sur les épaules d'un insoumis comme Bonvin, que sur celles d'un traître comme Vidal. Demain, vous passerez au conseil de guerre!

« Et voilà, acheva le petit Kasa à ses auditeurs, comment, depuis 1793, le lieutenant Bonvin est venu grossir le nombre des patriotes dont Cydalise a juré la perte. »

Un silence succéda à la narration de Kasa; ses amis, agités de sentiments divers, restèrent un moment sous l'impression que ce récit leur avait fait éprouver, Keller rompit le silence, il tendit cordialement la main à Bonvin.

— Lieutenant, lui dit-il, je suis heureux de vous voir des nôtres, pour déjouer cette Cydalise et sa séquelle.

Puis, vidant un dernier verre, il ajouta à Bluckmann :

— Bonne chance, mon futur héros de la République; tâche de revenir général, si çà peut te faire plaisir, et si çà ne gêne pas la République.

Les amis partis, à l'exception d'Aristide, Keller retomba sur son escabeau.

Oh! s'écria-t-il, pourquoi cette Cydalise est-elle revenue en France? Pourquoi m'a-t-elle fait douter de Marie Doucet... Non ! ce que m'a dit cette espionne n'est pas vrai... L'enfant recueillie par Marie est de la marquise; si Marie me tient rigueur, elle le doit; je n'ai pas vingt ans, et, après tout, je ne suis... qu'un vaurien!

— Et Marie est femme, après tout, ajouta Aristide près de la porte. — Comme toutes les femmes, elle calcule, et combine ses tendresses.

— Oh! exclama Keller, les poings fermés, si Marie me trompait pour ce Fanferlot, pour ce lourd imbécile, je les briserais tous les deux, comme je brise ce verre.

Et il lança avec rage son verre qui alla éclater en mille morceaux contre la muraille.

— Tu es fou! fit Aristide, et, comme tel, tu

as tort de ne pas nous imiter, de ne pas suivre le chemin de la gloire! C'est si commode les chemins tout faits! Enfin c'est ton affaire! Mais ne te laisse pas aller à tes passions, la passion est mauvaise conseillère, ne l'écoute pas ou tu finirais mal. Travaille plutôt à notre colonne, dont je t'enverrai d'Italie des détails puisés à la source de l'art du grand Bramante et du divin Raphaël. Bonjour!

Aristide disparut, laissant Keller torturé par le démon de la jalousie; la Cydalise avait frappé juste!

CHAPITRE VIII

LA RUE CHANTEREINE.

Le 19 brumaire, une affiche placardée dans les rues de Paris mettait en rumeur les habitantss Elle était à l'adresse du conseil *des Cinq-Cents*, elle était signée Bonaparte, et ainsi conçue :

« Qu'avez-vous fait de cette France que je « vous ai laissée si brillante? Je vous ai laissé « la paix, j'ai retouvé la guerre. Je vous ai laissé « des victoires, j'ai retrouvé des revers. Je vous « ai laissé les millions d'Italie, et j'ai trouvé par « tout des lois spoliatrices et la misère. Qu'a- « vez-vous fait de cent mille Français que je « connaissais tous, mes compagnons de gloire? « Ils sont morts! Cet état de choses ne peut du- « rer; avant trois ans il nous mènerait au des- « potisme! »

Dans la rue Chantereine, qui s'appelait aussi la rue de la Victoire depuis qu'elle était habitée par le vainqueur d'Egypte et d'Italie, cette affiche était placardée de maison en maison; elle y avait attiré une foule considérable, aussi variée que les commentaires qui s'y produisaient.

— Ah! pour le coup, s'écria une voix formidable dans le groupe le plus voisin de la maison de Bonaparte, — je ne suis pas pour cette provocation à la guerre civile! Certes, j'honore le grand capitaine qui l'a signée; mais faudrait voir à ce que, en échange de sa gloire, il ne nous donnât pas lui-même le despotisme!

— C'est parler en citoyen! répétèrent plusieurs voix enhardies par l'homme qui venait de se prononcer contre cette proclamation.

— C'est parler en imprudent! répliqua une troisième voix qui fit reculer l'individu dont les premières paroles n'avaient été accueillies que par la minorité de la foule, gens à figure suspecte, vrais piliers de clubs.

A peine l'individu qui avait été interpellé se fut-il retourné, plus stupéfait que furieux, qu'il s'écria :

— Tiens, c'est Aristide!

— Keller! répliqua l'artiste, du diable si jeusse jamais cru que ce fût toi qui dût juger Bonaparte d'une façon aussi sévère.

Aristide, depuis cinq ans, était bien changé et de mine et d'allures; il entraîna Keller, qui avait alors une prestance formidable, quoique ses traits fussent altérés par l'abus des veilles et des libations.

L'élégance de l'habit, l'air de bonne mine de l'artiste, contrastaient avec l'attitude inquiète l'altération des traits de l'ouvrier.

Celui-ci répliqua :

— C'est toi, tu vois, je t'attendais. Mais depuis cinq ans que je n'ai eu de tes nouvelles, ni de toi, ni des autres, je ne comptais guère vous revoir.

— Et c'est pour cela que tu étais en train de devenir ingrat envers Bonaparte, qui fera cependant notre fortune et la tienne.

— Je suis si malheureux! soupira Keller.

— Je le sais, tu l'as voulu. Allons, ajouta l'artiste, viens au cabaret. Je te conterai ce que nous avons fait depuis que nous promenons notre gloire en Europe et jusqu'en Egypte.

— C'est pour cela, sans doute, que tu m'as écrit, que tu m'as fait dire de t'attendre?

— Pour cela et pour t'empêcher de faire de nouvelles sottises.

— Est-ce ma faute si tout le monde me trompe et se trompe!

— Mon ami, continua Aristide, que les voyages, les grands événements auxquels il avait été mêlé, avait rendu presque sérieux, — tu as un grand tort, c'est de mettre toujours la passion à la place de la raison. Avant que tu me dises un mot de ton histoire, je crois déjà la connaître. Marie Doucet te dédaigne parce que tu exiges d'elle ce qu'aucune femme ne peut donner: une fidélité absolue. Tu donnes dans la démagogie, parce que tu exiges d'un héros comme Bonaparte l'abnégation de son génie, l'abdication de ses droits. Tant que le monde sera monde, vois-tu, les femmes seront coquettes, les conquérants voudront le monde pour eux! Viens au cabaret, nous parlerons de nous, de ton serment, de la colonne et de la comédie tragique qui va se jouer à St-Cloud. Viens, c'est pour cela que je t'ai fait prévenir au nom de nos amis, de retour d'Egypte, pour la grande mortification de nos ennemis.

Keller, qui, dès le matin, avait reçu en effet un billet d'Aristide pour l'attendre rue Chantereine, suivit celui-ci au cabaret.

L'existence désordonnée de Keller, le désœuvrement dans lequel il se trouvait, en dépit de son grand besoin d'expansion, avait rendu notre luron, alors âgé de vingt ans, aussi faible qu'un enfant.

Aristide, au contraire, nature distraite qui ne se laissait aller qu'aux égarements de l'esprit, mais qui possédait un scepticisme basé sur la réalité, avait une grande force sur lui-même; jeune homme, c'était un homme mûr pour le raisonnement, et pour la volonté. Il devait aimer et dominer notre luron, dont la formidable apparence avait l'épiderme si sensible, si accessible aux moindres égarements du cœur.

Une fois montés tous deux au premier étage d'un cabaret dont les fenêtres s'ouvraient sur la rue, en face de l'hôtel de Bonaparte, Aristide reprit la parole :

— Mon luron, lui dit-il, nous comptons sur toi pour l'expédition de ce soir.

— Quelle expédition? demanda Keller après avoir vidé d'un trait un premier verre de vin.

— Une expédition dont nous faisons tous partie, Rabasson et Bluckmann, aujourd'hui lieutenant de la garde; une expédition qui n'est autre qu'une belle et bonne conspiration contre les Cinq-Cents, afin de mettre Bonaparte commandant des armées de Paris, à la place du conseil, et d'en finir une bonne fois avec la République.

— Ne comptez pas sur moi! s'écria Keller avec indignation.

— Et si nous avions fait comme toi, lorsque nous sauvions ton marquis de Vaudeuil de l'Abbaye!

— J'obéissais à mon père, répliqua le luron; mais pour la besogne que vous voulez entreprendre, ce ne sont pas des citoyens comme moi qu'il faut, ce sont des imbéciles ou des traîtres!

— Merci pour les amis qui ont payé de leur sang l'amour de la patrie!

Avant que l'artiste eût achevé, des huées, et des menaces partaient des points opposés de la rue. La foule indignée les faisait parvenir jusqu'aux amis attablés.

— Vive la République! vive le République! vociféraient avec furie des groupes s'ameutant contre la porte de l'hôtel.

— Entends-tu ces voix? s'écria Keller, désignant d'un geste triomphant la foule amassée à la porte de Bonaparte.

— Bah! ce sont des croassements qui ne m'inquiètent guère, repliqua Aristide avec dédain; les mêmes se sont fait entendre par les mêmes oiseaux sur le cadavre de ton père, à la place Vendôme! Ce sont toujours les mêmes cris; ils partent de l'Angleterre et de la Prusse pour faire appel à nos discordes civiles, ils sont poussés par les mêmes bandits vendus à l'étranger pour faire la France aussi faible au dedans que Bonaparte l'a rendue forte au dehors. Enfin, veux-tu nous suivre, au nom de Bonaparte, que naguère tu as juré de servir, au nom de ton père, que tu as juré de venger?

— Non! pas en perdant la République!

— La servions-nous quand tu nous faisais sauver aussi ton marquis, qui ne cesse, comme les siens, de rendre en France, par ses agents, la République impossible.

— Tu es impitoyable.

— Parce que je suis logique. Vois-tu, l'espion allemand et l'or anglais ont tellement brouillé les cartes en France qu'il n'y a plus aujourd'hui que deux hommes possibles en France, Louis XVIII ou Bonaparte. Qui veux-tu servir?

— Parbleu ! Bonaparte.

— Je le savais; c'est pour cela que je t'ai recommandé à lui.

— Tu es donc bien puissant?

— Mon ami, continua Aristide, sans plus s'occuper des vociférations de la rue, on est puissant quand on veut, à l'aide d'un peu de tact, d'une grande provision de flatteries pour ceux qui peuvent vous tendre l'échelle.

— Que veux-tu dire?

— Que la ligne droite, c'est-à-dire la ligne que tu t'obstines à suivre, est la ligne la plus longue pour arriver à la fortune.

— Tu m'ennuies avec ton langage de sphynx.

— Voyons, imite-moi, imite tes amis... Vois-tu Keller, lorsque j'ai pris du service j'avais mon but; je ne perdais pas de vue notre première rencontre avec le petit commandant sur la place Vendôme. On me croit distrait, on a tort; on me traite de fou, on a raison, si les fous voient de loin comme moi. Un jour, après avoir délivré je ne sais plus quel général, à la suite de je ne sais quelle bataille, je fus recommandé à Bonaparte; une fois avec lui, je lui rappelai son rêve, sa fameuse colonne; je lui rappelai ton père expirant: depuis, je fus de toutes ses expéditions scientifiques, artistiques et militaires; expéditions qui cachent un but unique : l'effacement de la République par la gloire d'un nouveau soldat heureux. Et maintenant, encore une fois, veux-tu nous suivre? ou t'obstines-tu à rester fidèle à ta République pour te placer un jour parmi les traîtres qui ont tué ton père?

— Cruelle alternative! fit Keller, en donnant un coup de poing sur la table : on ne peut donc être fidèle à sa conscience, sans être blessé au cœur! si je défends la République, je me brouille avec vous, n'est-ce pas?

— Evidemment, et de plus, ajouta Aristide, tu pactises avec des assassins et des lâches... Regarde, mon luron, regarde.

Aristide entraîna Keller à la fenêtre; une multitude en haillons, aux physionomies ignobles encombrait la rue; Keller reporta les yeux sur deux individus qui paraissaient être les chefs des groupes, c'étaient Brutus et Caracalla.

Ils criaient plus haut et plus fort que tous les autres :

— Vive la République! A Saint-Cloud! A Saint-Cloud!

Keller se recula furieux. Toute la haine qu'il avait vouée aux assassins de son père se réveilla tout à coup.

Il s'écria, en pressant la main d'Aristide :

— Je te suivrai! Je suis tout à toi.

Il allait quitter la fenêtre, l'artiste l'arrêta : Reste encore, lui dit-il, pour connaître, dans l'intérêt de notre expédition, tout ce qui va se passer ici, et pour en faire, avec les autres, notre profit là-bas.

Alors la scène venait de changer; des grenadiers avaient suffi de paraître aux extrémités de la rue pour faire évacuer la multitude, conduite par Brutus et Caracalla. La foule partie, il ne resta que les soldats, le fusil en joue; puis, la chaussée vide, la porte verte de l'hôtel de Bonaparte s'ouvrit brusquement. Les regards des deux amis purent plonger jusque dans l'allée aboutissant au pavillon de l'hôtel. Ils virent en sortir trois individus en costume civil, dont l'un était boiteux, puis un quatrième personnage en habit de général; c'étaient Fouché, Sieyès, Talleyrand et Moreau.

— Keller, dit Aristide, désignant ces illustres personnages, — voilà les grands figurants de la comédie héroïque qui va se jouer; le premier est un républicain qui trahit la République; le second, un naïf constitutionnel qui fait tout constitutionnellement, en plaçant Bonaparte au-dessus de ses constitutions; le troisième, un diable boiteux qui se met au service de tous les dieux, pour les abattre; le quatrième, un général envieux qui ne travaille à reconstituer un trône que dans l'espoir de s'y asseoir un jour.

Keller regarda Aristide d'un air ébahi.

— Tu es donc prophète? lui demanda-t-il.

— Pour être prophète, mon luron, répondit-il, il ne s'agit que de savoir lire sur les physionomies. Law et Lavater auraient été de grands politiques, s'ils n'avaient pas voulu se contenter d'être de grands artistes et de grands savants. Depuis que je fais partie, comme artiste, des expéditions scientifiques Bonaparte, j'ai observé tous les hommes qui composent son entourage; ce qui fait que Bonaparte est supérieur à ce qui l'entoure, c'est qu'il ne croit qu'en lui, tandis que ses courtisans ne croient qu'aux événements qui les portent.

Keller regardait Aristide d'un air stupéfait; et celui-ci ajouta en poussant le cynisme jusqu'au bout :

— Tous ces gens-là, ajouta-t-il, en exceptant le naïf Sieyés, — tous ces gens-là, c'est aussi de la canaille, mais c'est de la canaille dorée.

Keller était confondu par les paroles d'Aristide doué d'un esprit d'investigation que ne troublait pas le sentiment absent de son cœur.

— Maintenant, mon Keller, termina-t-il, apprêtons-nous à suivre nos conspirateurs à Saint-Cloud.

Avant de s'éloigner, l'artiste fit cependant encore observer à Keller ce qui se passait. Des cavaliers armés animaient les soldats aux abords de l'hôtel; c'étaient Sébastiani, Lannes, Berthier, Murat et Lefebre; ils faisaient caracoler leurs chevaux, brandissant leur épée et criant :

— A la rivière, les avocats !

La porte cochère de l'hôtel, qui s'était refermée sur Talleyrand et Moreau, s'ouvrit de nouveau; Bonaparte parut.

Il était revêtu de son costume de général, monté sur un magnifique cheval arabe. De la main, il salua les officiers qui lui préparaient cette difficile étape, de Paris à Saint-Cloud.

Après avoir examiné sa cohorte de conspirateurs, Bonaparte éperonna son cheval et alla se placer à la tête de ses complices.

— Vive Bonaparte ! Vive le sauveur de la France ! crièrent de rares promeneurs, qui avaient fait place à la foule hostile, après s'être glissés à travers les rangs des grenadiers.

Bonaparte, à la tête de son état-major improvisé, regarda deux pistolets qu'il portait à sa ceinture, un sabre turc qu'il avait suspendu par un petit cordon de soie rouge. De ce geste impératif qui commandait la victoire, il désigna à sa petite armée d'ambitieux la route de Saint-Cloud.

Il s'enfuit avec son escorte pour aller faire la plus rude des campagnes : la conquête d'un trône, sur les derniers débris de cette République à laquelle il devait sa première grandeur.

— Partons ! exclama joyeusement Aristide, en entraînant enfin son ami.

— Partons, répéta mélancoliquement Keller qui ne songeait qu'à venger son père.

CHAPITRE IX

A SAINT-CLOUD.

Avant de suivre nos deux artistes à Saint-Cloud, il est utile de constater les véritables auteurs de la ruine actuelle de son palais.

La même main qui, en 1871, alluma la torche incendiaire réduisant en cendre le palais de Saint-Cloud, a tenu la corde qui renversa la colonne Vendôme : la main prussienne.

La Prusse, forte dans sa vengeance, parce qu'elle sait attendre l'heure propice à sa réalisation, n'a pas pardonné à la France le 18 brumaire et l'élévation d'un conquérant qui fit son entrée triomphale à Berlin. Elle rêva longtemps sa revanche par l'anéantissement de Saint-Cloud, le berceau de l'empire, par le renversement de la colonne, son plus magnifique trophée. Elle savait ainsi frapper notre nation au cœur; elle n'a pas manqué, à la suite du défi d'un second empereur, qui n'eut de grand que le nom, de profiter de sa légèreté pour infliger à la France une double honte.

Grâce à cette politique sournoise, qui est de tradition depuis le grand Frédéric, un Frédéric-Guillaume s'est servi de ses alliés pour incendier Saint-Cloud; il a soldé des Français, indignes de ce nom, pour renverser la colonne Vandôme.

Le palais de Saint-Cloud, effondré et béant avec sa ceinture de ruines, appelle de sanglantes représailles contre cet empire germanique, qui ne sait vaincre que par la force du nombre, l'espionnage et l'incendie !

Son œuvre, patiente et infernale, adroite et cruelle, qui se parfait jusque dans l'inertie, a été la même depuis soixante-six ans. La Prusse sait attendre comme elle sait aussi se contenter de peu. Or, au commencement de ce siècle, elle se contentait modestement de s'allier à l'Angleterre, tout en laissant la France travailler d'elle-même à sa prépondérance, par l'abaissement de l'Autriche.

Comment la Prusse nous récompensa-t-elle ? En fournissant à nos ennemis jusqu'à des espions français, tels que les Vaudeuil, les Comtois, les Cydalise et les Brutus : royalistes et républicains, qui tracassaient alors Bonaparte que l'Angleterre elle même n'avait pu dompter en l'isolant de la France, en l'acculant jusqu'aux Pyramides.

Le 18 Brumaire a son excuse dans le défi que Bonaparte jetait à l'Europe contre les émigrés coalisés. Le 18 Brumaire eût été encore une glorieuse nécessité, s'il eût été fait uniquement au profit de la France divisée et de la République affaiblie, non en vue d'une dynastie périssable, comme les plus grandes dynasties du monde.

Keller eût eu raison contre le scepticisme de l'artiste Aristide, si Bonaparte se fût appelé Washington.

Aussi les ennemis secret de la République, et surtout les amis de l'étranger, essayèrent-ils de disputer pied à pied un trône que Bonaparte était en train de s'édifier sur les ruines de la République.

Le 18 Brumaire, ils étaient tous là, ces espions, à St Cloud, encombrant les abords du palais et du parc, et protestant au nom des libertés violées !

La foule des exaltés ne dépassait pas la place; elle descendait la rue de Paris, sans pouvoir gravir la montée du palais, sans dépasser la grille gardée par des soldats.

Depuis une demi-heure Bonaparte était arrivé avec son état-major, il était descendu de cheval ; il s'était dirigé vers l'orangerie, disant à ses généraux :

— Je ne veux plus de factions !

Ce à quoi Murat avait ajouté :

— Il faut jeter les avocats par les fenêtres.

Pendant que Lefebvre s'écriait :

— Les avocats ont trop parlé, qu'ils dansent, maintenant.

Ces paroles, répétées à la foule, étaient interprêtées de mille façons, pendant qu'une sentinelle, à la grille du parc, repoussait de plus en plus la foule essayant de l'envahir.

Cette sentinelle, c'était le soldat Rabasson.

Malgré sa situation critique, le Marseillais ne put contenir un vif mouvement d'étonnement à la vue de Cydalise, se promenant au bras d'un merveilleux qu'il reconnut pour être Comtois.

— Ainsi, très-cher, disait-elle se penchant avec affectation au bras de son cavalier, et excitant l'indignation du populaire, — vous dites que les grenadiers de Bonaparte violent en ce moment la chambre des deux conseils ?

— Oui, charmante, répondit Comtois, cherchant dans la foule un homme sur lequel il savait compter, car ce petit général ne doute de rien ! Il a juré de faire courber la France sous toutes les servitudes.

— C'est une abomination, exclama Cydalise, regardant la foule qui n'osait trop s'indigner en présence de la haie de grenadiers impassibles, de Rabasson en sentinelle devant la grille.

— Zou ! exclama Rabasson, regardant Cydalise qui ne le voyait pas encore. — Zou ! ma fiancée des bords du Rhin; elle est devenue bien patriotique, depuis sa fugue en Prusse et son retour à Paris. Faudra voir la frime, tron de l'air ! et ouvrir l'œil, bagasse !

En ce moment des cris confus, partant de l'intérieur du palais, semblaient être des cris de détresse ; ils émurent la foule bien autrement que les paroles de Cydalise et de Comtois.

Alors la multitude, excitée sourdement par les mêmes hommes que l'on avait vus à la rue Chantereine, essayèrent de se ruer contre la ligne des soldats, qui, sous le commandement d'un lieutenant, mirent la baïonnette en avant.

Ce lieutenant, c'était Bluckmann.

Paris. — Typ. Walder, rue Bonaparte, 44.

La traîtrise se regarde.

A la suite de ce commandement un petit homme, qui avait échangé des regards d'intelligence avec Cydalise et Comtois, vint se placer à la tête de la foule, intimidée par l'attitude des grenadiers.

Cet homme, c'était Brutus ; il était flanqué de son inséparable Caracalla.

— Mes amis! cria le petit homme avec de grands gestes, — mes amis, vous entendez bien ces cris? Ce sont les protestations du conseil des Cinq-Cents. Laisserez-vous insulter impunément les représentants de la Nation.

— Non! non! Vengeons-les, répétèrent des gens du peuple, se massant autour de Brutus, et essayant d'entraîner la foule qui s'enhardit un peu lorsqu'elle vit que la grille du parc n'était plus gardée que par le soldat Rabasson.

La compagnie des grenadiers placée en avant avait alors quitté le parc, elle avait envahi le palais, le salon de Mars, où se jouait le terrible drame de Brumaire, le dernier acte de la République de 89.

Rabasson, resté seul, cerné par le populaire, était sur le point d'être broyé par lui, lorsqu'un groupe ami vint tout à coup l'entourer et le protéger.

En même temps une voix lui cria :

— Courage! Keller est là...

C'était la voix d'Aristide.

Alors Keller accourant tout essoufflé de la rue

Chantereine, se plaça bravement à la tête du petit groupe dont le recrutement avait été fait la veille par Aristide.

Ce groupe s'était mis aussitôt à la disposition de Keller.

C'était une bande de déchargeurs qui, d'ordinaire, aux barrières, prêtait main-forte à toutes les rixes combinées par leur chef, par Keller en personne :

— De quoi ! s'écria le luron qui écarta de la main la foule cernant Rabasson, et d'autant plus furieux qu'il reconnut à sa tête Brutus, le même qu'il avait si endommagé à la place Vendôme.— De quoi ! on veut forcer la grille ? Faire de la peine au petit général qui ne cesse de vous donner de la gloire ? Vous êtes des ingrats !

— Mais on outrage la Nation ? exclama un merveilleux qui n'était autre que l'impudent Comtois, ayant au bras la Cydalise regardant Keller et lui souriant d'une façon infernale.

— Ceux qui outragent la Nation, répondit Keller qui, à la vue de Comtois et des assassins de son père, sentit se réveiller sa rage, — ce sont des misérables comme toi, comme cette courtisane payée par l'étranger pour salir notre linge, pour le couvrir de sang et de boue, sauf à filer lorsqu'il n'y a plus qu'à le laver en famille.

A ces paroles, Comtois et Cydalise jugèrent prudent de s'effacer ; Rabasson, protégé par les débardeurs de Keller, commençait à respirer.

Brutus, en dépit des supplications de Caracalla, s'obstina à rester à la tête de ses hommes.

Afin d'être agréable à Comtois et à Cydalise, qui l'encourageaient de loin, Brutus, désignant Keller et ses compagnons, cria à sa bande :

— Mes amis ! le traître, c'est lui ; le vendu, c'est lui... Sauvons le conseil. Mort aux traîtres !

— Il paraît, mon Brutus ! exclama Keller, s'emparant d'un bâton dont était armé un des siens ; il paraît que tu n'es pas content de l'œil dont je t'ai privé ! Tu vois encore trop clair ; alors fais-toi servir, ajouta-t-il en opérant un moulinet expressif. Et vous, camarades, pendant qu'on s'arrange au palais, nous pouvons nous accomoder à l'antichambre, parlez !

— Et si vous n'avez pas peur du bâton, les amours ? s'écria Rabasson, dégagé par Keller, couchant en joue la foule qui s'était déjà reculé du luron, — nous pourrons jouer aussi de la clarinette, toujours pour continuer en mesure la danse que le petit caporal donne là-bas à cent cinq bavards, bagasse !

— Avancez, citoyens, répliqua Keller, opérant toujours son moulinet, avancez ! Qui veut danser sur l'air ou sur la chanson ?

Mais les plus résolus s'étaient reculés ; Rabasson continuait paisiblement sa faction, protégé par Keller et ses débardeurs.

Brutus fit un demi-tour sur un geste de Comtois, qui désigna au bout de la grille la montée conduisant au palais ; Brutus la montra à ces hommes.

— Par ici, mes amis ! leur cria-t-il, nous pouvons pénétrer encore au conseil.

Mais de ce côté, un individu à la tournure athlétique se dressa en face de Brutus, de Caracalla et de ses acolytes. Cet homme, vêtu en déchargeur, également armé d'un bâton, c'était Fanferlot, l'ancien ami de Keller, l'ex-postillon de 92.

— Si tu remues, reptile, dit-il en levant son gourdin sur Brutus, je t'écrase... toi et ta vermine !

— Collé ! exclama Caracalla en poussant le petit homme, tout penaud.

Le drame du 18 Brumaire s'achevait au palais de Saint-Cloud ; déjà plusieurs membres du conseil des Cinq-Cents fuyaient par les fenêtres.

La foule, qui sentait la défaite, tant à l'extérieur qu'à l'intérieur, se recula de plus en plus des abords de la place.

Alors l'astucieuse Cydalise quitta le bras de Comtois, elle se glissa le long de la grille où se tenait adossé Keller fumant tranquillement sa pipe depuis qu'il avait débarrassé les abords du parc.

L'espionne frappa sur l'épaule du luron, elle désigna de loin Fanferlot en train de faire reculer aussi Brutus ; elle lui murmura :

— C'est bien, Keller ! c'est très-bien de servir jusqu'aux intérêts de ton rival, cela prouve que tu sais pratiquer toutes les vertus, malgré ta mauvaise réputation,

— Que veux-tu dire, serpent? lui demanda Keller, se retournant vivement.

— Que tu es très-agréable à ton rival, en protégeant avec lui votre Bonaparte.

Elle lui désigna Fanferlot tenant en respect Brutus et Caracalla.

Elle allait continuer de percer le cœur de Keller, lorsque Rabasson, devinant quelques méchancetés nouvelles de la Cydalise, se rapprocha d'elle et du luron.

L'espionne reconnaissant son ancien fiancé de 93 se décida à quitter Keller.

Il était cinq heures du soir ; les grenadiers qui avaient abandonné le parc pour soutenir Bonaparte dans son coup d'état, redescendaient la montée du palais.

L'attitude des curieux était bien changée. Rien n'impose plus à la foule que le succès.

Comtois poussait Brutus et Caracalla, il partait, fuyant les ovations qui acclamaient déjà l'armée : il entraînait Cydalise, et lui criait :

— Les grenadiers ! sauvons-nous, la fortune nous trahit encore.

— Mais non, la vengeance ! se dit Cydalise, qui jeta des regards de haine satisfaite sur Keller, resté rêveur près de la grille.

— Ah ! mes amis, quelle journée ! exclama Bluckmann, qui abandonna ses grenadiers pour courir se jeter dans les bras de Rabasson et de Keller. — Une demi-heure plus tard, si mes soldats n'avaient pas envahi la salle des Cinq-Cents, s'en était fait de Bonaparte. Maintenant, la France est sauvée !

— Oui, murmura Keller, en bourrant sa pipe, et très-chagrin depuis son entretien avec Cydalise — oui, mais la liberté est perdue !

— Bah ! répliqua Aristide après avoir observé sur la place ces différentes scènes dont il avait réglé les péripéties ;—bah ! la liberté est femme, elle ne demande qu'à être violée !

Au moment où le sceptique Aristide adressait ces paroles à Keller, des groupes se massaient près de la grille. Dans l'un deux se tenait Fanferlot, qui attendait que Keller vint lui serrer la main ; mais depuis cinq ans notre luron boudait son ancien compagnon ; en vain celui-ci, en cet instant suprême, attendait-il une réconciliation avec son ancien ami, elle ne vint pas, et les paroles ds la Cydalise n'étaient pas faites pour la provoquer.

La foule devint plus compacte ; elle dévoila bientôt Fanferlot aux yeux de Keller.

Alors Bonaparte parut ; il descendait le chemin du palais, il était à pied, il avait les habits un peu en désordre ; il était pale, encore ému du drame qu'il venait de provoquer au nom de la France se débattant dans les dernières convulsions de l'anarchie :

— Vive le général ! cria la foule en agitant en l'air bras, chapeaux et mouchoirs ! Vive le vainqueur d'Egypte et d'Italie !

— Citoyens, dit Bonaparte, après avoir monté à cheval — citoyens et soldats, criez vive la Nation. En chassant les rhéteurs de Saint-Cloud, je n'ai eu qu'un but, le salut de la France !

— Keller — murmura Aristide à l'ouvrier — voilà une journée qui fera notre fortune ; avant peu, nous aurons notre colonne rêvée par ce petit officier d'artillerie, aujourd'hui sur la route du trône.

— Cela m'est bien égal — fit Keller d'un ton bourru, pourvu que je puisse venger mon père.

Aristide quitta Keller, pendant que Rabasson rejoignit l'artiste et lui dit :

— Dites donc, monsieur Aristide, pourquoi le petit caporal, en parlant de la France a-t-il oublié Marseille ? C'est de l'ingratitude, bagasse !

L'artiste ne daigna pas répondre au Marseillais, il courut à Bluckmann, de qui il avait tenu les instructions concernant cette mise en scène à la porte de Saint-Cloud ; mise en scène très-utile pour tenir en respect la foule hostile à Bonaparte et aux gages de l'étranger, pendant qu'il chassait les Cinq-Cents du Conseil.

A cinq heures et demie, Bonaparte, à cheval, entouré de ses officiers, suivi de ses grenadiers, s'écriait avec ce geste qui faisait trembler l'Europe :

—Au Luxembourg, Messieurs, au Luxembourg.

C'était là que Bonaparte allait se préparer un trône.

CHAPITRE X.

LA PLACE VENDÔME EN 1809.

Le rêve du capitaine d'artillerie se réalisait douze ans après sa première visite chez le beau-frère de Berthier, le général d'Angeranville.

Bonaparte, devenu empereur, posait, en 1806, sur le pilotis établi jadis pour la statue de Louis XIV, la première pierre de la colonne édifiée à la grande armée.

A la suite de la victoire d'Austerlitz, Napoléon érigeait, à l'exemple d'Antonin et de Trajan, une colonne monumentale à son armée.

Elle la méritait bien, cette grande armée qui, depuis douze ans, détruisait une troisième coalition de rois, après lui avoir fait perdre douze généraux, quarante-cinq drapeaux, cent cinquante pièces de canon.

Par la victoire d'Austerlitz, Napoléon était reconnu roi d'Italie, l'*Empereur d'Allemagne* était forcé d'oublier le titre que portait Charles-Quint pour ne plus être qu'un empereur d'*Autriche.*

Voilà ce que faisait la grande armée en 1805.

Un an après, lorsque le roi de Prusse ramassait les débris de la couronne de Charles-Quint, pour devenir aussi empereur d'Allemagne, la grande armée anéantissait l'armée prussienne.

Après Austerlitz, la coalition forçait enfin la Prusse à sortir de sa neutralité hypocrite ; elle espérait que les soldats disciplinés du grand Frédérick tiendraient mieux contre la grande armée que les phalanges autrichiennes et russes ; mais en 1806, après la soumission de Hesse, il ne restait plus rien de cent soixante mille Prussiens ; vingt-cinq mille soldats étaient tués ou blessés, cent mille étaient prisonniers, trente-cinq mille s'étaient débandés. Les princes allemands devenaient les suzerains de la France.

Voilà ce que faisait la grande armée en 1806.

Alors Napoléon était le maître de la monarchie prussienne comme de la monarchie autrichienne. Il n'avait qu'à venir, qu'à voir pour vaincre, se promener en vainqueur de Vienne à Berlin.

En 1806, Napoléon votait aussi à sa grande armée un monument semblable au Parthenon, le Temple de la Madeleine qui devait s'appeler le *Temple de la Victoire.*

Napoléon reliait le Temple de la Victoire et le palais des Tuileries par la Colonne Vendôme ; il en formait le point central de la capitale, qu'il rêvait aussi puissante, aussi magnifique, aussi formidable, aussi redoutée que l'ancienne capitale des Césars.

La place Vendôme, avec sa colonne, devenait l'artère de la grande ville où devait affluer sa population européenne.

Le destin semblait aussi se manifester dans la nouvelle conception du génie impérial. En creusant les terres, en jetant les fondements de la rue Napoléon, qui découvraient les parties souterraines du couvent des Capucines, on rencontra les vestiges d'une voie romaine, on découvrit le sarcophage d'un centurion romain ; et dans des vases d'airain, enfouis depuis l'expulsion des Romains de la Gaule, on retrouva un grand nombre de pièces d'or et d'argent du temps de Marc-Aurèle et de Trajan.

L'effigie des héros de la Rome impériale semblait surgir de terre pour saluer l'avénement au trône de France d'un nouveau César !

Ce fut du moins ce que ne manquèrent pas de faire ressortir les courtisans apologistes du nouvel empire.

Parmi ces apologistes se trouva Aristide, l'ami de Keller, artiste très en réputation et très-influent depuis le 18 Brumaire.

Aristide, courtisan à sa manière, faisant servir ses instincts d'artiste à ses intérêts, n'avait jamais oublié la date de 1795, date de la première rencontre de Keller avec Bonaparte.

Comme on l'a vu, il s'en était servi pour monter avec l'Empereur, pour faire gravir autour de lui ses anciens amis, ne pouvant que le rehausser et l'aider à tendre la main au dispensateur de sa fortune.

Lorsqu'une première commission fut nommée en 1806 pour l'érection de la Colonne de la grande armée, sous la direction des architectes Denon, Lepère et Gondoin, Aristide eut le soin de se faire nommer de la sous-commission. Il n'eut pas de peine à rappeler à l'Empereur son rêve d'autrefois; il eut plus de peine à faire entendre à Keller qu'il n'avait qu'à plier, qu'à s'incliner sous le joug impérial pour faire partie, avec lui, de la sous-commission des travaux de la Colonne Vendôme.

Keller, avec sa loyauté extrême, sa nature rebelle un peu farouche, ne pouvait se persuader que l'idée de cette Colonne n'était pas la sienne, et que si quelqu'un devait en revendiquer la priorité, c'était Napoléon, et non pas les architectes Denon, Lepère et Gondoin.

Lorsque l'infatigable Aristide, qui n'était distrait qu'avec ses amis, lui eut fait part de la décision de l'Institut, portant à deux millions les frais de cette édification dont les canons ennemis fournissaient aussi les bronzes, Keller se récria :

— Mais, malheureux! c'est toi-même, j'en suis sûr, qui as livré le plan de mon œuvre! Et maintenant que viens-tu me proposer? Une part dans des bénéfices que je devrais avoir tout entiers, n'est-ce pas?

— Tu es un sot, lui répliqua Aristide. — Rappelle-toi ce que tu me disais quand, il y a dix ans, tu travaillais à une ébauche que j'ai perfectionnée plus tard au profit de mes architectes. Rappelle-toi tes paroles: « Les plus belles choses du monde commencent par prendre naissance dans une échoppe avant de se généraliser au salon. » D'ailleurs cette colonne n'est ni de toi, ni de moi, ni de Denon, ni de Napoléon, l'idée en revient à Trajan; la nôtre n'est qu'une reproduction.

— C'est possible, mais je n'ai pas moins eu l'idée de cette reproduction, moi.

— Après l'empereur Napoléon, qui lui-même est une copie de César.

— Où veux-tu en venir?

— Que depuis Louis XIV on ne fait rien d'original.

— Si c'est pour m'exposer encore tes sottes théories que tu es venu me déranger, tu aurais pu rester avec tes beaux messieurs de l'Institut. D'ailleurs, je n'ai plus d'œuvres à fournir à tes maîtres. Je ne suis plus que ciseleur.

— C'est comme ciseleur que l'on a pensé à toi.

— On est bien bon! Mais moi aussi, répliqua Keller d'un ton bourru, je suis César, et ne tiens pas être le second dans Rome!

— Tu seras le premier.

— Comment cela?

— Comme ciseleur. De plus, ajouta Aristide; — de plus, ta fonderie inactive recevra une partie des canons destinés à la fonte de notre colonne. C'est près de quatre cent mille francs de travaux que te rapportera une mauvaise maquette qui, si tu ne m'avais pas connu, vaudrait à peine cent livres!

— Qu'est-ce que cela me fait, l'argent!

— D'un autre, je dirais qu'il est hypocrite, de toi je répète que tu es fou. Voyons acceptes-tu, oui ou non? que dois-je dire à mes architectes?

— Que j'accepte, au nom des Keller! répliqua froidement le luron.

— Des Keller, les ciseleurs? interrogea l'artiste.

— Non, de Keller, le laquais de celui qui est mort à la place Vendôme.

— Fou! répéta l'artiste qui sortit sans plus comprendre cette fois son ami.

Voilà comment, par dévouement à l'amitié, et par un scrupule de conscience, Aristide, depuis 1806, avait fait admettre le luron comme principal ciseleur de la place Vendôme.

Raymond Keller a été, en effet, le ciseleur des aigles qui surmontent toujours, en dépit de la Commune, le piédestal de la colonne; il a été, avec le sculpteur Chaudet, un des principaux ouvriers de la *statue de la Victoire* portée par le César idéal qui couronnait naguère encore la colonne Vendôme.

Aristide veillait sur son ami comme sur un enfant. Tout en prenant en pitié ses écarts, il les aimait sans les partager. C'était encore Aristide qui était parvenu autrefois à faire exempter Keller de la conscription.

Il avait suffi pour cela de rappeler à Bonaparte le nom de Keller, si célèbre dans les traditions artistiques; Bonaparte, qui avait besoin d'artistes pour éterniser sa gloire, n'avait pas hésité devant un projet sculptural présenté par Aristide, au nom de Keller, à dispenser celui-ci de l'état militaire.

Cela se passait peu de temps après le 18 Brumaire, alors que Bonaparte, dictateur, avait besoin de tous ses complices et de les bien connaître; il connaissait de longue date Aristide et Keller.

Après 1806, Keller, à la tête des travaux de ciselure de la Colonne, eût pu devenir un personnage; et il préféra rester ouvrier; et ouvrier faubourien.

Quand, par malice, des envieux qui connaissaient vaguement l'origine de sa fortune, lui demandaient quels étaient les véritables auteurs de la Colonne à élever, il répondait toujours :

— Napoléon et ses soldats.

Si pour exciter son orgueil, ces mêmes envieux lui demandaient comment un artisan comme lui avait pu être chargé de l'exécution des principaux ornements de ce monument, il répondait:

— Par une raison bien simple, parce que Napoléon est mon ami.

Keller, malgré sa fortune nouvelle, en dépit de son autorité d'artiste, ne cessa de fréquenter les cabarets, de boire et de se battre comme par le passé.

C'est qu'il continuait d'être malheureux. Sa position s'était aggravée auprès de Marie Doucet; rongé de jalousie, grâce aux insinuations de la Cydalise, il n'avait par craint, un jour qu'il avait plus bu que de coutume, d'accabler Marie de reproches.

Les soins continus qu'elle prodiguait exclusivement à la fille de la marquise de Vaudeuil avaient aigri de plus en plus le caractère ombrageux de Keller.

Un jour Marie eut à subir les injures du luron; il l'accusa d'être la mère de l'orpheline que lui avait confiée son père; furieux contre Fanferlot, d'autant plus dévoué à Marie que Keller abandonnait trop souvent sa fiancée aux embûches de ses ennemis, le ciseleur lui dit :

— Prouvez-moi que Fanferlot n'est pas votre amant, en ne le revoyant plus !

Marie, offensée, lui répondit :

— C'est vous que je ne reverrai plus, afin de ne pas entendre de pareilles injures, et c'est vous qui viendrez me demander pardon à genoux, de vos offenses, lorsque, comme c'est votre devoir, vous aurez retrouvé au fond des caveaux de l'ancien couvent les papiers cachés jadis par votre père. Et si vous ne vous laissez distancer par nos ennemis, vous connaitrez un jour la vérité; oui, vous saurez que je suis innocente, que mademoiselle de Vaudeuil est bien fille de gentilhomme; jusque là, monsieur, vous ne franchirez plus le seuil de ma boutique !

Cette injonction fut pour Keller comme un coup de foudre. Trop fier pour se jeter aux pieds de son amante, il se retira, ne revit plus Marie.

Celà s'était passé peu de temps après le 18 Brumaire, à la suite des dernières insinuations de la Cydalise.

Marie, de son côté, aussi fière que Keller, se résigna à ne plus le revoir, se consolant de la perte de son amant par son amour pour la jeune orpheline qui était l'objet des soins les plus empressés de Fanferlot et de Bluckman.

Près de neuf années s'écoulèrent ainsi; constamment Keller essaya de découvrir, avec un acharnement malheureux, les papiers de famille que son père avait cachés sous les caveanx de la place Vendôme; durant neuf années, en dépit de ses efforts, de ses recherches, il ne put rien découvrir.

Comme l'avait dit autrefois d'Angeranville, les caveaux de l'ancien couvent des Capucines étaient comblés; l'éboulement provoqué par les affiliés de Comtois, pour en finir avec le vieux Keller, avait achevé l'œuvre du temps.

Durant neuf années, il fut donc impossible au ciseleur d'avancer dans les ruines souterraines qui jadis conduisaient, de l'hôtel de Vaudeuil, au couvent des Capucines,

Lorsque la rue nouvelle, la rue Napoléon, fut percée en face de la Colonne, sur ces ruines mêmes, Keller, seulement, put reprendre ses recherches.

Il ne fut pas le seul; Comtois, toujours à l'hôtel de Vaudeuil, fit encore agir ses acolytes.

Cydalise veillait aussi.

La situation, comme on le voit, n'était pas changée; elle était la même qu'en 92.

Et depuis le 18 Brumaire, Keller avait un double but: venger son père, trouver Marie innocente.

Voilà surtout ce qui l'avait décidé à être de tous les travaux de la colonne Vendôme, à en devenir le principal ouvrier. Ni la fortune, ni l'ambition, ne l'avaient guidé ; c'était ce que ne pouvait comprendre l'insensible et très-positif Aristide.

A la fin l'année 1809, à l'époque où l'Empereur était à l'apogée de sa gloire, maître de toute l'Europe, Napoléon reçut une lettre anonyme qui le fit entrer dans une violente fureur.

Elle concernait indirectement Keller.

— C'est monstrueux et c'est ridicule ! s'écria Napoléon en froissant avec rage une lettre qu'il venait de trouver sur son bureau. On veut faire sauter la colonne avant son inauguration ! Et c'est la Prusse, m'écrit-on, qui paie un ancien émigré pour cette criminelle folie ! A quoi pense donc Fouché ? Faut-il que je fasse son emploi ? Le palais des Tuileries devient-il une succursale de la police ! Oui ce projet est insensé et atroce ! Un Français, quel qu'il soit, ne voudrait le réaliser ; un Prussien, lui-même, n'oserait l'entreprendre.

Ce monologue était tenu par l'Empereur, à six heures du matin, au palais des Tuileries, au pavillon de Flore, dans un cabinet de travail retiré des grands appartements.

— Oh ! cette Prusse ! cette Prusse ! — ajouta Napoléon en arpentant à grands pas son cabinet, c'est un composé de *piétistes* et de mouchards ; on ne peut la prendre ni par la menace, ni par les bienfaits ; comme cette lettre, elle vous glisse dans les doigts, elle passe à travers les murs ! Si je n'avais Fouché à mon ministère de la police, j'y mettrai le roi Frédéric-Guillaume.

— Ce serait faire beaucoup d'honneur à Frédéric-Guillaume, sire ! s'écria une voix bien connue, derrière l'Empereur qui marchait toujours avec agitation.

Napoléon se retourna, il avait devant lui Fouché, qui, chaque matin, à six heures, se rendait en secret aux Tuileries, dans le cabinet impérial dont lui seul possédait la clef.

— Ah ! vous m'aviez entendu, Fouché ; alors vous devez savoir que je suis fort mécontent de vous ! — lui dit vivement l'Empereur.

— Pourquoi, sire ?

— Parce que j'ai reçu cette lettre, que vous auriez dû déjà recevoir et connaître.

—Je la connais, sire, et l'ai reçue comme vous.

Fouché lui montra une lettre contenant le même texte, et qui était de la même écriture.

— Savez-vous d'où elle vient, cette lettre?

— Elle provient d'une femme.

— De quelle femme ?

— D'une courtisane qui reste rue du Helder, d'une nommée Cydalise, ancienne vivandière, espionne prussienne aux gages d'un ex-émigré français, également au service de l'Allemagne, le marquis de Vaudeuil.

— Vous êtes instruit, tant mieux.

— Vous voyez, sire, que cet honneur que Votre Majesté faisait au roi de Prusse, elle peut me le faire à moi.

— Je sais que vous êtes habile, ajouta l'Empereur, toujours debout, puis d'un geste familier il le pria de s'asseoir en face de lui — Mais ce complot est-il vrai? Un Français, indigne de ce nom, a-t-il osé faire miner la colonne qui représente à la France un trimestre de gloire?

— Ce complot est vrai, comme le prétendu complot de Latude !

— Alors, c'est un odieux mensonge, une monstrueuse folie, je m'en doutais.

— Une folie qui aurait pu devenir une horrible réalité.

— Expliquez-vous.

— Voici ce que c'est, sire, — continua Fouché devant l'Empereur, qui s'apprêta à l'écouter religieusement : La Cydalise, une coquine qui a trahi Dumouriez pour la Prusse, qui a trahi la Prusse pour les émigrés, qui trahirait le Diable et le bon Dieu.

— Ne parlez pas de Dieu, Fouché, vous n'y croyez pas. — L'arrêta Napoléon en souriant — surtout soyez bref, comme à la Convention, lorsque vous votiez la mort de Louis XVI. Parlez, maintenant, et au fait.

Fouché se pinça les lèvres. Il comprit la leçon, il comprit qu'il n'était plus devant son complice du 18 Brumaire, mais bien en face du maître de l'Europe, qui, dans l'intimité même, tenait à garder son prestige.

— Voici le fait, dit Fouché: la Cydalise est la mauvaise Egerie de la coalition; par intérêt plus encore que par galanterie, elle reçoit dans son salon tous les émigrés, tous les étrangers, nos ennemis. Elle avait donc persuadé au marquis de Vaudeuil qu'il était utile pour lui-même de faire sauter, par la mine, une certaine partie des caveaux des Capucines, sur la place où s'élève la rue Napoléon.

— Dans quel but? demanda Napoléon,

— Dans le but illusoire de faire disparaître certains papiers de famille cachés jadis par un nommé Keller, au fond de ces caveaux. Ce n'est là sans doute qu'un prétexte, une fable pour arriver au but rêvé par la Prusse.

— Ce n'est pas une fable, Fouché, reprit Napoléon; je connais cette histoire. J'étais, il y a quinze ans, sur la place Vendôme, où mourut ce Keller, victime de sa fidélité.

— Ah bah! s'écria Fouché très-étonné.

— Vous voyez que le ministre de la police ne sait pas tout?

— En tous les cas, ce que je sais bien, c'est que la Cydalise conseilla au marquis de donner à la partie minée des caveaux une vaste et formidable proportion, afin de faire sauter, avec ces souterrains, la Colonne de la Grande-Armée.

— Et qu'a répondu le marquis?

— Qu'avant d'être l'ennemi de Votre Majesté, il était l'ami de la France; qu'il détestait l'usurpateur, mais qu'il admirait la gloire de nos armées.

— Au moins celui-là est Français, demanda Napoléon, songeur. Et qui conseillait alors cette infâme courtisane?

— Toute cette noblesse de Prusse, sire, que vous avez dépossédée de l'Allemagne, et si petite aujourd'hui, qu'elle est obligée de mendier les secours de ceux qu'elle payait autrefois.

— La noblesse de Prusse! mais ce n'est pas un nom, cela! fit Napoléon, frappant du pied avec impatience.

— La Prusse est impersonnelle dans ses actes; elle ne s'affirme qu'après le succès.

— Au moins, elle doit avoir ici, en France, à Paris, un agent de cette infamie.

— Oui, sire, il vient très-souvent chez la Cydalise. On l'appelle le prince Hatzfeld.

— Celui à qui j'ai sauvé la vie à Berlin.

— Lorsqu'il vous trahissait encore.

— C'est vrai!

L'empereur s'arrêta, réfléchit et reprit:

— Mais pourquoi cette lettre, cette double lettre écrite par la même femme qui complote avec la Prusse, avec ce Hatzfeld, contre la France?

— Parce qu'elle craint maintenant, cette femme, d'être désavouée par le marquis de Vaudeuil; parce qu'elle n'est plus sûre de ses complices.

— Elle a donc encore d'autres complices?

— Oui, Majesté, et c'est de ses complices que je tiens ces détails; des anciens jacobins, autrefois serviteurs des Vaudeuil; ses complices sont nombreux. Ils se trouvent jusque parmi les ouvriers de la Colonne. On m'a signalé particulièrement le fils même de Keller, un ouvrier tapageur, l'effroi des barrières.

— Fouché! — dit vivement Napoléon, — Fouché, votre habileté est en défaut. Je connais particulièrement cet ouvrier; il est incapable d'une trahison: tous ses amis font partie de mon armée.

— C'est pour cela qu'aux barrières il bat nos soldats et qu'il ne respecte pas même vos officiers!

— Ah! s'écria Napoléon en aspirant avec humeur une prise de tabac!

— J'ai pris des renseignements sur cet homme, c'est un ivrogne.

— L'ivrognerie, réplique l'empereur, est un vice abominable; il peut mener à tout, même au crime.

— Même à trahir Sa Majesté, qui, pour le service que ce Keller rendit à l'Empire au 18 Brumaire, l'exempta de la conscription.

— Vous savez cela, Fouché?

— Ne suis-je pas ministre de la police?

— C'est juste.

— Oh! j'ai toutes mes notes sur ce vaurien, qui depuis trop longtemps trouble la ville et les faubourgs.

Paris. — Typ. Walder, rue Bonaparte, 44.

Bonaparte sortant de son hôtel de la rue Chantereine, suivi de son état-major.

— Alors, à la première incartade, je vous l'abandonne.

— Merci, Majesté... Est-ce tout ce que Votre Majesté voulait savoir de moi, ce matin?

Et Fouché s'inclina, prêt à saluer Napoléon, qui lui dit encore :

— Oui, tout, excepté le principal: d'où et comment m'est parvenu cette lettre.

— Par un Prussien attaché au service particulier de Votre Majesté, le laquais Ostrowki.

— C'est un Polonais!

— Pour l'Empereur, mais pour la Prusse, pour le prince Hatzfeld, c'est le Prussien Fritz.

— Ah bah! Et pourquoi ce Prussien nous sert-il aussi contre son pays?

— Parce que la conspiration est éventée, grâce à l'ancien émigré; parce que les conspirateurs, pour leur propre salut, sont contraints de se changer en sauveurs et de s'assurer ainsi l'indulgence de votre Majesté.

— Ces Prussiens sont des gens habiles!

— A la façon de Cartouche... Votre Majesté ne me faisait donc qu'un médiocre honneur en voulant me remplacer par le chef couronné de tous ces espions.

Et Fouché prit congé de Napoléon, qui se dit, une fois bien seul :

— Non, je n'ai pas eu tort de briser la couronne de Charles-Quint et de la retirer à Frédéric Guillaume, comme je l'avais retirée à l'empereur d'Autriche. J'ai eu raison de ne compter pour rien, après le traité de Tilsitt, ce roi de Prusse et tous les gens de sa cour. Ces gens-là, comme le dit Fouché, ne sont que des Cartouche.

Une heure après, Napoléon Ier qui avait eu si peur à la suite de la lettre de Cydalise, pour sa chère colonne, sortit du palais des Tuileries.

Suivi de son grand maréchal du palais, Duroc, il traversa le jardin, se fit reconnaître, et ouvrir la grille qui fait face à la rue Castiglione, et arriva sur la place Vendôme.

Il contempla un instant l'immense échafaudage qui devait servir à fixer sur la maconnerie les plaques de bronze, *fac-simile* de nos victoires.

Il était sept heures du matin ; la place, comme les rues environnantes, était presque déserte ; le silence n'était interrompu que par le bruit des scies sur la pierre, des coups de marteaux sur le bronze; pas une boutique n'était ouverte.

Napoléon Ier resta un instant en contemplation devant cette Colonne, son rêve et son œuvre.

Dans son despotisme, il suivit des yeux cette longue spirale d'airain, encore cachée par sa charpente de bois, spirale attestant la bravoure de la France, pour remonter jusqu'à lui comme le cri de sa grande armée, comme la voix de la France personnifiée par son génie.

Pendant qu'il rêvait ainsi, un homme débouchait de la rue de Castiglione.

Cet individu, à la démarche compassée, à la physionomie haineuse, aux traits contractés, regardait aussi cette Colonne, trophée de nos récentes conquêtes.

Les doigts raidis, serrés entre les dents, la figure contractée, il reportait tour à tour ses regards sur la Colonne et sur Napoléon.

Cet homme, cet étranger, apparaissait au bout de la place, en face de Napoléon, comme le génie de l'envie.

C'était le Prussien, le prince Hatzfeld. Le vautour terrassé épiait l'aigle victorieux.

CHAPITRE XI

ENTRE DEUX ÉCUEILS.

Napoléon sortit de sa rêverie; Duroc, d'abord à l'écart, vint bientôt le rejoindre.

Quoique l'Empereur fût vêtu comme un simple bourgeois, et qu'un chapeau à larges bords couvrît en partie son visage, le grand maréchal du palais craignit encore que Napoléon ne fût reconnu.

En effet, ses regards pénétrants et son profil césarien le faisaient bien vite distinguer du vulgaire. Duroc s'empressa de se rapprocher de plus en plus de son maître, de façon à le masquer d'un côté de la place.

Napoléon ne put donc voir le prince Halzfeld placé en regard de lui; du reste, toute son attention était fixée sur l'immense échafaudage qui entourait la Colonne.

— Que me disaient Percier et Fontaine, avec leur encombrement ! s'écria Napoléon, après avoir encore inspecté d'un coup d'œil les abords de la place. A les en croire, plusieurs chantiers de bois auraient été transportés ici, et je ne vois rien de tout cela.

— Sire, répondit le grand maréchal, est-ce que votre Majesté n'entend pas le bruit que font les scies des charpentiers ?

— Une, deux, trois, quatre, fit Napoléon en jetant ses regards à droite et à gauche ; il y en a tout au plus une demi-douzaine... A quoi songent donc messieurs les entrepreneurs ? Ils se font cependant payer assez cher. Ah ! Ah ! Duroc, venez donc par ici, ajouta-t-il en entraînant le grand maréchal d'une main, tandis que de l'autre il abaissait sur ses yeux son chapeau rond.

L'Empereur venait d'apercevoir une charpente énorme que des ouvriers essayaient vainement de poser sur des rouleaux pour la porter plus loin.

— Ces gens-là ne savent pas s'y prendre, continua-t-il; je gagerais qu'il n'y a pas parmi eux un artilleur... Ah ! les maladroits !... Mais c'est absolument comme s'il s'agissait de changer d'encastrement une pièce de gros calibre. Il faut que je leur donne une leçon.

— Y pensez-vous, sire, répliqua Duroc, en se plaçant en avant de l'empereur, Votre Majesté veut donc se compromettre ? non-seulement elle peut se blesser, mais encore elle risque de se faire reconnaître.

— Vous avez toujours peur, interrompit Napoléon. Est-ce que je ne me rappelle pas mon ancien métier ? Jugez-en vous-même, Duroc; c'est une simple manœuvre : les deux premiers servants en tête, puis de l'ensemble.

— Sire, vous avez raison, ajouta Duroc, pressant le pas avec inquiétude, parce que Napoléon, guidé par cet esprit d'investigation qui lui avait fait gagner tant de batailles, s'avançait toujours vers le chantier; oui, vous avez raison... Cependant Votre Majesté me permettra de lui faire observer.....

— Au fait, c'est vrai, ces gens-là n'y entendent rien; puisqu'il s'agit d'un monument de gloire à élever en l'honneur de la France, je crois, sans me flatter, y avoir mis suffisament la main.

Alors, Napoléon s'était arrêté contre un bloc de pierre, tout près des charpentiers qui ne pouvaient le voir.

Tout à coup un homme descendit d'une des logettes du gigantesque échafaudage; il vint rejoindre les manœuvres ne pouvant venir à bout de leur poutre.

— Qu'est-ce qu'on paie ? cria l'homme, d'une force herculéenne, en se mêlant aux travailleurs, — qu'est-ce qu'on paie, si je soulève, comme une allumette, cette bûche-là qui paraît vous donner si froid dans le dos, les amis ?

— Es-tu gascon ? l'interpella un charpentier qui le regarda en s'essuyant le front ruisselant de sueur.

— Non, Parisien,

— Alors, cent sous que tu ne la feras pas bouger, dit l'un.

— Un écus de six livres qu'elle ne remuera pas, reprit un autre.

— Deux écus qu'elle restera aussi fixe que la grue du patron.

— Tous ces cris se croisèrent autour du nouveau venu qui se contenta de secouer la tête.

Napoléon et Duroc, masqués par le bloc de pierre, purent voir, sans être aperçus, ce qui se passait en face d'eux.

Et l'homme, le dos tournè à l'Empereur, au grand maréchal, plaça un levier sous la poutre; il y mit ensuite une autre charpente; puis se baissant, il plaça la poutre sur ses épaules, comme s'il se fût agi de changer d'affût une pièce de campagne.

— Enlevé ! c'est pesé et gagné ! dit l'homme triomphant.

Tous les charpentiers applaudirent.

— C'est bien cela ! s'écria Napolèon, qui avait suivi tous les mouvements du colosse; cet ouvrier s'y entend, c'est une simple manœuvre de force, ce gaillard doit sortir du génie ; ma foi, sans lui, j'allais me mettre de la partie.....

Napoléon achevait à peine ces mots, que le colosse se retournait et que l'Empereur ajoutait :

— Eh ! je ne me trompe pas, c'est mon homme de 1795, c'est Keller ! Duroc, faites venir cet ouvrier ?

— Mais votre Majesté tient donc à se compromettre ?... insista respectueusement le maréchal.

— Je tiens à ce que l'on fasse ce que je désire, reprit l'Empereur, de ce ton sec qui ne souffrait pas de réplique; allez dire à cet homme que c'est l'Empereur qui veut lui parler, allez, maréchal.

Et Duroc s'avança vers Keller, déjà un pied sur l'escalier conduisant à la logette, prêt à disparaître dans son échafaudage.

Le maréchal lui frappa sur l'épaule ; Keller se retourna ; il toisa des pieds à la tête le maréchal, qui lui dit :

— Mon maître et le vôtre désire vous entretenir.

— De quoi ! mon maître ? Qu'est-ce que c'est que ces manières-là ? on ne connaît pas çà au faubourg, riposta le luron, une main dans sa poche, une autre sur ses yeux, en goguenardant le grand maréchal. Que vous ayez un maître, vous, çà se conçoit; mais moi, c'est une autre paire d'escarpins, monsieur le domestique de bonne maison !

— L'Empereur, reprit Duroc, d'un ton piqué, l'Empereur n'est-il pas votre maître et le mien ?

— L'emp..... L'Empereur ! répéta le luron, en portant vivement la main à sa coiffure..... Ah ! pas de bêtises, hein !... ne me faites pas de ces peurs-là !

Mais Keller était déjà à quelques pas de Napoléon qui s'était avancé vers lui, les bras croisés, les sourcils froncés, dardant sa prunelle d'aigle sur le front et les yeux baissés du luron.

On eût dit que l'Empereur, devant qui tout s'abaissait, prenait encore plaisir à intimider notre luron, l'effroi des barrières, l'orgueil des faubourgs.

— Me reconnais-tu, lui demanda Napoléon, toujours les bras croisés.

— Oui, sire.

— Alors, parle-moi comme si j'étais en 1795, quand je rêvais être ce que je suis, quand tu me demandais à te faire ce que je t'ai fait. As-tu accompli ton serment ?

— Non, sire, répondit résolûment le luron, relevant la tête et se délivrant de son embarras.

— Parce que tu passes ta vie dans la débauche. Est-ce pour cela que je t'ai exempté de la conscription ?

— Parce que je sais attendre, moi, parce que je veux rendre ma vengeance aussi complète que possible.

— Tu as attendu quinze ans !... Vois ce que j'ai fait, moi..... depuis ces quinze ans, depuis que nous sommes partis tous deux de cette même place.

— Voulez-vous que je vous parle franchement, sire ?

— Je t'ai déjà dit que oui.

— Et comme un homme du peuple à une Majesté qui sort du peuple ?

— Oui, répéta Napoléon.

— Eh bien ! si j'ai été trop lentement, vous, sire, vous avez été trop vite.

— Hein ! exclama l'Empereur en se reculant, stupéfait de ce langage auquel il était si peu habitué.

— Et vous devez craindre, en faisant la France si haute, qu'elle ne descende, un jour, pour devenir aussi petite que vous l'avez faite grande.

— Es-tu donc mon ennemi ?..... se récria Napoléon, regardant en face le luron, qui, cette fois, ne baissa plus les yeux. Veux-tu donner raison à ceux qui t'accusent d'être du complot tramé contre moi, dont l'anéantissement de cette colonne serait le premier ouvrage.

— Ceux qui ont dit cela de moi, sire, sont vos ennemis.

— Alors, pourquoi bas-tu constamment, aux barrières, mes soldats et mes officiers ?

— Parce que si j'honore l'épaulette sur le champ de bataille, sire, je ne l'aime pas lorsqu'elle sert à opprimer nos concitoyens, et à narguer l'honneur de nos familles. Je déteste la force, je ne m'irrite que contre l'oppression.

— Ah ! exclama l'Empereur, qui regarda Keller d'une singulière façon, en se demandant si le luron ne lui donnait pas là une leçon indirecte.

— Et savez-vous ce que l'on dit aux faubourgs, et ce que l'on ne dit pas aux Tuileries ?

— Non, reprit Napoléon, en souriant ; je serai bien aise de l'apprendre de ta bouche.

— On dit, continua notre luron, encouragé par le sourire de Napoléon, qui prenait plaisir à ce ton familier, auquel ses courtisans l'avaient si peu accoutumé, — on dit que Bonaparte a eu tort de s'embarrasser d'un manteau d'empereur ; qu'il eût été plus grand en ne se faisant pas l'égal des Rois, et en les dominant tous comme président de l'Europe ; que, ce qu'il avait raison de faire en 1799, il n'a plus raison de le faire en 1809 ; que Roi et Empereur, son affaire est une affaire de Roi où le peuple n'a rien à gagner et tout à perdre.

Napoléon, malgré la liberté accordée à Keller, ne put s'empêcher de manifester sa mauvaise humeur. Il frappa du pied, fronça les sourcils à ces paroles, qui étaient la condamnation de sa politique personnelle.

Mais la Colonne était là, vivante et glorieuse protestation de la critique du faubourien qui était le jouet, sans aucun doute, des républicains courtisant sa force et flattant sa vanité, pour les tourner contre son auguste protecteur,

Voilà ce que se dit Napoléon, tout en se reculant, très-mécontent de Keller, au moment où un autre individu sortit de l'échafaudage.

L'Empereur dit au luron, sur le point de regagner sa logette :

— Merci de la leçon, mon ami ; mais ne la répétez jamais à d'autres qu'à moi ; surtout ne vous battez plus, ne songez plus qu'à venger votre père ; sinon, l'Empereur ne sera plus pour vous un protecteur, mais un juge.

La vérité de l'homme du peuple avait indisposé l'Empereur, à la façon de Gil-Blas avertissant l'évêque de Grenade.

Napoléon courroucé, rejoignit Duroc qui, à distance, n'avait pas perdu un mot de l'entretien de l'homme du peuple avec le plus grand conquérant de l'Europe.

Duroc, qui ne devait sa faveur qu'à sa fidélité, à son attachement à l'Empereur, était ravi intérieurement des paroles de Keller.

Il devina cependant que Napoléon, aussi insatiable de combats qu'avide de grandeurs, goûterait peu la leçon du faubourien.

La douceur naturelle du maréchal du palais, plus encore que le respect et l'étiquette, l'empêcha de heurter la mauvaise humeur de l'Empereur.

Cependant, des nuages obscurcissaient de plus en plus son front ; la foudre ne pouvait qu'éclater.

Ce fut alors, en levant les yeux du côté des Tuileries, que Napoléon aperçut le prince Hatzfeld.

Il devina, dans les allures du Prussien, une menace évidente contre lui.

Se rappelant la lettre de Fouché, il s'élança vers le grave Allemand.

— Prince, lui cria Napoléon, qui lui donna à peine le temps de se reconnaître, prince, je vous croyais encore à Berlin ?

— Je n'y suis plus, sire, depuis que vous y avez placé le prince de Talleyrand, répondit le flegmatique Prussien.

— Oui, pour veiller sur votre roi, pendant qu'ici vous veillez sur moi !

— Je ne comprends pas Votre Majesté !

— L'Allemagne, et surtout sa noblesse, ne comprend jamais quand on surprend ses trahisons.

— Sire, je ne sais si la noblesse de mon pays vous trahit ; mais moi, je sais bien que je garde dans mon cœur une éternelle reconnaissance de la vie que je vous dois.

— C'est pour cela que vous venez en France pour assister à la ruine de ce trophée payé du sang de mes soldats..... Singulière reconnaissance, monsieur le Prussien ?

— Je ne comprends pas encore Votre Majesté.

— Oh ! je sais cela, et je le répète : vous ne comprenez jamais ! Il n'est pas moins vrai que vous comptez sur l'explosion d'une mine pour faire sauter ce monument.

— En tous les cas, sire, puisque l'on vous a averti, l'on n'a pu vous dire que j'étais du complot ?

— Non, mais vous et votre maître, vous vous étiez arrangé de façon à ce que le complot eût lieu.

— C'est une calomnie !

— Comme lorsque vous jouiez un double rôle à Berlin, monsieur Hatzfeld !

Napoléon s'était croisé les bras, regardant avec une vive agitation le prince prussien ; celui-ci, les yeux baissés et se mordant les lèvres, ne savait plus que dire, surtout en présence de Duroc qui, lui aussi, avait été témoin autrefois à la clémence de l'Empereur au profit de cet Allemand, le trahissant encore.

On connaît ce trait de clémence qui rendait plus odieuse, en ce moment, la situation actuelle de Hatzfeld en face de l'Empereur.

Le prince Hatzfeld allait être condamné à mort, à la suite de la soumission de Berlin, après avoir juré fidélité aux Français et les avoir trahis. La femme du prince, introduite par Duroc, dans le cabinet de l'Empereur, demanda la grâce de son époux, attribuant à la calomnie le double rôle qu'on lui prêtait. — « Vous connaissez l'écriture de votre mari, dit Napoléon à la princesse ; je vous en fais juge. »

Il fit apporter les papiers interceptés, et lui donna la lettre qui prouvait la double trahison de l'âme damnée du roi de Prusse.

— « Eh bien ! reprit Napoléon, puisque vous

tenez cette lettre fatale, jetez-la au feu; cette pièce anéantie, on ne pourra plus condamner votre mari. »

La femme du prince se hâta de suivre ce conseil, et Hatzfeld fut sauvé, grâce à un acte de clémence qui, en cette circonstance, rappelait la conduite de l'empereur Trajan.

Aussi l'embarras du prince Hatzfeld était-il extrême, à cette heure où il jouait encore un double rôle.

Découvert de nouveau, il dévora sa rage.

Le prudent Prussien dit à l'Empereur courroucé :

— Je ne puis, je le vois, dissiper chez Votre Majesté les préventions qu'elle nourrit contre moi. En tous les cas, si jamais la fortune trahissait la France, je le jure, sire, le roi de Prusse, mon maître, se souviendrait de la clemence de Votre Majesté. Si nous entrons à Paris, un jour, il en sera de même à Paris, comme à Berlin, on épargnera aussi ses monuments et la vie de ses habitants.

Le prince s'inclina, après avoir lancé ce trait perfide qui alla jusqu'au cœur de Napoléon.

Confondu par cette froide insolence qui cachait une haine profonde de la part d'un homme humilié dans son patriotisme, écrasé par les bienfaits de son vainqueur, Napoléon frappa fortement du pied.

Mais Hatzfeld avait prudemment disparu.

Napoléon, blessé deux fois, par l'homme du peuple et par le gentilhomme, poussa un de ces *Ah!* plaintifs que Talma savait tirer de sa poitrine.

Il s'écria avec l'accent le plus amer, comme s'il avait la conscience des représailles qui devaient, un jour, faire payer à la France toutes les gloires de l'Empire :

— Ah ! si j'avais brûlé Berlin !

Napoléon comprenait que son despotisme le plaçait entre deux écueils : le peuple français, dont il prenait le sang le plus pur, et la noblesse étrangère, qui ne lui pardonnait pas ses humiliations.

Et, suivi de son fidèle Duroc, Napoléon, tout rêveur, reprit le chemin des Tuileries.

CHAPITRE XII

UN DE MOINS

Lorsqu'avait eu lieu l'entretien de Napoléon avec Hatzfeld, une autre scène s'était passée sous l'échafaudage de la Colonne; l'homme qui en était sorti pour interrompre la dangereuse entrevue de l'Empereur avec l'ouvrier, c'était Aristide.

— Eh bien ! dit brusquement celui-ci à Keller, je ne te conseille pas de parler souvent à Sa Majesté ! si c'est comme cela que tu arranges nos affaires ?...

— Mais, répliqua le ciseleur, très-étonné de la colère d'Aristide, mais je n'ai parlé que d'après ma conscience, moi !

— Dis plutôt, d'après ton orgueil !

— Après tout, fit Keller, j'aime mieux être chêne que roseau.

— Le chêne casse, mon colosse, à force de braver la foudre.

— Qu'est-ce que cela me fait !

— Tiens, veux-tu que je te dise, tu n'es qu'un égoïste !

— Merci !... et toi ?

— Moi, j'ai au moins le sentiment de la camaraderie... et ne compromets pas les amis par un brutal orgueil !.

— Auras-tu bientôt fini tes gentillesses, frotteur d'antichambre ! portier d'Institut ! beau donneur d'encens !

— Oh ! fit Aristide, un pied sur la marche de l'escalier de bois, une main fixée à la poutre principale de l'échafaudage, et regardant de haut le luron hors de lui, — oh ! tu ne m'offenses pas, va ! Tes insolences me font pitié. Vois-tu, Keller, le vrai courage, ce n'est pas d'être l'esclave de ses passions, mais d'être, comme moi, l'esclave de la raison; ce n'est pas de suivre ses penchants, mais bien de les combattre. Voilà le vrai courage.

— Est-ce que tu vas encore me faire une leçon? lui demanda le luron un peu radouci, détendant lès poings et se contentant, cette fois, de hausser les épaules.

— Tu en fais bien à l'Empereur !... Ah ! répliqua Aristide, si j'avais été comme toi, où en serions-nous? Comment, au lieu de dire à Sa Majesté : Sire, vous êtes plus grand que César; sire, Denon, notre architecte, est aussi fort que Michel-Ange; votre Colonne triomphale sera une des sept merveilles du monde, etc., etc., non, tu viens régenter l'homme qui tient l'Europe à ses pieds.

— Eh bien, soit, je suis un grain de sable sous le char du triomphateur; mais j'avertis au moins le char pour qu'il ne se heurte pas, un jour, contre un plus grand obstacle.

— Qu'est-ce que cela te fait que ce char tombe, si tu t'en gare; si tu prends plus tard un autre chemin?

— Tu es un monstre d'égoïsme, Aristide.

— Et toi, Keller, tu ne seras jamais qu'un imbécile... Veux-tu m'écouter, veux-tu toujours de moi pour tuteur, veux-tu que le roseau abrite le chêne, que le frotteur d'antichambre soutienne encore le colosse des faubourgs?

— Parle, tu m'amuses!

— Et moi, tu me fais peur, quand tu parles comme tu as parlé tout à l'heure à l'Empereur.

— Tu trembles donc pour quelqu'un?

— Oui, pour les enfants comme toi, gros innocent!

L'entretien qui avait commencé entre les deux amis, par être très-amer, devenait presque tendre.

Aristide ne possédait que le sentiment de la camaraderie, mais il le poussait à l'extrême.

Cet homme insensible, aussi sceptique par raison que l'était le luron par excès de tendresse, cet homme était d'une grande faiblesse pour son ami.

Cependant, Aristide avait le vrai courage moral; ennemi de la guerre, il s'était fait soldat pour revenir à son but, à sa profession artistique; paresseux et ayant en horreur les sciences abstraites, il s'était fait secrétaire des commissions scientifiques et artistiques, pour en revenir encore à l'art. En Egypte, il avait été le second de l'architecte Denon; n'ayant qu'un désir, retourner à Paris avec Denon, pour reprendre sa véritable vie : l'art, et faire profiter Keller du seul bonheur qu'il comprenait et convoitait : la richesse.

Nous avons vu précédemment comment il s'y était pris pour porter, avec lui, Keller sur les ailes de la fortune et de la renommée; aussi son influence était-elle grande sur cette nature rebelle et farouche qui respectait Aristide comme on respecte l'inconnu.

— Keller, continua l'artiste d'un ton ferme, — Keller, par tes bravades, tu te compromets de plus en plus, et, cela, au moment de toucher à ton but, de venger ton père.

— Ah bah! exclama le luron.

— Car tu as été dénoncé à Fouché! Voilà pourquoi j'ai été très-peiné des paroles que tu as fait entendre à l'Empereur.

— Qui nous a encore dénoncé?

— Toujours les mêmes, Comtois et sa séquelle.

— Bah! dans huit jours il ne sera plus question de ce gens-là.

— Tu te crois donc bien fort?

— Oui, répliqua le luron, à voix basse, et se penchant à l'oreille d'Aristide, — oui, depuis que nous avons découvert, du côté des anciens remparts, le caveau de l'église des Capucines.

— Et tu te crois seul maître de la situation! demanda Aristide en le regardant avec pitié.

— Sans doute.

— Eh bien! Comtois, Cydalise, Brutus et Caracala en savent autant que toi. Si toi et les amis vous ne vous dépêchez de fouiller les ruines, il n'en sera bientôt plus question. Les ennemis de mademoiselle de Vaudeuil, de concert avec son mauvais frère, feront sauter le caveau, et peut-être avec lui la colonne Vendôme, qui gêne aussi M. de Vaudeuil, toujours l'ami de l'Allemagne.

— Hein! que me dis-tu là..... fit Keller interdit.

— Et j'ajoute, répéta Aristide, que toi, l'ennemi de l'épaulette, tu es accusé d'être le complice des amis de l'étranger. Vois maintenant comme tes paroles à l'Empereur allaient bien dans le concert d'infamies imaginé par nos ennemis.

— Oui, tu as raison, reprit Keller, il n'y a plus un jour à perdre pour rendre à Mademoiselle de Vaudeuil ses droits naturels, et venger mon père.

— Aussi Kasa m'a-t-il prévenu qu'il avait donné rendez-vous à la bande, à Bluckmann et à Fanferlot.

— A Fanferlot! exclama avec rage le luron. Oh! pourquoi cet homme s'obtine-t-il à rester avec nous! Mais il sait bien que je le hais, lui, autant que je hais les assassins de mon père.

— Oh! çà! c'est une affaire de cœur, reprit Aristide, de très-mauvaise humeur. — Et ne va pas recommencer tes sottises, au moins, ou nous serions perdus. Je te le répète, la police a les yeux sur nous; je le tiens d'un ami de Fouché. Maintenant, vas attendre les camarades au cabaret des *Trois Lurons*, moi, je remonte à mon échafaudage. J'ai un coquin de bas-relief qui me martèle le cerveau; c'est rude à draper des bonhommes en uniforme. Avec la tunique et le peplum, çà va, mais avec l'habit militaire moderne, c'est court. Bonjour, attends les amis aux *Trois Lurons*, et préviens-moi en cas de danger, çà brûle.

Aristide grimpa sur son échafaudage; Keller, redevenu docile comme un mouton, se dirigea vers la rue Napoléon, pour obliquer bientôt du côté de la rue Neuve-des-Petits-Champs, à l'angle de cette rue même.

C'était là que l'on voyait un cabaret dont l'enseigne nouvelle avait consacré la vogue. Sur cette enseigne figuraient trois hommes bras-dessus bras-dessous, l'un vêtu en fort de la Halle, l'autre en capitaine de la garde, le troisième, dans le costume pittoresque des lurons de barrière.

Le tableau portait ces mots :

Aux Trois Lurons.

Il n'y avait pas à se tromper sur l'allusion de cette enseigne : la ressemblance donnée à cette peinture était bien celle de Fanferlot, alors fort de la Halle; celle de Bluckmann, devenu capitaine de la garde, de Keller, le ciseleur de la colonne Vandôme.

Chose étrange, le propriétaire de ce cabaret, c'était l'ancien petit Brutus, le même qui portait encore sous sa sourcillière, la marque du coup de poing que Keller lui avait asséné près de la place où il tenait débit de vin.

Brutus qui, en 1809, avait repris son nom, plus modeste, de Finet, avait-il, avec le temps, oublié ses rancunes au point de pratiquer les vertus évangéliques? Ou bien avait-il été payé, en s'établissant près de la Colonne, par ses affiliés, pour surveiller les lurons?

La dernière hypothèse était seule admissible.

C'était, en effet, du cabaret des *Trois Lurons* que sortaient les combinaisons infernales de la Cydalise, servant les intérêts du marquis de Vaudeuil et les intrigues de la Prusse.

L'on a vu, par les précédents événements, que les ramifications de la Cydalise s'étendaient du cabaret des *Trois Lurons* jusqu'au palais des Tuileries.

Lorsque le marquis de Vaudeuil, guidé par un patriotisme en désaccord avec sa haine contre l'Empereur, se refusa, malgré les conseils de la Cydalise, à faire sauter la Colonne, la courtisane fit une prudente retraite.

Non-seulement elle avertit les gens de la maison de l'Empereur, mais elle essaya de compromettre en même temps ses plus fidèles serviteurs.

Elle dénonça les lurons comme des traitres, lorsque ces derniers ne faisaient que remplir, au profit d'une des descendante des Vaudeuil, la mission du vieux Keller.

Comme l'avait dit Aristide son ami, comme on l'a vu par la conversation de Fouché avec l'Empereur, Keller et les siens étaient encore très-compromis, grâce au machiavelisme féminin de l'ancienne vivandière.

Telle était la situation des lurons, au moment où Keller, sermonné par Aristide, se rendait au cabaret de la rue Neuve-des-Petits-Champs.

Comtois, toujours à l'hôtel Vaudeuil, au service du marquis, alors de retour en France, Comtois, plus royaliste que son maître, faisait agir, de con-

Paris. — Typ. Walder, rue Bonaparte, 44.

La même main qui en 1871 réduisit Saint-Cloud à son état actuel, a tenue la corde qui renversa la colonne Vendôme... la main prussienne...

cert avec Cydalise, Brutus contre les lurons et leurs amis.

Ce qui pouvait paraître étonnant, c'était que Keller, fréquenta un cabaret tenu par l'ancien Brutus.

Si Finet avait intérêt à ne pas perdre de vue le chef des lurons, celui-ci, de son côté, avait un intérêt égal à le surveiller au moment où il allait jouer une dernière et décisive partie avec les assassins de son père.

Le cabaret des Trois Lurons était presque vis-à-vis de la boutique de Marie Doucet, boutique dont l'accès était défendu depuis neuf ans à Keller.

Mais l'amour est lâche ; il aime qui le dédaigne et le méprise.

Et Keller pouvait voir du cabaret ce qui se passait chez sa fiancée !

Bien des fois il en vit sortir Fanferlot, qui, d'ancien postillon, s'était fait fort de Halle ; bien des fois il lui avait pris envie de se battre avec l'homme qu'il considérait comme son rival ; toujours il s'était contenu, en songeant qu'il ne s'appartenait pas, qu'il appartenait à sa vengeance contre les meurtriers de son père.

Jusqu'alors Fanferlot n'était, en réalité, que le commissionnaire de Marie ; c'était lui qui, de concert avec Bluckmann, quand celui-ci était de retour de ses campagnes, c'était lui qui se rendait au couvent de la jeune protégée de la mercière. Élevée au frais de Marie, comme une fille de qualité, celle-ci était constamment surveillée par les amis du luron.

Keller, qui, par sa conduite excentrique, s'était à jamais fermé la porte de la demeure de sa fiancée, se contentait, aux abords du cabaret des Trois Lurons, d'assister à tout ce qui se faisait de généreux au profit de mademoiselle de Vaudeuil, lui, pourtant le plus généreux des hommes !

Lorsque Keller avait quitté son ami Aristide, à la suite de ses paroles imprudentes à l'Empereur, il s'était promis de ne plus donner aucune prise à ses ennemis. Dès que la police était avertie, il n'avait donc qu'à se mettre sur ses gardes.

Il comptait sans l'amour, sans la fougue de ses passions.

En passant la rue Neuve-des-Petits-Champs, il ne s'arrêta pas au cabaret; il poussa jusqu'à la boutique de Marie.

Là, un spectacle affreux lui brisa le cœur. Il aperçut Fanferlot, à travers les vitres, Fanferlot embrassant respectueusement la main de la *belle mercière*.

C'était ainsi que Marie était désignée dans tout le quartier; car Marie, à trente ans, était adorable : la bonté de son âme idéalisait encore sa beauté.

Keller, en voyant Fanferlot embrasser Marie, ne se posséda plus ; il voulut s'élancer dans la boutique. Il se contint, par respect pour lui-même; mais, sa jalousie, nourrie depuis si longtemps par la perfide Cydalise, se ralluma tout-à-coup. Il ne pensa plus à venger son père, il ne songea qu'à se venger de Fanferlot.

Ce fut dans cette disposition d'esprit qu'il entra comme un ouragan au cabaret des Trois Lurons.

— Holà! atôme ! — cria Keller à Finet, frappant avec un bâton qu'il tenait à la main — holà ! deux bouteilles de bourgogne et deux verres.

— Vous attendez quelqu'un, monsieur Keller? — s'empressa de lui demander l'ancien Brutus, accourant vers lui, après l'avoir guetté de la rue.

— Non ! fit Keller, en s'asseyant à une table disposée en plein air — non, seulement je désire boire avec toi, mon ancien ennemi politique.

En même temps il jetait des regards obliques et furibonds du côté de la boutique de la mercière.

— Je suis heureux, monsieur Keller — répliqua l'ex-sans-culotte — que vous me traitiez enfin en véritable ami.

— Oui, répliqua le luron, ami à la façon de Judas.

— Vous me méconnaissez !

— Non ! mais je crois en ta haine, à cause de l'œil que tu as en moins !

— Vous voyez, monsieur Keller — répliqua le petit homme — que je n'en ai gardé rancune, ni à vous, ni à vos amis ; cette enseigne en fait foi !

— Oh ! Oh ! répliqua le luron, vidant son verre sans trinquer avec Finet, qui ne cessait cependant de lui présenter le sien; je sais ce que valent les enseignes ! mais toi, au moins, tu as raison de m'en vouloir ! Tu es payé pour çà ! tandis que les autres qui se disent réellement mes amis.....

— Ne sont encore que des Judas, n'est-ce pas, monsieur Keller? ajouta l'ex-sans-culotte, les mains sous son menton, coulant ses coudes sur la table avec un sourire qui donna envie au Luron de crever à Finet le seul œil qui lui restait.

En ce moment, notre luron aperçut Fanferlot qui sortait de la boutique de Marie,

Alors il se leva, jeta quelques pièces de monnaie à Finet, brandit son bâton et lui dit :

— Et tous les Judas, je les tuerai; souviens-toi de çà, mon Brutus !

Keller n'avait pas achevé, qu'il était disparu pour courir à la piste de Fanferlot, se dirigeant vers la place Vendôme.

— Pssitt... pssitt... siffla Finet à un grand diable qui, dans la rue, faisait le guet depuis que Keller avait surpris Fanferlot embrassant Marie.

L'individu se retourna; il allongea ses grandes jambes du côté où il était interpellé. C'était Caracalla, qui, lui aussi, avait repris son ancien nom, moins ambitieux de Lagingeole.

— Vite, camarade, sur la place ! — s'écria Brutus — m'est avis que dans un instant no u aurons un luron de moins sur les bras quand viendra l'affaire des caveaux.

— Ce sera toujours çà ! reprit le grand diable.

Et tous les deux suivirent Keller, qui, ne tenant conseil que de sa rage, malgré les avertissements d'Aristide, apostropha le gros Fanferlot, au milieu des curieux amassés par cette altercation.

— On ne passe pas ! cria Keller, menaçant Fanferlot de son bâton, à quelque distance de l'échafaudage de la Colonne.

— Hein ! — fit le fort de la Halle, qui, depuis une scène de jalousie que lui avait faite autrefois le luron, évitait toujours son ex-ami.

Fanferlot voulut opérer un détour pour fuir Keller ; celui-ci fit le même circuit et se retrouva de nouveau en face du fort de la Halle.

Lui aussi était armé d'un bâton, lui aussi le leva sur son adversaire, quoique en rechignant :

— Ah ! çà ! voyons — répliqua le fort de la Halle — décidément, c'est après moi que tu en veux ; après moi, un ami de vingt ans ?

— Ton amitié — riposta le luron, tenant en respect le fort, et se tournant vers la foule — ton amitié, elle est propre ! Tenez, les amis, je vas vous dire ce que c'est que l'amitié des trois lurons. Écoutez-moi çà, pour rire ! Le premier des trois est un officier, un bel officier qui spécule sur ses épaulettes, qui fait sa cour à la fille d'un gentilhomme, et est en train de renier sa roture pour s'unir plus tard à la noblesse !

— Tu es fou ou gris ! s'écria Fanferlot, haussant les épaules, honteux de la calomnie de Keller à l'endroit de Bluckmann.

— Et le second, ajouta Keller, désignant Fanferlot de son bâton — c'est cette brute que l'on croit sincère parce qu'il n'est pas ambitieux, parce qu'il n'est qu'amoureux !

— Keller ! plus un mot — cria Fanferlot, exaspéré, en agitant fiévreusement son bâton — plus un mot ou je cogne !

— Eh, bien ! c'est ce que je demande ! Et tenez, dit-il encore à la foule, savez-vous de qui il est amoureux ? de la maîtresse du troisième luron, votre serviteur.

—Encore un mot ! — fit Fanferlot, réellement indigné—et je te réponds, Keller, que je te nettoie la face de la belle manière.

— C'est toujours ce que je demande... ajouta Keller le dévisageant et continuant de s'adresser à la multitude — figurez-vous que j'avais cru ma fiancée une Lucrèce, un modèle de constance et de sincérité... comme si une femme constante et sincère, çà s'était jamais vu !.. Eh bien ! celle-là c'est comme les autres, une coquette qui me trompe ! pour qui ? pour ce beau museau ! hurla Keller, oui, pour ce beau museau dont je vais détériorer les avantages, histoire d'être désagréable à la luronne.

—Bah ! rugit Fanferlot, plus furieux des calomnies dirigées contre Marie, que des injures dont il était l'objet — avant çà, tu vas numérotter tes abattis pour voir si, tout-à-l'heure, tu les retrouveras au grand complet... Allez ! roulez, mon ex-ami !

Et Fanferlot, le bâton levé, fondit sur Keller.

Le luron baissa la tête, le coup avait été si rapide qu'il le frappa au front, quoique paré à demi par son bâton. Une bosse noirâtre s'enfla tout-à-coup au dessus de l'œil de Keller.

Fanferlot cria, prêt à désarmer :

— Touché ! c'est assez !

—Ce n'est rien, hurla Keller, relevant son bâton sur le fort de la Halle — ce n'est rien ! un noir, une paille, quoi ! çà ne m'enpêchera pas de voir clair, mais voilà qui va gêner ta respiration.

Et il lui asséna en pleine poitrine le bout de son arme.

Fanferlot pâlit, s'affaissa, et s'écria en tombant :

— Keller, malheureux !... Je te pardonne !....

Avant que la foule stupéfaite, terrifiée, eût eu le temps de porter du secours au malheureux fort de la Halle, des voix crièrent derrière un commissaire qui parut dans le cercle des combattants :

— Monsieur le commissaire, c'est lui, Keller ; c'est lui l'assassin ! emmenez-le.

Ces voix, ces cris étaient poussés par Finet et par Lagingeole.

Le luron revint à la raison, à la suite de son horrible lutte ; malgré l'horreur qu'il éprouva à la vue de Fanferlot, étendu à ses pieds, il comprit sa nouvelle imprudence.

La jalousie l'avait perdu ; il était au pouvoir de la justice, qui lui défendait désormais d'agir contre ses ennemis, dont Finet et Lagingeole étaient les auxiliaires.

— Au nom de la loi, je vous ar.....

Cria le commissaire, ceint de son écharpe, la main sur Keller étourdi et stupéfait; mais un officer et plusieurs soldats s'interposèrent entre le commissaire et le luron.

Cet officier c'était le capitaine Bluckmann, le lieutenant Bonvin, le tambour Kasa et le Marseillais Rabasson.

Tous les quatre venaient du cabaret des *Trois Lurons*, fidèles au rendez-vous donné.

N'y ayant pas trouvé Keller, ils avaient bien vite appris par la multitude la rixe qui se passait sur la place Vendôme.

—Monsieur le commissaire, dit vivement Bluckmann, en devinant aussitôt l'horrible scène qui venait d'avoir lieu — Monsieur le commissaire, mon ami Keller ne peut être un assassin, tout au plus est-il coupable d'avoir provoqué une rixe où est tombée une victime dont il déplore comme vous la perte,! je vous en réponds, monsieur le commissaire.

Le capitaine Bluckmann, entouré de sous-officiers, de soldats au teint bronzé par le soleil d'Égypte, à la figure labourée de cicatrices, en imposa à la foule, à l'officier civile lui-même, qui répondit :

— Il n'y a pas moins un moribond ici, un cadavre, peut-être? Il faut que la justice informe!

Le magistrat désigna Fanferlot. étendu à ses pieds; la multitude, excitée par Finet et Lagingeole, répéta avec eux :

— Oui, il faut que justice informe !

— Cependant, monsieur le commissaire, insista Bluckmann, — si en attendant que la justice prononce, je vous donnais ma parole d'officier que mon ami Keller pourra rester maître de ses actions sans enfreindre la loi, tant que la loi n'aura pas prononcé sur son sort?...

Cette fois le commissaire n'osa répliquer.

A cette époque, l'autorité civile comptait avec l'autorité militaire ; et le commissaire avait devant lui des officiers, des soldats qui l'intimidaient par leurs paroles décidées et leur mâle énergie.

— Non, pas de priviléges pour des coupables, cria l'adroit Finet! D'ailleurs, les bourgeois ne sont que trop tracassés par les traîneurs de sabre... Il faut que la loi ait son cours pour eux comme pour nous.

— C'est vrai, çà! justice pour tous!... crièrent quelques bourgeois captés par les paroles insidieuses de Finet.

— Qué ? Bagasse des bagasse ! exclama Rabasson furieux, et s'emparant de Finet comme d'une plume — tu appelles des guerriers qui ont détrempé de leur sang tous nos champs de bataille, tu les appelles des traîneurs de sabre, troun de l'air ?... Eh bien! voilà pour l'insulte ! A la rescousse, les autres té... dans les sceaux à plâtre, les pékins, z'ou !

Le soldat Rabasson, dont la patience n'était pas la vertu dominante, s'empara de l'ancien Brutus, il le jeta, en le pliant en deux, dans un des grands sceaux servant à monter, au moyen d'une double corde, le plâtre et la chaux aux ouvriers de la Colonne.

Le sergent Bonvin l'imita, il prit le deuxième accusateur Lagingeole par la peau du ventre, et lui fit faire le même plongeon dans le sceau jumelle.

Ce qui acheva le comique de cette scène, si tragique au début, c'est qu'à peine Lagingeole et Finet eurent-ils opéré leur bascule dans les sceaux, que cés sceaux s'élevèrent tout à coup dans l'espace, aux grands cris des victimes et au grand ébahissement de la foule.

C'était Aristide qui tenait la corde. De sa logette il avait tout vu, tout observé; en apercevant Finet et Lagingeole portés dans les sceaux par Bonvin et Rabasson, il avait eu l'idée de déjouer, par cette ascension, les accusateurs de Keller.

A la vue de ces deux êtres tirés par des cordes enlevés dans l'espace, gigottant dans les sceaux, la foule était passée de l'extrême effroi à l'extrême joie. Le commissaire était resté ébahi, Bluckmann profita du tumulte pour dire aussitôt à Keller, abîmé dans sa douleur :

—Sauve-toi, malheureux, et demain, viens avec nous aux caveaux des Capucines. C'était ici le but de notre rendez-vous à tous... maintenant sauve-toi!

Keller s'enfuit, en s'écriant :

— Oh ! je suis maudit !... Mon père pardonnez-moi !

Pendant ce temps le petit Kasa était agenouillé près du corps de Fanferlot; il disait à un groupe:

— Il respire encore, prévenez un chirurgien !

Dès qu'il fut certain que Fanferlot n'était plus abandonné à l'aventure, le tambour se dirigea vers la boutique de la mercière, pour la préparer au terrible événement suscité encore par les ennemis des lurons.

A l'extrémité de la place, sur la rue nouvelle, dissimulée entre les ruines du couvent et les assises des nouvelles bâtisses, une voiture venait de s'arrêter.

Un homme arrivant de l'hôtel contigu, à la rue Napoléon, se plaça à la portière, c'était Comtois parlant à Cydalise.

Alors Lagingeole et Finet opéraient leurs ascensions.

— Que se passe-t-il ? interrogea la courtisane en se penchant à la portière :

— Presque rien, répondit le valet de chambre, — les lurons se vengent sur Finet et Lagingeole du tort que nous leur causons; maintenant, ils sont trop occupés d'eux-mêmes pour songer à nous : demain, ou nous serons maîtres du dépôt du vieux Keller ou nous ferons sauter les caveaux. C'est entendu avec le marquis.

—Oui, fit Cydalise, mais ce n'est là qu'une partie de notre vengeance, Marie Doucet peut encore posséder son Keller ?

Desormais Keller appartiendra à la justice.

Et Comtois désigna le commissaire parlementant avec le capitaine Bluckmann.

— C'est toujours çà !... fit Cydalise... Mais il faut que tous ses amis soient egalement impuissants à nous nuire.

— Cela commence ! répliqua Comtois, — et comme je viens de le voir de l'hôtel, Keller a tué Fanferlot.

—C'est toujours un de moins! cependant il faut demain écarter Keller à tout prix. Du reste, je m'en charge. Et toi, vas demain au caveau où je te réponds que nous serons seuls à posséder, au profit du marquis, le dépôt en question. A demain.

Cydalise se sépara de Comtois.

De leur côté, les lurons, grâce à Kasa qui surveillait de près l'ex-vivandière, les lurons étaient préparés à poursuivre leurs recherches, à disputer à Comtois et à Cydalise ce dépôt qui, croyaient-ils, devait rendre à mademoiselle de Vaudeuil ses titres et son rang. C'était pour s'entendre encore qu'ils s'étaient réunis, au moment où Keller compromettait si fort leur cause par ce malencontreux combat avec son ancien ami.

Cydalise, elle, avait un double but: avant le marquis, avant tout, elle servait la Prusse.

— Si, demain, se dit-elle, le caveau des Capucins, en s'effrondant, ne fait pas tomber la Colonne de Napoléon, que mon imbécile de marquis veut que l'on respecte, la Prusse se chargera bien un jour de la faire abattre par des Français moins scrupuleux !

Cydalise s'enfonça dans sa voiture, roulant vers la rue du Helder. Elle songea à son œuvre infernale dont le marquis n'était plus que l'agent rebelle, et dont la Prusse était l'âme.

— Sur mon honneur d'officier, disait en ce moment le capitaine Bluckmann au commissaire qui, grâce à la dénonciation de Cydalise, aux instructions de la police, possédait des notes accablantes touchant Keller — sur mon honneur d'officier, monsieur le commissaire, si Keller n'est pas un vulgaire meurtrier, et s'il est ce que vous croyez, il viendra se constituer prisonnier, je vous le jure.

Le commissaire s'inclina, laissant la foule commenter à sa façon ces incidents divers, pendant que Bluckmann et ses amis gardaient le corps de Fanferlot jusqu'à l'arrivée d'un chirurgien.

La dernière partie commençait à s'engager entre les lurons et les infâmes serviteurs du marquis.

La Prusse payait l'appoint dans cette partie dont la Cydalise tenait pour elle tous les dés.

Oui, la Prusse veillait, représentée à Paris par le prince Hatzfeld; et elle se servait, dans sa basse vengeance, de la plus infame des créatures: la courtisane Cydalise !

CHAPITRE XIII

LA STATUE DE LA VICTOIRE.

— Non, se dit Cydalise, un doigt sur sa bouche, blottie entre les coussins de sa voiture, il ne faut pas que Keller soit demain avant nous au caveau des Capucines. Mais par quel moyen l'en empêcher, lui et les siens ?

Elle se mit à réfléchir un instant, les pieds croisés sur la banquette de sa voiture, dans une posture horizontale ; puis elle bondit avec la grâce de la panthère, elle s'écria comme honteuse d'avoir réfléchi si longtemps.

— Sotte ! n'ai-je pas pour moi ma beauté? Keller est artiste ; il en a toutes les aspirations et toutes les ardeurs ; il est ivrogne, débauché ? Il ne s'agit que d'étouffer son cœur sous la fougue de ses sens. Le malheur l'a en partie dégradé, mes séductions feront le reste.

Un sourire infernal glissa sur ses lèvres, un incarnat subit empourpra ses joues. L'espionne avait trouvé son moyen :

— Quand l'obstacle se dresse devant nous, reprit-elle, il faut marcher au devant de l'obstacle.

Arrivée à son hôtel, elle s'enferma dans son boudoir, charmante retraite, meublée au goût du jour et aux peintures étrusques. Elle sonna une caméristc, et lui commanda :

— Apportez-moi le costume que j'ai mis à ma dernière fête de nuit, et demain faites-moi réveiller à six heures.

Cydalyse fit placer sur un canapé un costume de gaze, une tunique étoilée d'or ; elle se posa devant sa psyché, en se délivrant des élégants hochets de sa toilette de ville. Vêtue d'un simple peignoir, laissant retomber ses longs cheveux qui encadraient une physionomie des plus provocantes, elle s'écria avec orgueil :

— Demain, je le veux, Keller sera en mon pouvoir.

Cydalise, comédienne consommée, aimait tous les succès. L'ancienne vivandière, qui tenait alors à ses pieds toute l'aristocratie ancienne et moderne, s'était promise, bien plus encore par vanité, que par intérêt ou par vengeance, de vaincre le luron, de lui ravir jusqu'à l'honneur.

Cydalise, l'espionne prussienne, était, nous l'avons dit, le génie du mal.

Au moment où elle rentrait à son hôtel, en combinant sa nouvelle infamie, Keller, honteux de son meurtre involontaire, s'était enfui, après avoir échappé des mains du commissaire, jusqu'à la Courtille, théâtre de ses exploits.

A cette époque, la Courtille était le Longchamp dominical du peuple Parisien.

De la rue du Faubourg-du-Temple jusqu'au sommet de Belleville, ce n'était qu'une longue file de guinguettes.

Depuis les *Vendanges de Bourgogne* jusqu'à l'immortel *Dénoyez*, depuis Dénoyez jusqu'à l'*Ile d'Amour*, on ne voyait que longs et larges comptoirs. Sur la montée le vin coulait à flots, les rôtisseries s'ouvraient enflammées, pour allécher une foule de petits bourgeois, de petits marchands, d'ouvriers arrivant des quatre points cardinaux de Paris.

La Courtille était la foire aux plaisirs du faubourg.

La foule hétéroclite qui, l'été, venait le dimanche et le lundi à la Courtille, festoyer et danser à l'ombre de ses lilas, était souvent inquiétée par sa population indigène et tracassière.

Keller était le héros, le dieu de cette population, l'ennemi du militaire, la terreur du bourgeois.

Les prouesses de Keller et de ses lurons étaient connues de toutes les barrières ; elles composaient une odyssée fort peu édifiante que se racontaient, en ville, les honnêtes citadins, avec une certaine crainte intéressée.

La bourgeoisie parisienne a toujours été quelque peu frondeuse ; elle pardonnait aux lurons leurs fredaines, en raison de leur haine contre l'épaulette, de leurs rixes contre les militaires; rixes qui étaient une sorte de protestation contre le despotisme impérial.

Le vieux jacobinisme s'était réfugié à la Courtille. Keller, l'appui des faibles, le soutien des déclassés, s'était fait le champion des jacobins uniquement parce que, d'oppresseurs, ils étaient devenus martyrs et qu'ils représentaient encore l'indépendance.

Le jour où Keller avait eu une entrevue avec l'Empereur, où il avait achevé de se perdre, en blessant si gravement Fanferlot, ce jour-là était un lundi.

La Courtille était en liesse.

Keller y arriva gris à battre les murailles de toutes les guinguettes. Déjà, aux *Vendanges de Bourgogne*, notre luron avait vidé, en compagnie de vauriens, une suite incommensurable de pots de vin à six sous.

Arrivé au *Coq hardi*, rendez-vous des anciens braves du Directoire, tombés dans la misère, dégradés par la débauche, Keller décrocha à sa rôtisserie une broche qu'il agita en forme de lance. Armé encore d'un tabouret, suivi de vingt gaillards, il entra furieux aux *Folies de Belleville*.

Il sauta dans le carré de la danse, effarouchant des essaims de bourgeois attablés, et menaçant de son tabouret, danseurs, festoyeurs, et musiciens; il s'écria:

— On ne dansera pas ce soir!

Tant était grande la terreur inspirée par notre luron, que l'orchestre se tut, que la foule des danseurs s'enfuit.

Puis notre ivrogne, une fois la salle vide, se retira, faisant marcher devant lui sa bande; il lui dit, en lui jetant broche et tabouret:

— Maintenant, laissez-moi seul. J'ai assez bu, je veux dormir; le premier qui voudra me suivre pour boire encore, je lui casse les reins.

Keller courut comme un fou jusqu'à son atelier. Il grimpa sans lumière à la soupente qui lui servait d'alcôve, il essaya de dormir; toute la nuit, il ne fit que sangloter. Le vin ne lui avait pas fait perdre la mémoire; il se rappelait toujours Fanferlot étendu sans vie à ses pieds; Marie, sa fiancée, à jamais perdue par lui.

Le lendemain, dès l'aube, il descendit l'escalier de sa soupente, entra dans son atelier pour travailler.

Il espérait trouver à l'atelier ce qu'il n'avait pu trouver au cabaret: l'oubli.

A cette époque, Keller travaillait au compte de Chaudet, le sculpteur du César appelé à couronner le chapiteau de la Colonne; il composait la statue de la Victoire devant surmonter le globe du monde, qui, dernièrement encore, était tenu dans la main de ce César *Napoléonien*!

Keller n'était pas que ciseleur; c'était un artiste, c'était un sculpteur d'imagination. Ses excès, ses écarts provenaient de l'inactivité de son esprit et de ses déceptions continuelles. Son cœur sans aliment, son âme incomprise cherchaient une dérivation dans une vie turbulente, presque crapuleuse.

Un trait de l'artiste faubourien le peindra mieux que toutes les analyses psychologiques.

Un jour, fatigué d'être exploité par des artistes moins dignes que lui, il se mit en tête de concourir pour le prix de Rome:

J'enverrai au concours, dit-il, si l'Institut veut me mettre en loge, une statue comme n'en composera jamais monsieur Chaudet! Après cela, si l'on me conteste le prix, j'assommerai les examinateurs.

Mais l'Institut, qui avait besoin de son ciseleur, qui réellement redoutait Keller, fit un décret par lequel un artiste, passé l'âge de trente ans, ne peut concourir pour le prix de Rome.

A cette époque, Keller avait la trentaine! Ce fut le seul moyen d'empêcher notre ciseleur de concourir et d'écarter sa menace.

Ce décret existe encore.

Le lendemain de sa rixe avec Fanferlot, de sa scène d'ivresse à la Courtille, Keller, comme on l'a vu, se trouvait seul dans son atelier. Il se promenait de long en large, se passant la main dans les cheveux, s'arrêtant, avec hésitation, devant la maquette de sa statue.

Depuis quelque temps, il avait retiré le linge mouillé dont elle était recouverte; rien encore ne l'engageait au travail.

Il était mécontent de lui, mécontent des autres; il regardait, dans un coin de l'atelier, la Colonne Vendôme en petit modèle; il se disait:

— Ce que c'est pourtant que le travail et le pédantisme ! S'il n'y avait pas d'Institut, s'il n'y avait pas de professeurs en cravate blanche, je serais l'architecte de cette Colonne dont je ne suis que l'ouvrier,.. et je ne serais pas devenu un ivrogne, un meurtrier peut-ère !

Keller se frotta violemment la tête; posant violemment son escabeau en face de sa maquette, il répliqua avec humeur :

— Bah ! travaillons !

Il n'avait pas achevé, qu'il entendit retentir la cloche fêlée de la grille de son jardin.

— Qui diable ! peut venir si matin, se demanda-t-il, une main sur son ébauchoir; seraient-ce mes ivrognes de la veille ? Ah ! bien, je vais drôlement les recevoir.

Quelle ne fut pas sa surprise, en apercevant, à travers les vitres de son atelier, un domestique en livrée, qui frappa discrètement à sa porte, après avoir franchi l'allée de son jardin.

Il ouvrit au valet; celui-ci lui dit respectueusement, en lui présentant une carte mignonne et ambrée :

— Madame sollicite l'honneur d'être reçue par vous.

— Quel honneur? et quelle dame? exclama l'artiste.

Puis, reportant les yeux sur la carte, il tressaillit.

— Cydalise, pensa-t-il; mais si je donnais une volée de coups de bâton à son laquais, comme à-compte? Non, se dit-il, il vaut mieux la voir venir, cette coquine.

— Que dois-je répondre à ma maîtresse? madame attend dans sa voiture?

Le domestique était heureux de faire sonner bien haut, en digne valet de parvenues, la voiture de sa maîtresse.

— Dites qu'elle entre ! répliqua Keller, d'un ton bourru, et bousculant le valet.

La courtisane apparut.

L'air frais du matin avait coloré ses joues ; sa toilette, harmonieusement composée, en vue de plaire, faisait valoir une beauté un peu théâtrale, mais qui n'avait que plus de séduction pour un artiste.

— Vous ne vous attendiez pas à me voir, monsieur Keller? s'écria Cydalise souriante, et qui, depuis la veille, était forte de sa leçon.

— Pas le moins du monde, répliqua le ciseleur, prenant la peine de refermer brusquement la porte, surtout depuis notre dernière entrevue; il y a, je crois, dix ans de cela? C'est long, dix ans, pour une femme dont l'inconstance est le moindre défaut.

— Alors, vous m'avez oubliée?

— Non ! Je vous dois tous mes malheurs et je ne vous ai pas encore payée ! Donc, je ne pouvais vous oublier, continua Keller furieux.

— Vous avez de la rancune?

— Autant que vous avez de haine !

— Méchant ! implora Cydalise, en attachant sur lui d'irrésistibles regards.

— Voyons, trève de compliments, se récria Keller; que venez-vous faire chez moi? Quels coups me réservez-vous?

— Je viens chez vous, monsieur Keller, dans l'intérêt de l'art, de cet art que j'aime..... et...

— Vous, une Cydalise, vous aimez l'art! Ah ! riposta-t-il, en ricanant, par exemple, voilà ce à quoi je ne m'attendais guère. Quel art aimez-vous donc? l'art de torturer?

— Que vous êtes cruel ! fit-elle, d'un ton de tendre supplication.

— Oh ! pas autant que vous, répliqua le luron, qui s'en voulait de trouver Cydalise si séduisante et telle qu'elle voulait paraître à ses yeux, pas autant que vous qui venez me voir, sans doute, parce que hier, j'ai blessé, tué mon ami? Parce que, aujourd'hui, vous tenez à jouir, la première, de votre ouvrage. Avouez-le, Cydalise? ayez encore l'audace de votre férocité.

— Est-ce moi ou Marie qui vous a trompé? riposta-t-elle avec dignité.

— C'est toi, du moins, qui a enflammé ma jalousie ! lui répondit-il, en changeant brusquement de ton.

— Et ne t'es-tu jamais demandé pourquoi je détestais Marie, moi !

— Est-ce qu'on demande au loup pourquoi il convoite l'agneau?

— Oh ! que tu es injuste, Keller ! exclama Cydalise, qui fondit subitement en larmes.

Le luron s'arrêta étourdi, confondu à la vue

Paris. — Typ. Walder, rue Bonaparte, 44.

C'est pour cela que vous venez en France, pour assister à la ruine de ce trophée payé du sang de mes soldats.....
Singulière récompense, monsieur le Prussien.

de la courtisane qui sanglottait, la tête dans ses mains.

— Ah ! ça, voyons, pas de comédie, Cydalise ? je ne suis, ni un riche émigré, comme le marquis, ni un niais comme Rabasson ; je n'ai pas de secret à vendre, ni de voiture à t'offrir, moi!

— Mais il y a quinze ans, s'écria-t-elle, en se redressant avec fierté, je ne faisais pas métier de livrer les secrets des autres ; je ne vendais ni mon âme, ni ma beauté ! et si j'ai vendu tout cela, c'était parce que je haïssais ta Marie, parce que je t'aimais, Keller, parce que je désespérais de ton amour !

Cydalise avait prononcé ces mots avec des accents déchirants ; elle avait pris les mains de Keller dans les siennes ; tout son corps tremblai dans des frissonnements qui émouvaient moins le cœur que les sens de Keller.

Le luron ne pouvait croire à la sincérité de cette syrène ; cependant, lui aussi était ému. Keller, ivrogne et batailleur, vivait dans une chasteté qui lui avait été commandée par son amour profond pour sa fiancée.

Jusqu'au jour où il voulait connaître la vérité sur la véritable origine de l'enfant confiée aux soins de sa maîtresse, il avait espéré que Marie, réhabilitée, deviendrait sa femme. Aussi, Keller, malgré ses trente ans, est-il un innocent, un être tout à fait incapable de résister aux séductions étudiées de l'adroite Cydalise.

Si Keller n'eût connu à fond la méchanceté de cette femme, il fût tombé à ses pieds, dès ses premières provocations.

Mais entre elle et lui, il y avait le cadavre de son père, Marie sacrifiée, Fanferlot blessé à cause d'elle.

Keller releva donc, en souriant, Cydalise éplorée, il lui dit :

— Vous êtes un enfant; quoique très habile, vous vous êtes trompée, en me croyant assez niais pour me prendre au même piége tendu par vous à mes amis, Bonvin et Rabasson. Dites-moi plutôt le but caché qui vous amène, et vous gagnerez mon indulgence dans la vengeance que te vous prépare, au nom de mon père! parlez, je le veux!

Keller avait repris un ton sévère, menaçant.

Cydalise releva fièrement la tête, elle ferma les paupières pour y voiler de sinistres éclairs; elle se contint et répondit :

— Je n'avais d'autre but, Keller, que de vous demander une grâce.

— Vraiment! — répliqua-t-il ironiquement— Qu'est-ce donc?

— Peu de chose pour vous, beaucoup pour moi.

— Encore, faut-il que je sache :

— Devenir, pour une heure, le modèle de votre statue de la victoire.

— Fantaisie de courtisane!

— Rêve d'une femme qui aime un artiste se refusant de l'aimer! — Elle reprit son ton suppliant — O Keller! Keller ne repousse pas ce désir de mon cœur, cette volupté de mon âme... Après! oh! après, venge-toi, tue-moi, si tu le veux, mais au moins que mon corps, mes sens, ma vie aient passé un instant par ton génie et vécu de ton âme.

— Tiens!.. tiens! s'écria Keller, réfléchissant — C'est une idée, cela, Cydalise! Ma foi, je ne trouverai jamais un modèle plus beau; si jamais tu meurs de ma main, du moins ma main t'aura fait passer à la postérité.

— Merci de ton acceptation, merci de ta franchise! — réplique Cydalise, qui n'abandonnait pas encore la partie : — la mort après, le bonheur, la volupté auparavant.

Les yeux de la Cydalise brillaient d'un éclat fiévreux. Le geste inspiré, elle s'avança vers Keller qui baissa prudemment les regards, se précipita vers une selle et se mit à pétrir de la terre avec acharnement.

Devant Cydalise, au galbe si parfait, aux formes si séduisantes, Keller avait déjà détruit l'esquisse de sa première statuette.

Puis Cydalise, cachée derrière un canapé, s'était hâtée de se dépouiller de sa toilette, de se débarrasser de sa coiffure, d'apparaître dans le costume qu'elle s'était fait préparer de la veille; costume de déesse, d'une transparence tentatrice.

Alors l'argile, sous les doigts de l'artiste, prenait forme ; elle devenait une nouvelle esquisse figurant à première vue une déesse de la victoire.

Lorsqu'il eut ébauché sa statuette, il se retourna vers Cydalise.

Quelle fut sa stupéfaction en levant les yeux, de voir Cydalise, à demi-nue, dans la pose qu'il venait de donner à son esquisse.

Il crut à une apparition; il crut voir une des plus belles œuvres grecques du siècle de Périclès, animée par un souffle divin. Il voulut parler, ses lèvres tremblèrent, son cœur monta dans sa poitrine à l'étouffer; jamais son imagination n'avait rien rêvé d'aussi parfait.

Cydalise, d'une beauté sévère, personnifiait bien le génie de la Victoire. Sa tête était surmontée d'une couronne étoilée de diamants; ses bras potelés, ronds et gracieux tenaient, l'un un rameau, l'autre une épée.

Son torse, hardiment cambré, ses épaules, sa poitrine aux formes puissantes où la force de la vie décuplait les séduction, achevaient de bouleverser les sens de l'artiste.

La tunique de la courtisane, tunique flottante, serrée à la taille par une ceinture d'or, fendue sur le côté, laissait voir des jambes bien modelées, terminées par des petits pieds dont un reposait sur un rond de bois, simulant le globe du monde.

Keller, devant son modèle, était émerveillé, enivré; il se sentait attiré par le sourire de la sirène, par tous les attraits de la courtisane. Il se mit avec ardeur au travail. Les formes se dessinèrent rapidement sous ses doigts, il eut bientôt une ébauche passable.

Chaque coup d'œil qu'il donnait à son modèle était autant de traits de flamme qui lui perçaient le cœur.

Keller n'y tint plus, l'homme était vaincu.

Il s'élança de son escabeau, les yeux brillants, les lèvres altérés; il entoura de ses bras la courtisane, et l'embrassa avec frénésie.

Cydalise se débattit, mais en l'enlaçant, en l'enveloppant de ses regards ; elle lui dit :

— Travaille, ne perds pas ton temps... La victoire n'attend pas !

— Ah ! tu railles... Tu te venges toujours en me torturant encore d'une autre façon.

— Bah ! fit Cydalise avec un sourire plein de triomphe, en se jetant au cou de Keller, en s'abandonnant à lui :—Bah ! nous ne sommes pas, après tout, comme les femmes vertueuses, nous ! Nous n'avons pas le droit d'être coquettes !

A ces mots, l'artiste frissonna, une sueur froide inonda son front; il se recula, en proie aux remords, et lui répondit :

— Et moi, je n'ai pas de temps à perdre... Remèts-toi dans ta pose... Ainsi tu es belle.

L'artiste reprit son ébauchoir, il gratta sa terre avec rage, et murmura dans ses dents :

— Et si ton âme est de boue, ton corps, du moins, est digne d'être immortalisé par le marbre et par le bronze.

— Oh ! fit Cydalise, obéissant à Keller, très-certaine cette fois, de l'avoir assez grisé de ses baisers, — oh ! il y a toujours un peu de boue, même au fond du cœur le plus honnête... Demande à Marie ?

L'artiste frissonna de nouveau. De l'extrême volupté, il passa à l'extrême colère. Il se contenta de râcler sa terre, regarda tour-à-tour sa maquette et son modèle, puis commanda froidement à la courtisane :

— Tourne-toi un peu à droite, Cydalise.

— Est-ce comme cela ?

Elle prit une pose des plus provocante qui acheva de bouleverser Keller.

— A droite encore, — ajouta l'artiste, qui, après tant de provocations, ne demandait plus qu'à être enivré. — Maintenant, un peu à gauche.

— Y suis-je ? demandait-elle.

— Parfait !

—Cette fois, répliqua la courtisane en souriant, — on ne dira pas que je conspire contre ton œuvre, que je ne sers pas l'Empereur, que je ne me dévoue pas à ses artistes.

— Oui, fit Keller, essayant encore de lutter de sarcasmes avec la sirène — oui, voilà une Victoire qui, en bronze, bien entendu, fera honneur à Sa Majesté que tu trompes en chair et en os.

— Tu ne me crois pas de ses amies ?

— Pour l'honneur de Sa Majesté, non ! termina Keller, posant son ébauchoir sur sa selle et regardant son modèle avec des yeux pleins d'ardeur, qui démentaient singulièrement l'amertume de ses paroles.

Cydalise ne daigna pas répliquer à l'artiste ; elle se contenta de s'écrier :

— Bah ! je suis lasse de tenir cette épée !...

Elle prit une coupe de forme antique qu'elle aperçut dans un coin de la salle ; elle se jeta dans les bras de Keller, le serra contre sa poitrine, l'enivrant encore de baisers, et lui cria :

— A boire ! à boire !

Keller, que tant d'émotions avait brisé, ne se possédait plus.

En vain son âme droite, honnête, se révoltait-elle encore ! Il ne pouvait plus se vaincre, sous les coups que lui avait porté à la fois la passion, la fatalité et la jalousie. Il y a des heures dans la vie où le cœur le plus loyal a ses défaillances, à plus forte raison un cœur comme celui de Keller. Blessé de toutes parts par les dédains d'une honnête bourgeoise, par les séductions infâmes d'une laïs espionne, ce qu'il avait demandé d'abord à l'ivrognerie, il le recherchait alors à la lascivité !

L'artiste versa lui-même à boire à la courtisane, changée en Bacchante ; celle-ci se jeta sur ses genoux, et lui dit après avoir vidé sa coupe dans un baiser :

— Keller, j'avais encore un autre but, en me rendant chez toi.

— Parle, lui répondit Keller, buvant à sa coupe, seulement ne me parle pas de Marie, ajouta-t-il.

— Au contraire, parlons-en !

— Cela m'est égal, je t'embrasserai tant, que je ne t'entendrai pas !

— Tu m'entendras, parce que si tes oreilles essaient de rester sourdes, ton cœur écoutera.

— Je n'aime que toi.

— On me dit cela tous les jours !

Et Cydalise, sur les genoux de Keller, reprit :

— Vois-tu, il ne faut pas, dans l'intérêt de Marie, que tu ailles aujourd'hui au caveau du couvent des Capucines.

— Ah ! fit l'artiste, se dégageant brusquement des bras de la sirène — Voilà donc ton véritable but; après m'avoir fait meurtrier, tu veux me rendre parjure?

Le luron, revenu à la raison, repoussa Cydalise.

— Je ne veux pas ton malheur, reprit-elle, car je sais que tu aimes toujours Marie; je sais que les papiers que tu veux retrouver, que te cachait si bien ton père, sont la preuve de la trahison de ta fiancée.

— Tais-toi !.. Tais-toi ! fit l'artiste, frappant du pied.

— A moins, fit Cydalise en souriant, que tu veuilles toi-même reconnaître l'enfant de Marie, à moins que tu veuilles adopter cette fille de Fanferlot pour la tienne?

— O misérable! exclama l'artiste furieux, puis l'embrassant de nouveau avec frénésie, il s'écria : Mais tu es donc aussi méchante que belle!

—A boire ! répliqua la courtisane, qui jouissait de l'extrême colère et de l'extrême volupté qu'elle inspirait à l'instrument de son détestable triomphe!

A ce moment la porte de l'atelier s'ouvrit avec avec fracas.

Keller, encore dans les bras de Cydalise, la coupe aux lèvres, se trouva en présence de Marie.

Elle venait de la rue Neuve-des-Petits-Champs, suivie de Kasa, de l'artiste Aristide et de Rabasson.

Encore indignée contre Keller de son récent meurtre, Marie venait chercher son fiancé, au moment où tous ses amis étaient préparés à venger son père.

Elle arrivait chez Keller au nom de mademoiselle de Vaudeuil, et elle le retrouvait dans les bras de sa plus implacable ennemie.

— Lâche ! s'écria Marie, s'avançant contre lui, les yeux en feu, le geste plein de dégoût, ce n'était pas assez de tuer votre ami, il fallait encore vous livrer, ivre et parjure à celle qui complota la mort de votre père?

— Zou ! exclama Rabasson, regardant d'un air narquois Cydalise qui s'était prudemment reculée, après avoir repris ses habits de ville; zou ! ma fiancée en nymphe, telle que j'eusse pu l'admirer sans les dragées prussiennes !

— Et j'espère encore une fois, — ajouta le petit Kasa, — que la belle espionne aura manqué son but et, que Keller nous suivra sur l'heure aux Capucines?

Kasa, de toute l'exiguité de sa taille, toisa des pieds à la tête le luron confondu.

— Où là, aux Capucines, continua Marie, il lui sera prouvé que je suis une honnête femme, que Fanferlot n'a jamais été pour moi qu'un loyal ami.

— En tous les cas, riposta Cydalise, qui, après avoir passé rapidement ses vêtements, s'élança vers la porte,— en tous les cas, j'ai tenu ma promesse !

Elle regarda la mercière d'un air de défi, et continua : —Marie, je t'avais condamnée à mille morts, j'ai réussi ; Keller a tué son ami, moi j'ai pris ton amant !

Elle s'enfuit, glissant le long de la porte comme le serpent qui fuit un foyer empoisonné par sa bave.

— Et moi, s'écria Keller, revenu à la raison, et moi, je tuerai ces assassins qui m'ont rendu infâme, meurtrier et parjure !

Il s'apprêta à sortir de son atelier, sans oser regarder Marie, sans oser demander pardon à ses amis qu'il considérait tous comme des juges.

Aristide, si tolérant pour les faiblesses de son ami, l'arrêta au passage, il lui dit :

— Malheureux, ne te condamne pas, en condamnant tes bourreaux?

— Çà ! c'est mon affaire ! s'écria Keller se délivrant de l'étreinte d'Aristide.

— Mais ta Colonne ? mais l'art? lui répliqua-t-il.

— L'art ! exclama Keller, — bondissant jusqu'à la maquette qu'il brisa sous ses doigts, qu'il rejeta dans un sceau à plâtre — l'art, voilà ce que j'en fais; au baquet, l'art !

Keller s'enfuit comme un fou, tandis que Aristide disait à Marie, accablée et rêveuse au milieu de ses amis:

— Marie, en vous servant pour vous venger du dévouement de Fanferlot, en demandant l'impossible à Keller, voilà ce que vous avez fait de votre amant : un ivrogne et un meurtrier. Oh! les femmes, elles aiment toutes pour tuer, même les plus honnêtes !

Puis, en forme d'aparté, Aristide se dit : « Ma foi, je ne sais ce qu'il y a de plus dangereux ou d'une courtisane comme Cydalise, ou d'une femme honnête comme Marie. Le mieux pourrait être le pire.

Pendant qu'il se faisait ces réflexions, Kasa prenait le bras de Marie, et lui disait :

— Suivons Keller, il n'y a pas un instant à perdre pour déjouer les embûches de ses ennemis.

Tous se dirigèrent vers Paris.

Et Keller, qui n'avait plus qu'une idée fixe, venger son père, se rendait au quartier de la place Vendôme.

Là Cydalise, encore une fois, avait manqué son but.

CHAPITRE XIV

LES CAVEAUX DES CAPUCINES

Ce fut dans l'emplacement du couvent des Capucines qu'en 1806 fut ouverte la rue *Napoléon*, devenue la rue *de la Paix*, sur l'alignement de la rue Castiglione et dans l'axe de la place Vendôme.

Le couvent supprimé en 1790, dans lequel furent fabriqués en 1795 pour plus de *vingt-cinq milliards* d'assignats, conservait encore d'anciens restes en 1840; sur ces restes furent bâtis la caserne des sapeurs-pompiers et l'hôtel du timbre, démolit, en 1863.

Les environs de la place Vendôme ont longtemps été favorables à la finance : Law y eut son hôtel. Louis XIV qui consacra la place Vendôme à la Victoire, y fut surpassé par Napoléon Ier, et le génie guerrier en chassa définitivement le bigotisme et l'agiotage.

Puis, un jour, la Haine et l'Envie y renversèrent tour à tour la statue de Louis XIV et la Colonne d'Austerlitz.

Si la haine populaire, si l'envie jalouse de l'étranger peuvent impunément s'attaquer à un roi, il leur est plus difficile de s'attaquer à un peuple.

La Commune et la Prusse, en rasant la Colonne de la Grande Armée, feront surgir de son piédestal cette victoire qu'ils ont pour un instant couchée sous la poussière avec son trophée.

On ne soufflète pas impunément une nation !

Revenons au couvent des Capucines, dont il ne restait en 1809 que les assises et les caveaux s'étendant jusqu'aux pilotis de la statue de Louis XIV, sur lesquels s'élevaient la Colonne en construction.

Lorsque le couvent fut supprimé, en 1790, il n'y avait plus que dix ou douze religieuses; l'une d'elles descendait, d'une fille naturelle des ducs de Vendôme, sans héritier. Elle s'était unie, on le sait, après la suppression du couvent, au père du marquis de Vaudeuil, succombant en 92, en défendant son roi.

Nous avons vu, au début de ce récit, comment le père de Keller avait pu soustraire aux ennemis de la noblesse, et aux ennemis de sa maîtresse, des papiers consacrant la légitimité de cette union et les intérêts de cette enfant.

Si depuis seize ans, les recherches des lurons et de leurs ennemis avaient été infructueuses au sujet de ce dépôt, c'est que le vieux Keller, avant de mourir, avait travaillé à refaire les séparations qui existaient à l'origine, entre les caveaux de la place Vendôme et les souterrains des Capucines.

Voilà pourquoi, en 1795, après avoir été tant inquiété par les Brutus et les Comtois, le vieux serviteur se rendait sur la place Vendôme. Se méfiant de tout le monde, même de son fils, il avait travaillé pendant trois années à reconstruire les limites souterraines qui avaient été abattues avant la révolution, entre les caveaux de la place et les caveaux de l'église des Capucines.

L'hotel de Vaudeuil et le couvent des Capucines, constituant souterrainement une seule et même dépendance, avaient été séparés de nouveau par le vieux Keller; il n'avait eu besoin pour ce travail, que de déplacer les anciennes assises, à peine ébranlées par des intéressés.

Lorsque Keller succomba sous le coup de ses ennemis, la communication existant sous la boutique de Marie Doucet, entre l'hôtel Vaudeuil et l'ancien couvent, venait d'être bouché par l'ancien serviteur.

C'était dans les caveaux du couvent que, selon le petit Kasa, Keller père, avait dû enfouir les titres concernant mademoiselle de Vaudeuil et sa mère.

On se rappelle que le tambour avait, dès 1795, épié Brutus et le vieux Keller dans les souterrains; depuis seize ans, c'est-à-dire depuis le meurtre de l'ancien intendant, il avait été impossible aux agents de Comtois, ainsi qu'aux amis de Keller de communiquer dans les caveaux.

L'ancien intendant avait défié, par ses travaux souterrains, les démarches intéressées de ses ennemis.

Ce ne fut qu'en 1809, à la suite du percement de la rue Napoléon, que ce passage secret fut découvert.

Alors Brutus et Caracalla; —c'est-à-dire Finet et Lagingeole,—se remirent à l'œuvre, soudoyés par Comtois et Cydalise.

Ce fut pour opérer leurs recherches, et pour être constamment sur les lieux que Finet et Caracalla avaient pris un débit de vin, à l'enseigne des *Trois Lurons*, aux abords de la place.

On a vu, au moment où leurs investigations touchaient à leur terme, ce que les inspirateurs de ces subalternes, Cydalise et Comtois, avaient imaginé pour dérouter Keller. et ses amis.

Seulement Cydalise et Comtois étaient très-divisés dans leur complot. Comtois, inspiré par le marquis, ne visait qu'au dépôt caché par le vieux Keller; Cydalise, inspirée par la Prusse, ne rêvait rien moins que la destruction de la Colonne.

Si le marquis avait consenti, comme on l'a vu, à faire sauter par la mine une partie des caveaux du couvent, c'était uniquement pour détruire l'endroit où se trouvait le dépôt du vieil intendant en cas où l'on aurait pu les retrouver, ou d'autres fussent plus heureux à l'avenir.

Cydalise, au contraire, conseillée insidieusement par l'étranger, voulait l'anéantissement complet des abords de la place, et la destruction de la colonne. Lorsqu'elle fit part de ce projet. comme venant d'elle, au marquis, celui-ci se souvint qu'il était Français, qu'avant Napoléon Ier, Louis XIV avait appelé aussi la place Vendôme *la place des Conquêtes*.

Le refus du marquis à entrer dans les vues secrètes de la Prusse avait alarmé Cydalise. Nous avons vu comment elle avait paré à ce danger; elle-même avait dénoncé ses complices à Fouché, pour se blanchir, pendant que Finet et Caracalla agissaient toujours sous ses ordres.

C'était une horrible femme que la Cydalise; elle mettait aux services de sa méchanceté, aussi bien les ressources de son esprit, que les roueries de ses séductions sensuelles; c'était une de ces natures à la Lucrèce et à l'Agrippine, qui font ou des Borgia ou des Néron!

A l'heure où Keller s'échappait des bras de la syrène, ne se souvenant devant Marie que du vœu qu'il avait formulé, à l'heure où il fuyait son atelier honteux de sa dernière lâcheté, Caracalla, ou plutôt Lagingeole, courait rejoindre Finet aux caveaux.

Les caves du cabaret des *Trois Lurons* aboutissaient à ces souterrains par un chemin opposé à celui des pilotis par lequel Keller et ses amis passaient déjà pour opérer les mêmes recherches.

Alors Lagingeole, un rat-de-cave d'une main, retenait de l'autre un petit baril sur les marche d'un escalier aboutissant au dernier caveau de l'ancien couvent.

Son ouverture, fermée depuis nombre d'années, semblait avoir été rouvert la veille, par les platras amoncelés à sa base.

Lagingeole, y roulant son baril, s'avança timidement contre l'orifice; il vit devant lui une pièce ronde, voutée comme une chapelle. Au fond de la pièce se dressait un petit autel d'antique architecture.

Notre homme se recula épouvanté ; il se rappela cette pièce pour être celle où tomba le vieux Keller une fois qu'il y eut enterré son précieux dépôt.

Une voix au dedans, lui cria :

— Arrive donc, fainéant... le baril n'est pas si lourd. Voilà une heure que j'attends.

C'était la voix de Finet, qui, en effet, attendait son complice.

— Ah! dam! — répliqua Caracalla poussant le tonneau dans la grotte — c'est qu'il faut prendre garde avec un baril de cette espèce. Il y a beaucoup de salpêtre dans les caves. Une étincelle n'aurait qu'à faire flamber la poudre, et bonsoir la compagnie ?

— Veux-tu te taire, — lui cria Finet, allant à lui et lui serrant vivement le bras, — si l'on nous entendait, imbécile ?

— En tous les cas ! — répliqua le prudent Lagingeole, nous ne serions pas plus compromis que nous ne le sommes en ce moment. Regarde, tu viens de secouer du suif enflammé sur le baril... Il ne faut qu'une étincelle pour...

— Tu auras donc toujours peur de ta peau, — animal ? — exclama Finet qui s'empara du tonneau et le fit rouler au milieu du caveau.

— Ecoute donc — répondit Lagingeole — on n'en a qu'une, après tout !

— Alors file !

Et Finet considéra un instant le baril, puis attacha attentivement ses regards sur le soubassement de l'autel.

— Oui, mais minute... à quoi correspond le caveau? demanda Lagingeole.

— Juste à l'embouchure de la rue Napoléon ; c'est ici le crypte de l'Eglise qui, en 92, servit de chapelle au père de monsieur le marquis. Pourquoi cette question ?

— Parce que c'est bien près du cabaret des *Trois Lurons* !

— Eh bien ! après?

— Après ? dam, si je remonte au cabaret, je pourrais bien, quand la mèche arrivera au baril, sauter avec le caveau, sauter avec le cabaret?

— Après ? continua Finet d'un ton goguenard.

— Oh ! Après? tu es joli.... Bonjour !

Et Lagingeole sortit, grimpa à toute jambes l'escalier aboutissant aux caves supérieures.

Une fois parti, Finet se rapprocha de l'autre, et se dit :

— Voilà mon Lagingeole filé, c'est ce que je voulais. Maintenant, à moi et pour moi seul, une cassette que monsieur le marquis me paiera au poids de l'or.

Finet, après être revenu sur ses pas, à l'ouverture du caveau, retourna discrètement à l'autel; il en fit le tour, prit une pioche, en regarda toutes les interstices, et s'arrêta à la marque d'une pierre rapportée.

— Je suis sûr, se dit-il, que ce doit être là que le vieux Keller a caché son dépôt. C'est ici que s'est marié notre vieux maître, c'est de là qu'est sorti pour la dernière fois notre intendant... Oui, voilà la place du trésor.

Le petit homme leva sa pioche, il s'apprêta à donner un violent coup, lorsqu'une voix bien connue de lui, cria de l'ouverture :

— Part à deux, monsieur Finet !

— Comtois ! exclama-t-il, et il se retourna, tout hébahi, vers le trou du caveau où apparut la figure narquoise et blafarde de l'intendant.

Comtois, l'âme damnée du marquis, uniquement parce qu'il était resté le propriétaire de son hôtel, et que la loi sur l'émigration avait été rapportée par Napoléon, Comtois dit à Finet :

Drôle, tu voulais donc spolier monsieur le marquis?

— Monsieur le marquis veut bien spolier sa sœur, ajouta Finet avec timidité.

— Est-ce qu'il appartient aux valets de juger leurs maîtres ?

— Vous ne parliez pas ainsi, monsieur Comtois, en 92!

—En tous les cas, je ne m'appelais pas Brutus, et je n'assassinais pas.

— Ah! exclama Finet hors de lui et brandissant sa pioche, parce qu'il croyait Comtois sans défense : Ah! vous m'ennuyez, à présent. Si en 92, je servais la République, moi, pendant que vous serviez l'aristocratie, je n'occissais que d'après vos ordres? si en 95, je disposais près d'ici des pierres pour écraser la coloquinte de ce vieux benet de Keller, c'était encore par vos ordres! Je suis las, à la fin, d'être le valet d'un valet; après tout, il est temps que je travaille pour mon compte. J'ai dit pour moi, pour moi seul, la cassette du vieux Keller, elle sera pour moi seul, voilà!

Il brandit sa pioche au-dessus de la tête de Comtois, qui, lui, se contenta de marcher le front haut, puis il sortit de sa poche un pistolet dont le canon fit changer de ton et reculer très-vite mons Finet.

— Et moi, dit Comtois, le pistolet à la hauteur de la tête de son complice, je t'ai dit : part à deux!

— Il ne s'agit que de s'entendre! riposta Finet, laissant retomber sa pioche.

— Maintenant, écoute-moi, traître! il faut que tu le saches, je n'ai pas été dupe de tes menées depuis seize ans ni de ton double jeu que tu continues encore contre moi.

— Je vous assure....

—Ne m'interromps pas, fit Comtois, qui s'assit sur une pierre, près de l'embrasure du trou, tout en faisant jouer la gachette de son pistolet, il continua :

— Lorsqu'en 1792, j'essayai, de concert avec nos ennemis, de faire sauver M. le marquis, tu étais prêt, en prenant un témoin et un complice, à me dénoncer au tribunal révolutionnaire.

— Ce n'est pas vrai! exclama Finet protestant de la voix et du geste.

— Je tiens cela de ce témoin lui-même, de Lagingeole!

—Cafard! va, murmura Finet, baissant la tête.

Comtois ajouta, en jouant toujours avec le chien de son pistolet :

— Et en 1795, tu exécutais, malgré ma prudence, un crime inutile, tu faisais tuer le vieux Keller, lorsque je revenais sur notre décision commune, uniquement parce que tu avais un ordre écrit de moi, un ordre de surveiller et non de perdre l'ex-intendant.

— Je ne faisais que du zèle.... interrompit l'ex-Brutus.

— Pour me compromettre.... riposta l'intendant.

— Enfin, au 18 brumaire, tu te liais avec Cydalise pour me trahir, pour t'associer complètement à ses projets.

— Qui sont aussi les vôtres.

— Pas précisément, puisque M. le marquis se refuse à entrer dans l'abominable dessein de Cydalise, qui, conseillée par l'étranger, te paie pour faire sauter ces ruines et la colonne Vendôme....

— Dam! si nous n'aimons pas des monuments élevés en faveur du despotisme, nous?

— Tu es redevenu républicain? lui demanda ironiquement Comtois.

— Vous êtes bien redevenu royaliste, vous? lui répliqua Finet sur le même ton.

— En tous les cas, faites sauter par la mine ces caveaux et la Colonne, c'est votre affaire! en attendant, au nom du marquis, ajouta-t-il en lui désignant le soubassement de l'autel, donne-moi cette cassette.

—Oh! Part à trois, mes fidèles serviteurs! cria tout-à-coup une voix derrière les deux hommes. Ceux-ci se retournèrent avec épouvante du côté de l'ouverture.

Finet et Comtois aperçurent alors la figure gouailleuse de Keller, qui les regardait par le trou comme par une lucarne.

C'était le luron, en effet, qui, à la suite de son départ précipité de la Courtille, s'était rendu à la Colonne. Il s'était réhabillé dans sa logette, et avait mis son costume le plus décent; puis prenant le chemin souterrain des pilotis, il était allé rejoindre les misérables qui, en ce moment, tenaient surtout à l'éloigner.

Paris. — Typ. Walder, rue Bonaparte, 44.

La boutique avait pour enseigne : *Aux trois Lurons.*

— Keller! Keller! exclamèrent Comtois et Finet avec rage.

— Oui, mes trésors! Keller, répliqua-t-il, Keller que vous vouliez éclipser comme son père, pour avoir à vous seul la part du gâteau que je vais prendre tout entière pour moi.

— Tu ne l'as pas encore! hurla Comtois, qui le visa au front de son pistolet.

— Non, pas encore! répéta Finet, levant sa pioche sur lui.

— Oh! pas d'enfantillage... j'ai aussi mes joujoux!

Le luron, de l'embouchure de la caverne sortit ses bras au bout desquels on vit les canons de deux pistolets braqués sur Comtois et sur Finet.

— Vous voyez, les amours, dit-il en s'avançant vers les deux coquins, que l'on a pris ses précautions, et que ce n'est pas pour rien que l'on a mis ses habits des dimanches.

Keller était mis, en effet, comme pour un jour de fête ou pour un jour de combat : il avait la veste grise à bouton de métal, le pantalon de velours serré à la taille, large du bas, les pieds nus dans de fins escarpins, comme d'usage aux barrières. Il était coiffé d'un feutre gris, et représentait, dans sa pureté, le type du luron, type disparu avec l'Empire, démodé sous la Restauration, qui n'en fit plus qu'un type du carnaval!

— Enfin, répliqua Comtois très-inquiet, que voulez-vous?

— Presque rien, vous tuer tous les deux, une fois que l'un de vous m'aura remis de bonne grâce la cassette de mon père.

— Mais, balbutia Comtois, pâle comme un spectre, que vous ai-je fait, moi?

— Tu as fait tuer mon père il y a seize ans, et il y a seize ans que j'attends.

— Et moi, que t'ai-je fait aussi? répliqua Finet en balbutiant.

— Tu as exécuté le meurtre commandé par cet assassin!

Il lui désigna Comtois, et, s'avança contre lui pendant que l'intendant se recula, calculant ses dernières chances de salut, regardant son pistolet, le baril plein de poudre et l'ouverture du souterrain.

—Oh! ne niez pas l'un et l'autre! et les faits ne parleraient pas d'eux-mêmes, que tout à l'heure vous vous êtes déjà condamnés. J'étais là, j'ai tout entendu.

A peine eut-il terminé ces mots, que Finet, sur un signe de Comtois, fit un détour, il bondit sur le luron, la pioche en l'air, prêt à la lui faire retomber sur le crâne.

Avec la rapidité de l'éclair, le luron prévint le coup; il prit la pioche par le manche, et fit rebondir le petit homme jusque sur les marches de l'autel.

— Tu oublies que, depuis zeize ans, tu n'as plus qu'un œil, lui cria-t-il, et que je t'ai privé de voir clair d'un côté, ce qui me donne beaucoup d'avantage sur toi!

Puis, rejetant du pied la pioche, il termina :

— Voyons, Finet, sers-moi la cassette! une fois dans ta vie, avant de mourir, travaille au nom de la justice, pour te faire gagner l'indulgence dans l'autre monde.... Tu en as besoin.

L'air de froide ironie du luron contrastait avec la terreur de Comtois et l'embarras plus craintif encore du malheureux Finet.

Tous les deux commençaient à comprendre, à l'expression de résolution de Keller, qu'ils étaient pris dans leur propre piége; et que le fils du vieil intendant n'avait attendu si longtemps l'heure de la vengeance que pour la rendre plus éclatante.

Comtois et Finet se sentirent perdus.

Au moment où Finet, pour gagner du temps, pour apaiser Keller, donnait les premiers coups de pioche sous le soubassement de l'autel, une exclamation de joie fut poussée par Comtois.

Une quatrième personne, la torche à la main, se précipita à l'ouverture du souterrain.

C'était Cydalise.

Elle n'avait quitté Keller à Belleville que pour se rendre au cabaret des Trois Lurons; là elle avait appris par Lagingeole que Finet était au caveau; elle s'y était rendue pour y devancer Keller, sinon pour déjouer, dans une dernière et suprême partie, la vengeance du luron.

Cydalise était une horrible femme; en voyant le luron maître de la situation, et tenant en respect les assassins de son père, la courtisane s'élança comme une furie, la torche à la main, près du baril de poudre, elle lui cria :

— Keller! tu as dis que je mourrai de ta main, eh bien! c'est toi qui mourra de la mienne, avec les meurtriers que tu recherchais; de cette façon, il n'y aura pas de jaloux.

L'odieuse créature abaissa lentement la torche enflammée sur le baril.

Finet poussa un cri d'angoisse qui fut répété par Comtois.

Keller, les bras croisés, attendit avec calme l'exécution de la menace de Cydalise, au grand effroi de Comtois et Finet.

Quelques minutes s'écoulèrent sans que Cydalise mît encore le feu au baril.

Alors, Keller lui dit :

— Ah! tu as peur aussi, Cydalise?

— Non — répondit-elle, mais je réfléchis, nous sommes trois contre toi, tu ne peux plus nous tuer... Avance et nous t'enveloppons.... Recules et nous nous sauvons!

Et sur un signe de Cydalise, Comtois et Finet, l'un, le pisolet à la main, l'autre armée de sa pioche, s'étaient déjà cramponnés à Keller qui ne pouvait plus faire usage de ses armes.

Le petit homme, au moment où Comtois s'était accroché au luron, avait mis le manche de sa pioche, dans les jambes de Keller.

Celui-ci trébucha; les deux hommes allaient se sauver, laissant Keller en présence de Cydalise, la torche baissée sur le baril, lorsqu'un grand bruit retentit du côté de l'escalier.

En un instant le caveau fut cerné par des soldats, entreautres par Kasa, qui, on se le rappelle, n'avait pas perdu de vue Keller fuyant son atelier.

Un capitaine se présenta à l'ouverture de la caverne, au moment où Comtois et Finet allaient s'enfuir.

Ce capitaine, c'était Bluckmann.

Il arrêta au passage les deux misérables.

— Ne faites pas un pas de plus, cria Bluckmann, vous êtes accusés, ainsi que cette femme, ainsi que toi, Keller, ajouta-t-il douloureusement — de conspirer contre l'Empire et contre l'Empereur! pas un pas de plus, vous êtes cernés, comme sur la place! et j'ai l'ordre d'attendre ici le commissaire, sur les lieux de votre attentat.

Pendant que Bluckmann avait dit ces paroles, et que les soldats cernaient les abords du souterrain, le petit Kasa se glissait jusque sur les marches de l'autel.

Depuis longtemps, grâce à ces investigations secrètes, il connaissait ce caveau, il se doutait où se tenait le dépôt du père de Keller.

Les pierres à demi déscellées du soubassement de l'autel, par les premiers coups de pioche de Finet, cédèrent en un clin d'œil sous le couteau du petit tambour; il attira d'un trou une cassette aux fermoirs d'argent, la même que le vieux Keller avait désigné dix-huit ans auparavant à Marie, avant d'être cerné par les mêmes hommes traqués à leur tour.

— Keller! cria le petit tambour, lui montrant la cassette, d'un air de triomphe.

— Voici ta vengeance qui commence!

— Alors, laissez à moi seul le soin de la continuer, retirez-vous, retirez-vous tous, à l'exception de ces assassins!

Puis le luron s'élança sur Cydalise, dont il s'empara de la torche; arrivé à l'orifice de la caverne, il poussa Kasa devant lui, toujours porteur de sa cassette, et lui dit:

— Au nom de l'honneur de Marie Doucet, au nom de mon père, va-t-en je le veux, laissez-moi avec ses meurtriers.

— Mais, reprit Bluckmann, devinant l'horrible dessein de Keller, tu n'es pas coupable, tu n'es pas du complot dont on les accuse, ces misérable?

— Je suis coupable à vos yeux et aux miens! cela me suffit! Pour Dieu! allez-vous en, si vous ne voulez pas que je continue à tuer mes meilleurs amis! Pour Dieu allez-vous en!

Keller brandit sa torche avec rage, ses lueurs sinistres se répandirent sur les parois de la caverne comme pour attester de toutes les idées de sang et de meurtre dont son âme était animée.

Bluckmann comprit le désespoir de son ami, qui ne se pardonnait plus ses récents écarts, qui ne voulait plus rougir de honte devant Marie et ses amis.

Kasa lui pressa la main en silence, essuya une larme, et lui dit:

— Je cours remettre cette cassette à Marie, adieu!

— Adieu, Keller, adieu sublime martyr! lui cria Bluckmann, en lui serrant aussi la main, puis il partit précipitamment avec ses soldats.

Keller, resté seul avec Comtois, Finet et Cydalise, se mit en travers de l'ouverture des caveaux.

Après avoir entendu du dehors le bruit des pas des derniers soldats, il brandit sa torche en présence des misérables poussant des cris déchirants, et se tordant dans les convulsions du désespoir.

Jetant de sa place la torche enflammée sur le tonneau de poudre, le luron s'écria:

— Où est tombé le père, devait tomber le fils!

A peine eut-il achevé ces mots que la flamme embrasa le baril, une horrible explosion se fit entendre; elle fut accompagnée d'un épouvantable éboulement qui s'étendit depuis la surface de la place, jusqu'à l'embouchure de la rue Napoléon.

Cette explosion jeta la consternation dans tout le quartier. Un quart d'heure après ce sinistre, les soldats qui gardaient la place découvraient dans les décombres, quatre corps dont deux cadavres. Les corps de Comtois et Finet n'offraient plus que des mélanges de membres broyés et sanglants; Keller respirait encore, mais la partie inférieure de ses membres avait été emportée! Quant à Cydalise, par un hasard extraordinaire elle n'avait reçu qu'une atteinte, la plus cruelle de toutes, cette atteinte avait porté au visage! elle était défigurée!

Keller était bien vengé.

. . . .

La police du premier empire ne tenait pas à émouvoir l'opinion qui déjà se prononçait contre le despotisme de Napoléon. A cette époque, tous les bruits de conspiration contre l'homme qui, de plus en plus comprimait la liberté sous sa gloire, étaient étouffés. Le despotisme est ombrageux. Aussi, dans la catastrophe survenue à la suite de l'explosion souterraine de la place Vendôme, le ministre de la police se garda-t-il de faire transpirer ce qu'il savait, grâce à la lettre anonyme de Cydalise.

Seulement, comme on le verra, la police agit en conséquence; elle donna à cette explosion une cause toute naturelle, et l'on crut généralement au travail nécessaire d'une mine destinée à faire sauter des ruines gênant le tracé naturel de la rue Napoléon, en construction.

Les victimes passèrent pour des victimes innocentes, se trouvant là, par hasard, au moment du travail des mineurs.

L'histoire est pleine de ces sortes de mystères, ils ne se révèlent que longtemps après, par des témoins infimes de ces faits oubliés ou ténébreux.

Le sinistre très-véridique de la rue Napoléon a été un de ces faits-là.

Immédiatement après la catastrophe et l'enlèvement des victimes, qui furent rapidement emportées sur des brancards, Bluckmann reçut l'ordre de disperser ses soldats, de ne plus donner suite à ces perquisitions.

Le capitaine se rendit sur-le-champ chez Marie, dans le plus grand désespoir.

Le petit Kasa, en lui remettant la cassette du vieux Keller, lui avait appris déjà la funeste résolution du luron.

L'horrible sinistre lui en apprit plus long encore. Marie se trouvait placée désormais entre deux moribonds: Fanferlot blessé par Keller, Fanferlot se débattant entre la vie et la mort et Keller, dont le trépas, à la suite de ses horribles blessures, était inévitable.

Aristide n'avait qu'une amitié au monde, celle qu'il vouait au luron. Après être accouru un des premiers au secours de son ami, il s'arrêta chez Marie, et lui dit:

— La mort de Keller est votre ouvrage, vous avez agi autant contre lui par votre excès de dignité, que Cydalise, par ses excès d'infamies. Si les courtisanes persécutent, les honnêtes femmes tuent!

Aristide, par son manque de tendresse, ne comprenait, chez la femme que les devoirs rigoureux de l'épouse, ou les agréments passagers de la courtisane!

Il ne pouvait pas être plus cruel pour Marie Doucet, Bluckmann, présent à cette scène, qui avait un esprit très-chevaleresque, et qui ne voyait en Aristide qu'un espèce de fou, un maniaque, répliqua à Marie:

— N'écoutez pas cet insensé; courons plutôt avec cette cassette du vieux Keller et en compagnie de mademoiselle Vaudeuil, chez le marquis. Je sais de bonne source qu'il est très-compromis. Nous n'avons pas un instant à perdre.

Il ne fallait que le temps d'aller chercher mademoiselle de Vaudeuil à son couvent, et Bluckmann, Marie, la jeune fille se firent annoncer chez l'ancien émigré.

Le gentilhomme les reçut à la fois avec cette grâce et ce sans façon qui caractérisent l'homme de qualité recevant d'anciens serviteurs dévoués à sa famille. Il apprit le malheur qui venait de frapper Keller; il en parut d'autant plus affligé qu'il devait la vie à ce luron en 92, le sauvant à l'Abbaye. Il daigna se souvenir que Keller était le fils d'un des plus dévoués intendants de sa maison. Le marquis ne parla pas de Comtois, c'était un coquin dont il avait appris à suspecter la bonne foi. Il n'eut pas l'air de s'apercevoir aussi de la présence de la jeune de Vaudeuil, dont les traits aristocratiques, la grâce, la distinction ne pouvaient pourtant que faire honneur à son illustre famille.

Impatienté de ce silence, de l'obstination de l'aristocrate à rappeler que ses protecteurs avaient été les fils de ses serviteurs, Bluckmann aborda, en militaire, très-carrément la question délicate, objet de leur visite

Aux premiers mots, le marquis arrêta Bluckmann et lui dit :

— Monsieur, mademoiselle peut être une Vendôme, je le reconnais, du côté maternel ; elle ne sera jamais, pour moi, une Vaudeuil.

— Pourquoi cela ? demanda assez haut le capitaine.

— Parce que, répondit le marquis blessé, mademoiselle, continue, depuis Henri IV, à rester un rejeton illégitime.

— Mais monsieur, fit le soldat, se redressant sous cette insulte qui avait fait rougir la jeune fille, puis pâlir Marie ; mais, monsieur, nous avons des preuves, oui, des preuves, que votre père s'était marié avec mademoiselle de Vendôme... Elles sont dans cette cassette...

— Des preuves d'une union clandestine conclue au fond d'un souterrain, je sais cela... répliqua dédaigneusement le marquis. Cela n'est pas valable, même pour votre code Napoléon, qui ne reconnaît plus le mariage religieux, et ne valide que les unions civiles.

— Oh ! fit Bluckmann, dont l'âme chevaleresque, le cœur généreux, ne s'attendaient pas à cette retraite ou à cette sortie, de la part d'un gentilhomme, oh ! et vous vous dites de la noblesse, vous ?

— Monsieur, fit le gentilhomme en se levant, si je n'étais pas en face de gens qui ont appartenu à ma maison, je vous punirais, comme vous le méritez, les armes à la main.

— Ce ne serait pas la première fois, en tous les cas, monsieur l'émigré, que vous vous mesureriez avec un Français ! lui riposta fièrement Bluckmann.

A la tournure tragique que prenait l'entretien, Marie entraîna la jeune de Vaudeuil vers la porte ; elle s'écria d'un air de douloureux mépris, regardant le gentilhomme :

— Viens, ma fille, désormais tu n'as plus qu'une famille, la nôtre.

— Et si jamais, Marie, répliqua Bluckmann, en tournant le dos au marquis, en allant à mademoiselle de Vaudeuil éplorée, et si jamais j'étais assez heureux pour être agréé par mademoiselle, c'est à vous seule, Marie, sa véritable mère, que je solliciterais la faveur de sa main

Tous les trois sortirent de chez le marquis ; et Bluckmann murmura avec dépit !

— C'était bien la peine de tant souffrir depuis dix-huit ans pour ces nobles, de leur sacrifier notre existence ; voilà comme ils nous récompensent ; cette noblesse n'a rien appris, rien oublié !

Cependant le marquis n'était pas aussi dur que le commandait son orgueil. A trente cinq ans, sans épouse, sans famille, alors dans la pièce où était mort son père revenant de servir son roi, dans ce même hôtel où était morte la femme qu'il considérait comme une concubine, il regrettait de neposséder ni parents, ni amis. L'exil, l'intrigue, loin d'avoir desséché son cœur, l'avaient rendu, avide d'affection. Mademoiselle de Vaudeuil, sa sœur par le sang, était très-belle ; par ses traits, elle rappelait tout le visage de son père. Il se sentait disposé à l'aimer.

Durant quelque temps, il contempla le portrait du vieux marquis, son père ; il regarda complaisamment les meubles qui l'entouraient, tels qu'ils étaient avant la première révolution, grâce aux soins constants du vieux Keller, soins continués par l'adroit Comtois, jusqu'au retour de son maître.

Le marquis se dit qu'en reconnaissant cette dernière fille d'une Vendôme pour sa sœur, il aurait pu se créer une famille ? Mais en songeant qu'elle lui avait été présentée par un soldat de Bonaparte, qui songeait à l'épouser, il repoussa bien vite cette idée.

Le noble marquis pouvait bien trahir son pays, se vendre à l'étranger, il ne voulait pas commettre une mésalliance !

Le marquis de Vaudeuil en était là de ses réflexions, lorsque la porte de sa chambre s'ouvrit de nouveau, un valet annonça :

— Monsieur Fouché, ministre de la police.

— Hein ! fit le marquis, opérant un soubresaut, encore un buonapartiste chez moi ?

— Monsieur le marquis, lui dit fort respectueusement Fouché en entrant, vous êtes accusé par une certaine Cydalise, une espionne prussienne, autrefois votre servante, d'être pour beaucoup dans la catastrophe qui a failli faire sauter la Colonne Vendôme.

— Ah bah ! fit le marquis d'un ton impertinent,

après s'être assis en se croisant les jambes, est-ce que vous allez me traduire aussi à votre tribunal de sans-culottes, changé par la fortune en tribunal impérial ?

Fouché se pinça les lèvres, il avait, trop compris le sarcasme.

— Non, mais Sa Majesté...

— Qu'elle Majesté, l'interrompit-il ?

— Sa Majesté l'Empereur me charge de vous engager à quitter Paris dans les vingt-quatre heures.

— Parfait, j'y reviendrai.

— Avec l'agrément de Sa Majesté, j'en doute!

— Ce sera sans son agrément, monsieur Fouché.

— Alors, qui vous ouvrira les portes de Paris?

— Vous-même !

Le marquis salua Fouché, tout confus; puis celui-ci, sur l'ordre impérial, se rendit encore à l'ambassade de Prusse, auprès du prince Haltzfeld :

— Prince, lui dit-il en entrant, Napoléon, mon maître, vous accuse d'avoir trempé dans le complot abominable qui faillit faire croûler la Colonne Vendôme.

— Alors, répondit le prince, sans chercher à trop se disculper, alors j'eusse employé des agents bien maladroits ? un baril de poudre pour enlever une pesanteur de douze cents canons ! Nous autres, Prussiens, nous combinons nos moyens moins légèrement....

— En tous les cas, prince, répliqua Fouché, Sa Majesté vous renvoie en Prusse pour vous défendre d'être ingrat, pour ne plus rester avec un ennemi aussi loyal que le fut toujours pour vous Sa Majesté.

— Soit, répliqua Hatzfeld avec ce sourire froid, particulier aux Allemands, je partirai; mais souvenez-vous de cela, monsieur Fouché, on ne ruse pas avec un ennemi comme Napoléon, on l'écrase ! au revoir.

— Adieu, prince.

— Je vous ai dit au revoir ! souligna Hatzfeld perfidement.

Fouché sortit encore plus inquiet de chez le prince qu'il n'était sorti de chez le marquis.

L'ancien sans-culotte se dit que la fortune de l'Empire était aussi capricieuse que celle des Républiques, qu'après tout, les destins étaient changeants. Fouché rêva.

CHAPITRE XV

LA COLONNE DE LA GRANDE ARMÉE

Le matin du 15 août 1810, les canons des Invalides avaient tonné cent fois; ils avaient annoncé à tous les Parisiens la fête de la Grande-Armée, l'inauguration de sa colonne commencée le 25 août 1806, terminée le 15 août 1810.

L'animation était grande dans les rues, la joie était aussi grande dans les cœurs.

Cette année de 1810 s'annonçait propice aux destinées impériales; cette journée de fête commençait belle et radieuse.

La fête de l'Empereur était la fête des rois de l'Europe, puisque leurs trônes étaient occupés, en partie, par tous les frères de Napoléon Ier.

Hélas ! que devenaient les peuples, dont le sentiment national avait été si froissé depuis les bord du Rhin jusqu'à la frontière de la Russie, depuis l'extrémité de l'Espagne jusqu'au nord de la Suède ? les peuples étaient oubliés !

La France victorieuse, sous la République, au nom du droit, ne l'était plus, sous l'Empire, qu'au nom de la force.

La force devait se tourner bientôt contre la France, pour l'ébranler à son tour ! On ne joue pas avec la foudre, on ne biaise pas avec le droit; la véritable gloire n'est durable qu'avec la justice.

Ce n'était pas l'Empereur seul qui eût dû inaugurer la Colonne de la Grande Armée, c'eût été le peuple. Napoléon n'eût pas dû choisir le jour de sa fête pour cette inauguration, mais le jour, mémorable, où le peuple refoula le premier en haine de l'arbitraire, l'invasion étrangère.

Comme il a été constaté dans le cours de ce récit, l'idée de l'érection de la Colonne de la Grande Armée, avant d'être conçue par l'Empire, avait été projetée par la République.

Avant 1795, avant Bonaparte, simple commandant qui s'associa à cette idée républicaine, avant Keller, descendant des célèbres fondeurs, il avait été encore question d'élever au centre de la place de la Révolution, une colonne monumentale destinée à perpétuer la gloire de nos armes. La maquette de cette colonne fut exposée sur la place même que devait occuper le monument définitif et servir de modèle, plus tard, à la Colonne de Juillet.

Dès la fin du XVIIIe siècle, la mode, du reste, était aux colonnes et aux temples.

Mais il n'importait guère, en 1810, de rappeler ces origines, de signaler ces prétentions : le peuple, alors, c'était la Grande Armée, la France, c'était Napoléon.

Le 15 août 1810 était donc la fête de l'Empereur, la fête de la Grande Armée.

Depuis le matin, on voyait passer dans les rues des bataillons où chaque homme avait été le héros de ces combats de titans, burinés sur les plaques de bronze de la Colonne.

En voyant ces soldats au teint noirci par la poudre, et sous tous les climats, musique en tête, drapeaux déployés, les bourgeois éprouvaient un vif sentiment d'orgueil qui leur faisait étouffer toute pensée d'humanité. Ils n'admiraient que ces drapeaux flottants, criblés par les balles, déchiquetés par la Victoire; glorieux lambeaux qui avaient traîné dans toutes les capitales de l'Europe.

La gloire militaire est fatalement entraînante ! la fameuse campagne de 1805 méritait bien l'honneur qu'on lui faisait : en 1805, l'Autriche, la Russie, l'Angleterre, formaient leur troisième coalition. Le 30 septembre, Napoléon passait le Rhin, attaquait la ville d'Ulm, faisait capituler Mack, Nuremberg, Lowers, Amstertem, Marienzeth, Prestling, Inspruck; le 14 novembre, il entrait à Vienne, le 19, il chassait les Russes de Brun, le 2 décembre, il livrait la bataille d'Austerlitz. Voilà ce qui était inscrit sur les spirales de bronze, fondues avec 1,200 pièces de canons ennemis. Voilà ce qu'elle disait, cette colonne nouvelle, au milieu de la place Vendôme. alors garnie de troupes qui, de tous côté, formaient la haie, maintenaient la foule compacte, houleuse, turbulente, et pressée de voir.

Les armes avaient été mises en faisceaux, les soldats, tout en gardant leurs rangs, causaient avec le public, qui s'amusaient de leurs lazzis.

Les vivandières, distribuant partout rasades et petits verres, recueillaient petite monnaie et gros compliments.

La Colonne, dégarnie de son immense échafaudage, s'élevait sous une quantité de drapeaux, formant comme une voile qui sentait la poudre et respirait le triomphe : digne écharpe, dernier voile de ce bronze glorieux.

Tous les hôtels de la place étaient couverts de tapis, de riches tentures et de fleurs.

L'aspect était féerique, splendide.

Au pied de la Colonne, sur les estrades, se groupaient les généraux, les ambassadeurs, les membres de l'Institut, du Corps diplomatique, enfin, tous les artistes ayant travaillé au monument.

Le ciseleur Keller et le sculpteur Chaudet manquaient seuls.

Personne n'ignorait dans le populaire la part active et secrète que Keller avait prise à l'édification de la Colonne; mais il n'y avait que les intimes qui savaient que l'artiste n'était pas encore mort à la suite de ses blessures, provoquées par la catastrophe de l'année précédente.

Quant à Chaudet, il venait de succomber à la suite d'une courte maladie.

Au pied des estrades, disposées en gradins autour du monument, les soldats, au repos, causaient gaiement avec les pékins. Ils racontaient avec force enjolivement, les campagnes passées, la part qu'ils y avaient prises, en désignant le monument élevé en leur honneur.

Au coin de la rue Neuve-des-Petits-Champs, au premier rang des curieux, on remarquait un long personnage dont la figure osseuse et ingrate dépassait les têtes des soldats; il avait, pendu à son bras, une grosse petite femme ; par la puissance de sa pesanteur, elle ne laissait ni trève ni merci au grand diable, et était parvenue jusqu'au premier rang.

—Monsieur Lagingeole, disait-elle à son compagnon, vous êtes insupportable, je vous emmène pour me protéger, et c'est moi qui suis obligée de vous harponner! Ah! monsieur Lagingeole! une faible créature comme moi, une sensible nature comme moi, timide et peureuse comme moi, n'eût jamais du se mésallier à un grand paresseux comme vous, à un poltron comme vous, à un imbécile comme....

—Mais, ma toute belle, interrompit l'ancien complice de Finet qui, à la mort de son associé, avait pris femme et acheté le cabaret des *Trois Lurons*, mais ma douce amie, cette foule est compacte à applatir une sardine? A moins de déranger l'armée, je ne vois guère le moyen d'aller plus loin.

— Oh! vous avez peur de tout, vous voyez des obstacles partout.

— Mais, ma douce amie...

— Vous êtes un sot, monsieur Lagingeole !

Lagingeole, loin d'être excité par les aimables épithètes de sa grosse moitié, la tirait encore en arrière, d'autant plus que sa moitié était déjà l'objet des égards de la soldatesque.

Mais madame Lagingeole était la plus forte; et ramenant en avant son époux rétif, elle lui dit :

— Si vous avez du courage, vous passerez sur ce monde pour bien placer l'élue de votre choix.

— Bagasse ! exclama un vieux soldat placé devant madame Lagingeole, voilà qui est parlé en Français de Marseille ! aussi vrai que votre mari est un sacré nigaud de mes connaissances, aussi vrai que vous êtes digne d'être de la Cannebière, une marseillaise n'eût pas mieux parlé, que je vous le jure!

Rabasson, car c'était lui, heureux de retrouver un des derniers misérables ligués autrefois contre Keller, résolut de s'en amuser, de le faire pester jusqu'au bout.

Approchez, la petite mère... approchez! cria-t-il à madame Lagingeole, les enfants de Mars n'ont pas toujours d'aussi gracieux chef de file.

— Monsieur le militaire est bien bon, répliqua madame Lagingeole en minaudant et se plaçant carrément devant les rangs de soldats.

— Voulez-vous que je vous porte, pour mieux voir? demanda Rabasson d'un grand sang-froid à la petite femme, pendant que ses camarades pouffaient de rire et que Lagingeole pestait de rage.

Celui-ci se doutait bien que Rabasson allait lui faire un mauvais parti; malgré le vif désir de ne pas quitter sa femme, il lui lâcha le bras; une fois à côté du Marseillais, qui continua de lui dire :

— Pécaise! Aussi vrai que je me nomme Rabasson, aussi vrai que je suis natif de Marseille, aussi vrai que j'ai connu votre époux avant que vous soyiez au monde, ce qui n'est pas un avantage, vous êtes aussi belle que votre mari est difforme....

— Plait-il, militaire, cria Lagingeole en arquebоutant son échine et allongeant son nez jusqu'au dessus du canon du fusil de Rabasson.

— Reculez-vous ! fit le marseillais, de peur de faire tousser ma clarinette, de peur qu'elle ne vous envoie une muscade peu compatible avec votre individu, bagasse !

Lagingeole, déjà séparé de sa femme, se vit jeté de rang en rang pendant que le marseillais causait intimement avec la grosse dame.

— Restez, lui disait-il, aussi vrai que vous devez être au premier rang, que votre particulier mérite d'être au dernier, vu sa longue taille, qué!

— Vous entendez, monsieur Lagingeole, lui cria-t-elle, déjà à distance de son mari qui étendait de longs bras pour reprendre encore sa femme. Allez, monsieur, allez tout seul! Ah! Dieu, que je regrette le jour ou j'ai eu la faiblesse de lier mon sort à cet homme!

— Bagasse! qué je comprends sensiblement vos regrets et que j'y compatis, ajouta le marseillais frisant sa moustache.

Paris. — Typ. Walder, rue Bonaparte, 44.

La colonne Vendôme sous Louis-Philippe.

— Vous avez donc connu mon mari? lui demanda la petite femme.

Pour mon malheur! mais ce serait trop long à narrer ici; les détails, du reste, ne sont pas agréables, passons!

— Je les devine, hélas! fit madame Lagingeole en soupirant.

— Perqué! ajouta Rabasson en assassinant madame Lagingeole de ses œillades. Quel malheur d'avoir prodigué à un pékin de cette espèce des attraits aussi subjuguant, aussi dignes d'être appréciés de tous les enfants de Mars.

— Vous avez bien raison, dit la dame; j'étais née pour être la femme d'un militaire, mais croyez-vous monsieur le soldat, que je verrai bien d'ici le grand homme, l'Empereur!

— Si je le crois; mais vous le verrez, aussi vrai que je me mire dans l'azur de vos beaux yeux....

Des bruits de tambour, accompagnant une musique militaire, coupèrent court au doux entretien de Rabasson avec la tendre et curieuse madame Lagingeole.

C'était un régiment de la garde qui passait, c'était le régiment de Bluckmann! Un superbe tambour-major, tout galonné d'or, était en tête; ce tambour-major, c'était qui? Fanferlot.

L'ancien fort de la halle, une fois guéri des coups que lui avait donné Keller, et pour ne pas porter ombrage plus longtemps à son ancien ami, s'était engagé dans l'armée.

Grâce à la protection de Bluckmann, grâce à ses avantages physiques, Fanferlot était devenu tambour-maître. En un an de temps, il avait fait deux campagnes, et avait remplacé sur le champ de bataille le premier tambour, mort à ses pieds.

On montait vite en grade à cette époque.

— Oh! le bel homme! fit madame Lagingeole, en regardant passer Fanferlot, tout empanaché, brodé d'or sur toutes les coutures, et jouant de la canne à jalouser un jongleur.

— Oui, fit Rabasson, en soupirant — Mais ce n'est qu'un bel homme, depuis que, par les chers amis de votre mari, il a reçu dans la poitrine un coup qui le rend aussi faible qu'un poulet. Il est bon pour la parade; mais pour l'action, qué!... Le ressort est cassé... C'est un bel homme, voilà tout!

— Ah! c'est dommage! soupira-t-elle, en ne s'occupant plus de Fanferlot, et reportant les yeux sur le capitaine Bluckmann, dont la mâle énergie, les regards ardents et le profil hardi accusait une force et un courage de lion.

Bluckmann était beau dans son uniforme, à la tête de la brigade, fière de lui, comme elle paraissait fière d'elle-même.

— Quelle est cette brigade? demanda madame Lagingeole, connaissez-vous le capitaine qui la commande?

— C'est la *Formidable*; elle est commandée par le capitaine Bluckmann, un lapin, celui-là — fit Rabasson, se passant la main sur la moustache.

— Et un bel homme aussi — s'écria la grosse petite femme le suivant des yeux avec admiration.

— Je crois bien, ajouta le Marseillais, puisqu'avec Fanferlot, le tambour et mon capitaine, vous avez là, la petite mère, le duo du trio de votre enseigne, la perle des ***Trois Lurons***! Qué?

— Eh! Lagingeole!... cria la dame, toute fière de cette révélation, agitant les bras, faisant des signes télégraphiques du côté des rangs des soldats — Eh! Lagingeole! viens donc, viens donc voir les hommes de ton enseigne?

La voix de madame Lagingeole changea d'intonation lorsqu'elle n'aperçut plus son époux.

— Ah! mon Dieu! mon Dieu! il a disparu! on a enlevé mon mari.... Qui a vu mon mari?

Ses cris se perdirent dans le bruit des tambours du régiment de Bluckmann qui prit place du côté où se tenait le galant Rabasson et madame Lagingeole éplorée.

Bluckmann quitta bientôt son rang pour faire le tour de la Colonne et de l'estrade. Il interrogea des yeux toutes les têtes qui se pressaient au dessus des gradins. A travers des milliers d'uniformes de toutes les couleurs, constellés de tous les ordres, il chercha l'endroit le plus modeste de cet éblouissant et magnifique pourtour. Ses yeux se portèrent sur les groupes des artistes ayant travaillé à l'érection de la colonne Vendôme.

Là comme nous l'avons dit, par une fatalité qui, pour Napoléon, très-superstitieux, pouvait être d'un fâcheux présage, deux places étaient vacantes; celle du peintre-sculpteur Chaudet, mort dans l'année, celle de Keller, qui agonisait encore.

Denon, qui appréciait particulièrement les talents de ces deux artistes, avait voulu que leur place, à défaut d'eux-mêmes, fût marquée durant le cours de la céremonie.

Bluckmann, après avoir regardé en soupirant la place inoccupée de son malheureux ami, fit signe de la main à un autre personnage, à côté de cette place vide; c'était l'artiste Aristide. Celui-ci ne tenait pas assis, il allait et venait, il bousculait ses voisins, les interpellait tous en suivant des yeux les spirales de la Colonne, critiquant tout pour la très-grande mortification de tout le monde :

— Oui je le soutiens, disait Aristide, tous les bas-reliefs sont mauvais ! nos soldats ne sont que des bonshommes ! il n'y a de sérieux que les aigles du piedestal, les aigles de bronze ; encore sentent elles trop l'enflure du siècle de Louis XIV ! Il n'y a de passable que la statue de Chaudet ; encore, sent-elle trop son professeur de l'école ! et le reste est mauvais, voilà mon opinion !

— Taisez-vous donc, lui répliquait un de ses collègues, le poussant du coude, et le forçant à s'asseoir — on ne dit pas de ces choses-là.

— Pourquoi n'être pas francs entre nous ? Il n'y a ici ni bourgeois, ni étrangers qui nous écoutent ?

— Non, répondit un autre, mais il y a nous-mêmes, que tu vilipendes, et ce n'est guère flatteur !

— Dame, écoutez donc, pour un million neuf cent mille francs qu'à couté ce joujou, on pouvait demander autre chose qu'un mirliton de bronze.

— As-tu fini, animal — répliqua un autre collègue, si monsieur Denon et Lepère t'entendaient.

— Ils diraient comme moi, sauf à faire écrire au *Moniteur* que cette colonne tout en étant une imitation d'Antonin, à Rome, est supérieure à son aînée par la pureté du dessin et par la correction des lignes... Ah ! si mon pauvre Keller était là, s'écria Aristide, en soupirant, je suis certain qu'il serait de mon avis, qu'il serait aussi franc vis-à-vis de nous-mêmes.

Aristide était d'autant plus disposé ce jour-là à la misanthropie, qu'il avait appris, de la veille, que Keller était au plus mal, que les médecins ne répondaient pas de lui pour le jour suivant.

Keller avait pu vivre encore grâce aux soins touchants de Marie, à sa puissance de volonté, et Keller n'avait voulu vivre que jusqu'au jour de l'inauguration de la Colonne, pour prouver, disait-il, à l'Empereur, qu'il savait tenir un serment.

— Il fallait tenir d'abord à l'existence, cela eût mieux valu pour lui ! s'était dit souvent Aristide qui, sans Keller, n'avait plus de but dans la vie.

Au moment où Aristide finissait alors ses appréciations à ses collègues, il fut apostrophé par un diplomate anglais, qui lui baragouina :

— Monsieur l'artiste, pouvez-vous donner renseignement à moi sur le monument à vous, élevé par votre Empereur ?

— Très-volontiers, monsieur l'Anglais, je vais vous donner ces renseignements.

Poussant le coude de l'un de ses collègues, Aristide lui murmura :

— Tu vas voir, si je ne sais pas, au besoin, être aussi élogieux que le *Moniteur*. Ecoute-moi çà.

Et, les bras croisés, l'artiste débita tout d'une haleine, à l'Anglais, cette tirade comme un écolier récitant une leçon apprise par cœur.

— La colonne Vendôme est une imitation de celle d'Antonin, à Rome, mais la nôtre est supérieure à son aînée par la pureté du dessin et la correction des lignes. Sa hauteur est de 132 pieds y compris le piédestal. Sa fondation est de 30 pieds de profondeur, bâtie sur pilotis, son diamètre, de deux pieds. Le piedestal a 21 pieds et demi d'élévation. Il est entouré d'une espèce de rempart en granit dit de Memphis, que Monsieur Denon tira d'Egypte. Le fût de la Colonne, son piédestal, son chapiteau, son amortissement sont bâtis en pierre de taille. Les lames de bronze qui y sont fixées depuis la base jusqu'au chapiteau ont trois pieds huit pouces de haut, séparées entre elles par un cordon sur lequel est écrit en relief l'action guerrière que représente le dessin. Est-ce tout ce que vous voulez savoir, monsieur l'Anglais ?

Ici, Aristide, toujours les bras croisés, s'arrêta aussi impassible que l'étranger, qui répliqua :

— Oh ! yes, très-satisfait.. yes, pour l'extérieur, mais l'intérieur ?... L'intérieur à présent ?

— Dans l'intérieur — répliqua Aristide, encore tout d'une haleine et gardant sa posture d'automate — dans l'intérieur on a pratiqué un escalier à vis de 176 marches qui mène à une galerie sur le chapiteau. Au dessus de ce chapiteau est une forme circulaire ou calotte sur laquelle ces mots sont inscrits : *Monument élevé à la grande Armée*, *commencé le 25 août* 1806, *terminé le* 15 *août* 1810, *sous la direction de M. Denon, di-*

recteur-général, de M. Lepère et de M. Gondoin, architectes. Est-ce tout ce que vous voulez savoir monsieur l'Anglais?

Artstide, tout en parlant, ne bougeait pas plus qu'un fétiche, pendant que ses collègues retenaient leur sérieux avec beaucoup de peine.

— O yes! je suis satisfait... Très-satisfait pour ce qui concerne les architectes... Mais pas tout-à-fait satisfait pour ce qui concerne messieurs les artistes, ajouta l'insulaire.

— Pour les artistes — continua Aristide, qui commençait à trouver que l'insulaire abusait un peu trop du côté sérieux de la mystification—pour les artistes, il faut citer Launay, Genon, fondeurs Raymond Keller, ciseleur; Chaudet, sculpteur; et trente autres statuaires que vous voyez comme moi sur les gradins; Gelée pour la sculpture d'ornement; Bergeret, pour la composition; Giursaint des bas-reliefs; le tout coûtant, bronze art et gens, la bagatelle de 1,975,417 francs. Est-ce tout ce que vous voulez savoir, monsieur l'Anglais?

—Oh yes. Je suis satisfait.. tout-à-fait satisfait.

Il s'inclina devant Aristide, qui lui rendit son salut, en ajoutant sur un tout autre ton:

— Alors, il serait à souhaiter que votre gouvernement le fût autant que vous!

— Pourquoi cela, Monsieur le Français?

— Parce que nous n'aurions plus la guerre.

— Prenez-en! monsieur le Français, à le diplomatequi vous gouverne! riposta avec hauteur l'officier anglais qui avait été rejoint par un officier saxon:

— Meinher! répliqua celui-ci entraînant l'anglais, mais Napoléon ne gouverne pas?... Il joue avec l'univers, cela n'est permis qu'à Dieu, et Dieu le punira!

Ces paroles échappèrent aux artistes goguenards, elles furent perdues dans les accents d'enthousiasme qui partirent tout-à-coup de tous les gradins et de toutes les tribunes.

Alors l'Empereur, monté sur son cheval blanc, entouré de son état-major, venait d'apparaître à l'extrémité de la place.

Un grand mouvement se fit dans la foule, un ordre parcourut les rangs; les soldats s'immobilisèrent, le peuple se tut, les yeux de la foule se dirigèrent vers l'Empereur.

A son apparition, les tambours battirent aux champs, le bruissément sec des fusils se fit entendre précipité sur le commandement répété de proche en proche par tous les chefs.

Napoléon s'avança au milieu d'une véritable pluie de fleurs partie de toutes les fenêtres; il marcha, lui et son état-major, jusqu'au pied de la Colonne. Il leva en l'air son tricorne et salua.

Alors, les drapeaux de la Colonne descendirent comme par enchantement, pour rendre hommage à l'Empereur. Le bronze apparut à tous les yeux.

La foule redoubla ses exclamations à la vue de la statue du triomphateur, du moderne César surmontant son immense trophée.

L'Empereur descendit de cheval, il s'avança au milieu des gradins, suivi de ses principaux maréchaux; il éleva les yeux vers les bandes de bronze qui, depuis la base jusqu'au chapiteau, reportaient à son image la plus large part des conquêtes de la France.

De ce geste inspiré avec lequel Napoléon entraînait les masses, il s'écria:

« — Soldats et bourgeois! cette Colonne, rêvée par la liberté, a été édifiée par la Victoire; soldats! si chargée de gloire et de batailles que soit ce monument, il ne compte que pour un trimestre dans l'histoire de vos faits d'armes.

« Soldats! vous êtes les pionniers de mon Empire, artistes, vous en êtes les véritables historiens.

« Si je ne puis voir sans orgueil ce bronze d'Austerlitz conquis en trois mois, je ne puis envisager sans admiration ces engins meurtriers transformés par vous, artistes, en un monument éternel.

« Soldats! en face de cette Colonne, souvenez-vous d'Austerlitz! Que ce monument impérissable, inattaquable comme l'honneur de la France, rappelle à l'étranger ce que c'est qu'une campagne de 1805; ce que valent des artistes qui, en cinq ans, édifient un monument dont l'airain n'a coûté à ma brave armée que la peine de faire en trois mois le tour de l'Europe.

« A la France! à la grande armée! »

De frénétiques applaudissements accueillirent les paroles de l'Empereur.

A cette époque, la France était grisée de gloire. Napoléon s'avança près de la foule, monté sur les gradins; il causa aux principaux membres du corps de l'Institut et du corps diplomatique.

Bientôt un grand bruit éclata dans la multitude, du côté de la rue Neuve-des-Petits-Champs. La multitude s'écarta devant un brancard traîné par quatre hommes, et qui forma comme un long sillon jusqu'à l'estrade d'honneur.

En ce moment, Napoléon, après avoir parlé à Lapère, s'était retourné vers Berthier, et lui disait en souriant :

— Eh bien! Berthier, railleriez-vous encore le commandant d'artillerie rêvant, il y a quinze ans, l'édification de cette Colonne?

— Sire, reprit le prince de Wagram, je rêve depuis quinze ans, et je trouve ce rêve si beau, que j'ai toujours peur de me réveiller.

— Mais voilà peut-être le réveil! murmura Napoléon, à la vue du tableau navrant qui s'offrit tout-à-coup à ses yeux.

Le brancard s'avançait toujours. Il était protégé par une double haie de soldats et porté par des officiers; ce brancard contenait Keller mourant, Keller qui n'avait pas voulu succomber sans assister à l'inauguration de la Colonne.

Il ne lui suffisait pas d'avoir sa place marquée dans la cérémonie, non, Keller avait voulu jusqu'à son dernier souffle, y être présent, pour bien prouver qu'il avait rempli son vœu et son serment.

Marie Doucet, en habit de deuil, marchait en avant du cortége; ceux qui portaient alors le brancard, c'étaient Bluckmann, Fanferlot, Bonvin et le petit Kasa.

A la vue de cette scène funèbre qui venait de changer l'enthousiasme populaire, en une stupeur générale, l'Empereur porta la main à ses yeux.

En face de Bluckmann, de Fanferlot, de Marie Doucet, groupés autour de Keller mourant, l'Empereur se souvint de la scène de 1793, qui avait eu les mêmes acteurs sur cette même place.

Et à cette époque, il y avait aussi un trophée renversé, un piédestal brisé qui ressemblait à un mausolée.

A cette époque, c'était une monarchie de dix siècles qui protestait alors au nom de ses ruines; Napoléon eut peur pour son empire improvisé.

Etait-ce un avertissement du destin ?

La vue de ce moribond, étendu sur un brancard, personnifiait l'image du peuple sacrifié à sa gloire. Il trembla.

En face de cet obscur artiste, mort comme son père, mort au même endroit où il avait rêvé la régénération de la France, Napoléon se demanda si, un jour, à l'exemple de la statue de Louis XIV, sa statue et son trophée ne tomberaient pas à leur tour?

Alors, ces grands dignitaires chamarrés de croix, ces brillants officiers qui l'acclamaient, ces artistes, ce peuple qui l'adulaient, tous se changèrent en autant d'ennemis.

Il se crut entouré d'officiers étrangers qui criaient vengeance. Il crut voir ses généraux pactiser avec ces officiers, puis sa statue couchée à la place même du moribond.

Cette émotion, si passagère qu'elle fût, n'échappa point à quelques généraux de son état-major, à ceux-là, surtout, qui commençaient à plier sous le fardeau de sa gloire!

— Keller! exclama Napoléon, en reconnaissant l'ouvrier, en allant à lui, qui ne semblait vivre que par les yeux opiniatrement fixés sur l'Empereur.

— Vous voyez, sire!... balbutia Keller, étendant une main décharnée vers Napoléon, vous voyez... je n'étais pas un traître... et j'ai tenu mon serment! seulement, ils m'ont tué... comme ils avaient tué mon père... Qu'importe! vous aussi, vous avez tenu parole... comme moi sur cette place! merci pour la France! mais méfiez-vous de vos ennemis... Quant aux miens, ils sont morts, si je meurs aussi, c'est justice. Adieu!

— Keller! s'écria Napoléon une main sur ses yeux, et de l'autre détachant sa croix d'honneur, qu'il laissa tomber sur le lit de l'ouvrier, Keller, c'est le peuple que je décore en toi, c'est l'honneur, le dévouement du peuple que je glorifie en toi, sublime et obscur martyr!

Napoléon se hâta de remonter à cheval pour se soustraire à des émotions que la foule ne partageait que trop, dans cette fête consacrée pour le triomphe, et qui finissait par une scène de deuil.

Au moment où Napoléon quittait l'estrade, Keller expirait, entouré de tous ses amis. Ses yeux éteints avaient lancé un dernier éclair sur cette croix d'honneur jetée si tardivement à cette intelligente victime de ses passions mal comprises.

— Quand le peuple, dit Napoléon à Berthier, ne fait pas des actions héroïques, il en commet de condamnables.

Napoléon pensait au rapport de Fouché; il se reportait au sinistre de l'année précédente. Il cherchait à donner le change à ses remords, lui qui, le premier, avait sacrifié le peuple en le transformant en soldat, en ne lui imposant que des devoirs, après lui avoir ravi tous ses droits!

Napoléon regagna les Tuileries, au grand galop, sourd à ces cris du peuple qui l'acclamaient, à ces cris d'enthousiasme en l'honneur de l'inauguration de la Colonne de la Grande Armée.

Napoléon songeait à Louis XIV, déchu de sa gloire pour avoir livré les mêmes guerres que lui, il n'entendait que les soupirs de Keller mourant, soupirs du peuple sacrifié à son orgueil et à son despotisme.

La Providence avertissait, au plus fort de sa gloire, l'homme de génie qui tenait l'Europe à ses pieds!

CHAPITRE XVI

LA PLACE VENDÔME EN 1814

1814 est une date honteuse pour la France, terrible pour le génie qui lui avait pris la liberté en échange de la victoire, et qui ne lui avait même plus laissé l'honneur! 1814 est une date sinistre, que l'on voudrait effacer de nos annales, comme la date de 1871, quoique ces deux dates funestes ne se ressemblent pas plus que Napoléon III ne ressemble à Napoléon Ier!

En 1814, Paris, dans ses faubourgs, se battait encore comme un lion, que Paris, au centre de ses quartiers aristocratiques attendait avec impatience l'heure de saluer les rois de la Sainte-Alliance.

La trahison avait ouvert les portes de Paris, bien avant l'inutile défense de Moncey, bien avant le combat désespéré des faubouriens et des élèves de l'école, aux buttes Chaumont.

Paris se battait aux barrières, que Paris se rendait déjà aux Tuileries, rue Saint-Florentin, à la place de la Concorde et à la place Vendôme.

Alexandre, empereur de Russie, marchait sur la capitale, pressé par Frédéric-Guillaume de Prusse, rêvant la destruction de la France; pressé par Nesselrode, qui, de concert avec Talleyrand, ne voyait qu'un roi possible pour sauver le pays, le roi Louis XVIII, traîné par les fourgons ennemis!

Notre patrie, pour la première fois, ne s'appartenait plus; elle appartenait à l'Europe et aux renégats français.

La France payait en 1814 la dette du coup d'état du 18 Brumaire, comme la France, en 1871, a payé la dette du coup d'état du 2 décembre.

On ne trompe pas la liberté; tôt ou tard elle se venge de la nation qui ne lui rend pas amour pour amour.

Alors, la liberté se vengeait par les rois de la Sainte-Alliance. Les rois conjurés signaient, à la porte de Paris, dans un cabaret de la Villette, à l'enseigne du *Petit Jardinet*, ce traité que le roi de Prusse trouvait trop doux, et qu'il combattit cinq heures durant contre le comte Orlof.

Voici la teneur de ce traité, affiché dans Paris, par les soins de Talleyrand, un des comparses du 18 Brumaire!

Capitulation de Paris :

Art. 1er. Les troupes françaises, sous les ordres des maréchaux ducs de Trévise et de Raguse, évacueront Paris le 31 mars à sept heures du matin.

Art. 2. Elles emmèneront avec elles toute leur artillerie et tous leurs bagages.

Art. 3. La garde nationale à pied et à cheval sera séparée de la troupe de ligne. Les alliés se réservent de la conserver, de la désarmer ou de la dissoudre.

Art. 4. La gendarmerie de Paris partagera, à tous égards, le sort de la garde nationale.

Art. 5. La ville de Paris est recommandée à la générosité des puissances alliées.

On ne meurt pas de honte !

A dix heures, cette proclamation, cette flétrissure, était affichée dans les rues de Paris. Déchirée partout, surtout aux faubourgs, cette proclamation en suscita une autre le soir même, au moment où Alexandre et Frédéric-Guillaume préparaient prudemment leur entrée dans la capitale.

Voici cette autre proclamation :

« Les souverains alliés accueillent le vœu de la nation Française. Ils déclarent qu'ils ne traiteront pas avec Napoléon Bonaparte, ni avec aucun des membres de sa famille, qu'ils respecteront l'intégrité de l'ancienne France, telle qu'elle a existé sous les rois légitimes, qu'ils reconnaîtront et garantiront la constitution que la nation française se donnera. Ils invitent par conséquent le Sénat à désigner un gouvernement provisoire qui puisse pourvoir aux besoins de l'administration et préparer la constitution qui conviendra au peuple Français.

Paris, 31 mars, 1814, trois heures de l'après-midi. »

Cette proclamation, qui n'avait plus le ton de protection insultante de la première, paraissait juste à l'heure où les alliés entraient à Paris.

Comment y entrèrent-ils ? Ainsi s'exprime le *Journal de Paris du 1er avril* 1814, dont le récit mérite d'être contresigné, comme renseignement, ou plutôt comme enseignement :

« Les acclamations du peuple se sont faites entendre de toutes part, l'enthousiasme était porté à son comble, aussitôt que les regards pouvaient se fixer sur LL. MM. l'empereur Alexandre et le roi de Prusse. Des cris d'alégresse s'élevaient dans les airs ; on se précipitait aux pieds de la personne auguste de S. M. l'empereur de toutes les Russies. On pressait ses mains, ses habits. On peut le dire, les fastes de l'histoire ne présentent pas l'exemple d'enthousiasme aussi éclatant et aussi sincère ! »

On peut ajouter : et l'histoire de la Presse n'offre pas l'exemple d'une abjection aussi forte et d'une servitude aussi audacieuse !

Il est vrai de dire, pour atténuer cette félonie, que le journaliste écrivait sous les batteries prussiennes couvrant les hauteurs des buttes Chaumont, au moment où il n'y avait qu'Alexandre, empereur de toutes les Russies, pour retenir les Prussiens et les cosaques prêts à mettre à sac et à sang la capitale désarmée !

Il fallait bien que la ville de Paris se recommandât à la générosité des puissances alliées ?

A trois heures de l'après-midi, la place Vendôme avait un bien triste aspect, un tapis de paille jonchait la chaussée, des cosaques et leurs chevaux y campaient en plein air, tandis que leurs chefs s'emparaient de ses principaux hôtels.

Un régiment de soldats russes garnissait tous les abords de la rue Napoléon ; il s'étendait jusqu'à la Madeleine. L'ancien temple de la gloire, alors inachevé, servait d'écurie à l'armée coalisée.

Lorsque les cosaques débouchaient de la rue Napoléon et des Champs-Elysées, pour occuper tout Paris, qui, à la suite de la dernière bataille, avait essayé de faire le vide là où la trahison n'avait pu chauffer l'enthousiasme, un homme à cheval entrait au grand galop à l'hôtel de Vaudeuil.

Cet individu, le chapeau orné d'une cocarde blanche et qui suivait les cosaques, c'était le marquis de Vaudeuil.

Il revenait quatre ans après l'inauguration de la Colonne Vendôme, pour défendre à son tour cette France qu'il avait tant combattue, pour la *protéger* dès qu'il n'avait plus à sa tête l'ennemi de son roi.

L'espion prussien, le soldat de Condé redevenait Français par la grâce de l'étranger !

Le marquis de Vaudeuil, à quarante ans, était le type du parfait gentilhomme. Par les manières, par les principes, il appartenait à cette noblesse plus royaliste que le roi, qui place encore aujourd'hui ses opinions bien au-dessus de la France.

Pour cette noblesse, la France est un castel au bas duquel grouille un peuple-troupeau qu'on dirige, selon les temps, ou par la force ou par la ruse.

Ni l'exil, ni son commerce avec l'étranger, ni les victoires de la République et de l'Empire, n'avaient fait changer les convictions du marquis, si profondément enracinées dans son esprit orgueilleux.

L'Europe aristocratique était pour M. de Vaudeuil une seule et grande famille. S'il avait porté sans scrupule les armes contre sa patrie ; s'il avait accepté l'or de l'étranger, c'était parce qu'il avait cru utile de châtier une nation rebelle et régicide.

Conséquent avec l'esprit de sa caste, le gentilhomme fut en froid avec la Prusse le jour où, comme l'Angleterre, elle avait fait un pacte avec la canaille pour entamer la révolution, pour provoquer cette anarchie, motivant plus tard, aux yeux des honnêtes gens, le 18 Brumaire et les premières victoires de l'Empire.

Cependant le marquis de Vaudeuil ne cessa ses sourdes hostilités contre Napoléon, même lorsque l'empereur eut la faiblesse de faire appel à l'ancienne noblesse pour la greffer sur sa noblesse de fraîche date.

Lorsque certains aristocrates, plus fiers ou moins accomodants, lui firent un reproche de figurer aux Tuileries, le marquis leur répondit :

— Que voulez-vous? Je suis là comme le loup dans une bergerie... pour vous servir !

Ce fut à cette époque que la Prusse, par l'intermédiaire de Cydalise, intima à son espion l'ordre d'entrer dans le conflit qui devait faire sauter la Colonne Vendôme.

On sait qu'il refusa de s'associer à un crime qui avorta en partie par sa volonté.

Il avait dit à ce sujet au prince Hatzfeld : « Je ne m'associe pas à vos desseins, si je continue à rester encore l'agent de la Prusse, je ne puis consentir à devenir le très-humble serviteur de mes valets. Du reste, votre projet est impolitique : le peuple français a toujours aimé es hochets ; malheur à qui le blesse dans sa vanité comme dans ses préjugés. Je veux bien m'attaquer à Buonaparte, non à ses soldats ; car, dans un temps donné, ces soldats redeviendront les nôtres.

L'aristocratie prussienne, passée maîtresse dans l'art de trahir, comprit les scrupules du gentilhomme français : elle prit acte de ses paroles comme un des signes caractéristiques de sa nation.

Rien de moins chevaleresque que la Prusse ; on a appris depuis comment elle sait profiter de nos scrupules, qui tiennent à notre éducation et à notre tempérament, pour les tourner au besoin contre nous-mêmes.

Le marquis de Vaudeuil qui, comme le comte d'Artois, le prince de Lille (Louis XVIII), rentrait en France, traîné par les armées coalisées, n'eût pas consenti à y revenir, au nom de ses libertés conquises par nos armées républicaines.

Lorsque le marquis rentra dans son hôtel, il jeta à un domestique sa valise et son chapeau, visita ses appartements, comme un maître qui a fait un long voyage, il s'écria :

— Enfin, c'est fini ! La France a fait un mauvais rêve ! J'espère maintenant que M. Buonaparte et ses généraux improvisés vont nous laisser dormir en paix dans nos foyers !

Puis le gentilhomme s'enferma dans cette même chambre où vingt ans auparavant son père était mort, où avait succombé aussi la dernière descendante des Vendôme.

Cette pièce, on le sait, était meublée comme dans l'origine. Le marquis, la tête dans ses mains, assis à un bureau, se mit profondément à réfléchir ; il se dit :

— Si les anciens serviteurs de ma maison veulent être raisonnables, après vingt ans de folies, ils seront contents de moi ; je me souviendrai qu'ils m'ont sauvé la vie à la prison de l'Abbaye.

Il se mit à écrire ; une fois la lettre pliée, et à l'adresse du capitaine Bluckmann, commandant d'état-major, il sonna son domestique.

— Cette lettre, dit-il, au capitaine commandant de la garde nationale de Paris.

Le valet prit la lettre, s'inclina, mais resta sur le seuil.

Paris. — Typ. Walder, rue Bonaparte, 44.

Le Capitaine Bluckmann en imposa au commissaire.

— Eh bien ! ajouta le marquis, qu'attendez-vous pour exécuter mes ordres ?

— Mais, répliqua le valet, c'est qu'il y a dans le vestibule, une personne qui désire parler en particulier à monsieur le marquis.

— Son nom ?

— Le prince de Périgord.

— Hein ! exclama le gentilhomme, qui se leva subitement de son bureau.

Puis, calmant son agitation, il dit au valet :

— C'est bien, faites entrer, et vous, sortez.

— Que me veut ce traître, ce renégat? exclama le gentilhomme espion qui ne pardonnait pas cependant à Talleyrand d'avoir servi Buonaparte, de lui avoir été sérieusement fidèle au moment de sa prospérité.

Talleyrand entra.

En voyant cet homme à la mine chafouine, tout de noir habillé, tenant du prêtre et du diplomate, personnage boiteux, aux yeux clignotants, le marquis ne put contenir un mouvement de répulsion.

Vaudeuil était gentilhomme et soldat, et il avait combattu la France en soldat; il avait horreur des chemins tortueux où s'agitait depuis vingt-cinq ans l'évêque d'Autun, le servant diplomate de toutes les palinodies.

— Monsieur Talleyrand ! lui demanda le marquis lui désignant un fauteuil, qui me procure l'honneur de votre visite, vous, un ancien membre du conseil de la Régence ?

Le titre donné par le marquis à Talleyrand,

qui avait combiné la fuite du roi Joseph et de Marie-Louise, était le plus sanglant sarcasme que le gentilhomme pût adresser à ce modèle de la fourberie humaine.

— Marquis, lui répliqua l'ancien évêque d'Autun, de ce sourire aigu qui glaçait l'âme, — ce n'est pas ma faute si je ne suis plus à côté du trône impérial. Ce n'est pas moi qui l'ai renversé. Seulement, je tiens à ce que la France ne trébuche pas avec l'empire. Voilà le but de ma visite, marquis.

— Je sais, monsieur de Talleyrand, que vous êtes l'homme qui profitez le mieux des faits accomplis, quoi que vous fassiez ou vouliez faire le moins pour influer sur leur direction.

— C'est pour cela, riposta le diplomate, que même, lorsque j'étais en Prusse, je n'ai pas tiré contre la France, moi.

— Plaît-il ! exclama le gentilhomme en se redressant avec hauteur, est-ce une leçon que vous voulez me donner ?

— Non, marquis, répliqua-t-il en souriant, mais en bon Français, je viens vous supplier de me seconder dans les circonstances graves où me placent ma situation et l'état critique de la France.

— Eh bien ! dit le marquis avec impatience, nous venons replacer notre roi sur le trône. Après ? Voulez-vous déjà renverser ce trône, avant que le roi y soit monté ?

— Vous comptez, répliqua Talleyrand, sans les Jacobins qui ont voté la mort de Louis XVI ; sans le roi Guillaume, qui veut partager la France en quatre, comme Napoléon naguère partagea l'Allemagne en deux !

— Mais, monsieur de Talleyrand, Alexandre est avec nous !

— Avant tout, il est avec le roi Guillaume...

— Le roi Guillaume ne parle jamais que par la bouche de l'empereur de Russie, vous devez savoir cela, vous qui savez tout ?

— Oui, mais le roi Guillaume agit, tandis que l'empereur de Russie ne fait que parler ? Qui mène encore le roi Guillaume, le savez-vous, marquis ?

— Non ! répliqua de Vaudeuil, d'un air très-étonné.

— Eh bien ! moi qui sais tout, je vais vous le dire.

Talleyrand, fort de sa supériorité, basée sur un esprit fécond en ruse et sûr une juste appréciation des faits, regarda le marquis interdit. Le menton appuyé sur sa canne, le diplomate le dévisagea comme quelqu'un qui prend en pitié la crédulité d'un ignorant ou d'un simple d'esprit.

Ses regards semblaient dire au gentilhomme :

« — En vérité, vous deviez faire un pauvre espion ? C'était bien la peine d'aller en Prusse pour n'en rien savoir ! »

— Celui qui mène le roi Guillaume, ajouta tout haut Talleyrand, comme le roi Guillaume mène l'empereur Alexandre, c'est un nommé Stein.

— L'ancien ministre du roi de Prusse que Buonaparte a ruiné et poursuivi de sa haine jusqu'en Russie ? interrogea de Vaudeuil.

— Précisément, et qui s'est vengé de la France comme un Prussien sait se venger. C'est Stein qui, à force de diableries, a forcé Napoléon à aller perdre sa plus belle armée en Russie, et qui a fait brûler Moscou ! C'est Stein, le premier, lorsque la Prusse et son roi n'avaient plus d'armées, c'est Stein qui songea, avant de reconstituer sa patrie, à jeter Guillaume dans les bras d'Alexandre, en attendant le jour où la Prusse sera assez forte pour jouer la Russie ; car l'on n'est jamais si bien trahi que par les siens !..,

— Jusqu'à présent, monsieur de Talleyrand, interrompit le gentilhomme impatienté, je ne vois pas l'objet de votre visite.

— J'y arrive, fit Talleyrand. En France, le roi Guillaume, toujours conseillé par son Stein, rêve l'anéantissement de Paris, comme il a rêvé l'anéantissement de Moscou, dans le sens contraire.

— C'est impossible ! fit le marquis avec stupeur, vous n'avez donc pas lu la deuxième proclamation des alliés aux Parisiens ?

— Pardon, c'est moi qui l'ai rédigée, à mon hôtel de la rue Saint-Florentin, pour atténuer l'effet de la première proclamation, qui sentait trop son prussien, et qui poussait à bout les Parisiens assez humiliés !

— Ah ! fit de Vaudeuil, qui tombait d'étonnement en étonnement. Et quel est le moyen rêvé par la Prusse pour réduire Paris ?

— La démolition de la colonne Vendôme, dit Talleyrand, c'est une idée secrète de Stein ; qui déteste autant la France que le czar l'aime en secret.

— La démolition de la Colonne Vendôme? fit le marquis. Quoi ! les Prussiens oseraient encore tenter un pareil crime ?

— Pas ouvertement ! répondit vivement Talleyrand.

On en chargerait de mauvais français, des hommes de la police, conduits par un nommé Vidocq, un forçat !

— Vous croyez que cela suffirait pour amener la destruction de Paris ?

— Ne suffit-il pas d'une étincelle pour allumer l'incendie rêvé par la Prusse dont les canons sont toujours à nos portes.

— Oui, mais Alexandre...

— Alexandre laissera faire si les Français se battent entre eux...

Aux paroles du diplomate, qui avait pris un ton très-sérieux, le marquis murmura :

— Je comprends..... je comprends !..... Puis de Vaudeuil se leva, il marcha avec agitation et ajouta : Les Jacobins qui, par intérêt, se rallient aujourd'hui à Buonaparte, crieront vengeance si l'on démolit un monument qui rappelle les premières guerres de la République. Ils ne demandent qu'une occasion de se soulever à l'aide de nos malheurs... Alors la guerre civile ne tarderait pas à éclater entre nous...

— Et le Prussien, derrière le cosaque, arriverait comme troisième larron... termina Talleyrand en clignotant des yeux.

— Vous comprenez maintenant pourquoi je me suis rendu chez vous ? car vous n'êtes pas à connaître les premiers dangers qui déjà ont menacé le monument de Buonaparte.

— Plaît-il ! fit le marquis, se redressant avec une certaine appréhension ?

— Je sais tout, grâce aux archives de la police que m'a laissé mon collègue, M. de Rovigo.

— En tous les cas, prince, vous devez savoir que j'ai refusé de m'associer aux abominables projets de la Prusse.

— C'est pour cela, marquis, et toujours inspiré par les archives de la police, que je viens vous prier d'employer votre crédit pour empêcher un malheur horrible. Vous connaissez de longue date, je crois, le commandant de la garde nationale de Paris ?

— Oui, le capitaine Bluckmann. Il m'a sauvé la vie à l'Abbaye, sous la Terreur.

— Eh bien ! qu'il sauve aujourd'hui la France, au lieu de la perdre ! dit Talleyrand en soulignant ces paroles.

— Précisément, je viens de lui écrire... Je ferai auprès de ce soldat de Buonaparte ce que mon patriotisme, mon zèle pour le roi m'ordonnent de faire.

Evidemment, Talleyrand et le marquis en savaient plus long qu'ils ne voulaient le dire au sujet de Bluckmann.

— Je vous en remercie pour le roi, termina Talleyrand, prêt à se retirer. Puis, sur le seuil de la porte, il dit encore à de Vaudeuil : J'espère, marquis, que, malgré ma mauvaise réputation, vous ne direz pas que je n'aime pas la France ?

— Peut-être, fit le marquis en saluant Talleyrand, parce que sa ruine deviendrait aussi la vôtre !

Le prince de Périgord, pour atténuer le coup de cette nouvelle injure, se contenta de raffermir le coton qu'il portait à ses oreilles ; il salua le marquis et partit.

A peine s'était-il éloigné que le valet annonça :

— Le capitaine Bluckmann.

Le commandant de la garde nationale, le soldat d'Aboukir, l'officier de Wagram, s'était battu comme un lion à la bataille de Paris.

Bluckmann, marié depuis un an avec mademoiselle de Vaudeuil, avait, sitôt son mariage, suivi la garde en Russie. Après la déroute de Moscou, il était rentré en France ; blessé, malade, il avait été incorporé, à la suite d'une guérison imparfaite, comme officier d'état-major de la garde nationale.

En cette qualité, il avait commandé, aux buttes

Chaumont, les derniers défenseurs de la capitale, lâchement abandonnée par le conseil de la régence; il avait fait payer cher aux alliés leur entrée, préparée par la mauvaise fortune de Bonaparte et la trahison de ses généraux.

A cette époque, Bluckmann n'était plus le brillant officier de 1810. Il avait vieilli de vingt ans; des rides précoces sillonnaient son visage bronzé et soucieux; son uniforme, taché de boue et de sang, sous une longue redingote, attestait alors de sa lutte récente, aussi malheureuse qu'héroïque.

Il salua le marquis comme un homme affaissé sous le poids d'un lourd chagrin.

Le gentilhomme lui dit, après l'avoir engagé de s'asseoir avec la plus grande déférence, comme le doit un gentilhomme en présence d'un adversaire vaincu:

— Capitaine, je vous ai fait mander, comme le dit ma lettre, pour réparer une grande injustice.

— Ah bah! fit Bluckmann, qui se souvenait, en dépit des maux qui l'accablaient, de sa visite de 1809 dans ce même appartement.

— Oui, capitaine, ajouta de Vaudeuil, malgré votre récente liaison avec mademoiselle de Vaudeuil, je suis tout disposé à la reconnaître comme étant de ma famille.

— A quel prix? répliqua le soldat, relevant fièrement le front.

— Au prix de votre salut!

— Vous m'étonnez, marquis.

— Ne m'avez-vous pas sauvé la vie, vous et Keller, le fils de mon intendant, il y a vingt-deux ans?

— Vous vous en souvenez? lui riposta-t-il avec humeur.

— Oui, aujourd'hui que je pourrais vous faire fusiller, monsieur Bluckmann.

— Ce n'est pourtant pas le moment, ajouta l'officier, d'un ton amer, de faire de la reconnaissance?

— Trève de sarcasme, répondit le gentilhomme poussé à bout. Je suis français comme vous! l'exil, le malheur, m'ont fait réfléchir. Au nom de la mémoire de mon père, du père de votre femme, voulez-vous sauver ma sœur de la misère et de l'infâmie?

— Que voulez-vous dire? — se récria Bluckmann, plus inquiet qu'étonné.

— Que je sais tout, Monsieur; oui tout, car j'ai appris, ce matin, à la fois, et le dessein de nos alliés, de renverser la colonne Vendôme, et votre plan horrible pour faire payer aux alliés le défi jeté à votre armée?

— Quoi? vous savez ?... lui demanda le capitaine en se reculant du marquis.

— Je sais encore, continua-t-il, que le tambour de votre régiment, un nommé Kasa, est descendu, ce matin, dans les anciens caveaux de la place Vendôme. Là il a placé, à l'aide de vos anciens compagnons d'armes, six barils de poudre qui doivent faire sauter la place, si nos alliés parviennent à faire tomber la Colonne. Vous voyez que je n'ignore rien, ni moi ni M. de Talleyrand.

— Quel est le lâche qui vous a si bien renseigné? rugit Bluckmann se levant tout d'une pièce.

— Un des vôtres!

Bluckmann courba la tête et murmura:

— La trahison, toujours! Alors le capitaine pensa à Aristide, le plus tiède de tous ses complices.

— Mais savez-vous encore, continua le gentilhomme — qui vous servez dans votre faux zèle pour l'Empire?

— Non.

— Eh bien! vous servez votre plus cruelle ennemie: la Prusse.

— Je ne vous crois pas, vous êtes son allié, et vous m'en imposez!

— C'est parce que je suis son allié que je connais la Prusse! souvenez-vous, capitaine, ajouta le gentilhomme — qu'il y a quatre ans, j'étais accusé du même attentat que vous voulez commettre au nom de l'Empereur, lorsque moi je refusais de l'accomplir, précisément contre l'usurpateur que vous prétendez servir?

— C'est vrai!... exclama Bluckmann, se frappant le front; il se rappela qu'autrefois il avait été désigné, en effet, par le ministère de la police et de la guerre, afin d'arrêter les conspirateurs soudoyés par la Prusse, pour faire sauter la Colonne. Le souvenir de la catastrophe où avaient péri Comtois, Finet et Keller, lui revint à l'esprit.

Ce souvenir le convainquit davantage que toutes les paroles du marquis.

Celui-ci continua :

— Sachez-le, capitaine, et monsieur de Talleyrand vient encore de m'en donner la preuve ; la Prusse n'attend qu'un complot comme le vôtre pour faire tonner son artillerie sur Paris, pour décider l'Empereur Alexandre qui recule toujours à s'associer à son œuvre de représailles contre la France. Oui, votre acte désespéré peut amener les plus grands malheurs. Vous ne ferez sauter qu'une place, vous ; l'armée coalisée fera sauter tout Paris. Voudriez-vous dans votre fanatisme pour un Buonaparte, compromettre la fortune, l'existence d'un million d'hommes ?

Bluckmann avait courbé la tête. Mille pensées contrariaient son cerveau. Ce complot tramé à la suite de la prise de Paris, entre Kasa, Fanferlot, Aristide, Rabasson, Bonvin et un conscrit nommé Michaud, ce complot était découvert par un royaliste ? et la Prusse en était peut-être averti ? Ou il ne devait aboutir, ou s'il aboutissait, c'était parce qu'il favorisait les desseins ténébreux de la Prusse?

Les derniers mots du gentilhomme, lui démontraient, jusqu'à l'évidence, les fatales conséquences de son acte désespéré, la part trop et belle que cet acte épouvantable faisait à un ennemi aussi vindicatif que le Prussien.

Bluckmann releva la tête; sa résolution était prise. Il dit au marquis, en songeant à sa femme, à la protégée de Marie Doucet :

— Mais, si je renonçais à mon projet, consentiriez-vous à reconnaître bons et valables les papiers et les titres que vous a remis autrefois Keller, mon ami? Keller mort pour votre famille?

— Sans doute, puisque le mari de ma sœur ne serait plus un fou criminel.

— Mais moi, Monsieur, je ne suis pas noble, moi ? je suis un soldat de Bonaparte?

— Oh! la noblesse se greffe fort bien, de nos jours; et trop de généraux vous ont déjà donné l'exemple d'une conversion de notre côté.

— Dites d'une trahison!

— Vous êtes inflexible!

— Comme l'honneur, ajouta fièrement Bluckmann — et si tous les officiers avaient fait comme moi, vous ne seriez pas en France; Napoléon serait encore Empereur des Français.

— Enfin! s'écria le marquis — renoncez-vous à votre épouvantable projet.

— J'y renonce.

— Merci — fit le gentilhomme en poussant un soupir de joie — merci! capitaine, vous sauvez la France.

— J'espère bien, dans ma personne, sauver aussi son honneur.

Et Bluckmann se dirigea vers la porte, il ajouta :

— Ainsi, marquis, vous engagez votre parole de gentilhomme à rendre à mademoiselle de Vaudeuil les titres que lui a concédés légitimement, son père et le vôtre, et que les deux Keller ont sauvé au prix de leur vie?

— Vous avez ma parole de gentilhomme.

— Et vous ma parole de soldat. Adieu.

Bluckmann entre-bâilla la porte, prêt à se retirer.

Le marquis de Vaudeuil alla au capitaine; il lui dit encore :

— Entre beau-frère, ne voulez-vous pas au moins me tendre la main?

— Marquis — répliqua Bluckmann, en le saluant — vous oubliez qu'entre nous, il y a l'étranger.

Et l'officier disparut.

La mâle fierté de Bluckmann, qui possédait pour l'Empereur un amour poussé jusqu'au fanatisme, expliquait son attitude et ses paroles en face du gentilhomme émigré. Le soldat de Napoléon se refusait à estimer un soldat de Condé, traître à son pays, et espion de la Prusse.

Il fallait aussi le fanatisme de ce soldat d'Aboukir, de ce héros de Wagram, pour concevoir, dans son désespoir, le plan horrible qu'il avait ourdi contre les ennemis de Napoléon. Bluckmann, comme ses compagnons d'armes, ne pouvaient se faire à l'idée de voir la France humiliée, vaincue; Napoléon avait habitué ses soldats à le croire invincible!

Plutôt que de supporter la vue de la Colonne Vendôme, leur trophée, abattue par l'étranger, Bluckmann et ses amis avaient formé le projet héroïque de s'ensevelir sous ses ruines, d'y engloutir l'état-major des coalisés souillant le sol de la Patrie.

Dans leur désespoir, Bluckmann et ses amis s'étaient souvenus de l'ancien caveau des Capucines, qui avait pris une si grande place dans leur vie. L'idée infernale de faire sauter la Colonne et ses démolisseurs, avait souri à ces fanatiques de l'honneur; mais, comme on l'a vu, Talleyrand, qui songeait à tout, tremblait précisément que de pareils fous n'allassent compromettre l'avenir déjà très-incertain de son nouveau gouvernement.

Talleyrand et le marquis avaient été averti de leur complot par Aristide, qui avait aussi du patriotisme, à sa manière.

Et Talleyrand, une fois averti, n'avait pu mieux s'adresser qu'en rendant visite au marquis de Vaudeuil, qui avait des attaches avec les plus dangereux conspirateurs.

On sait que ce prince de Périgord était l'homme des détails, l'homme qui produisait les plus grandes causes par les plus petits effets.

Bluckmann, en quittant le marquis, avait renoncé à son projet : il fallait aussi le faire renoncer à ses amis qui l'attendaient sur la place, prêts à exécuter son épouvantable represaille.

Le moment fatal approchait : sur la place Vendôme, des Français, indignes de ce nom, des cosaques montés sur leurs chevaux, tiraient déjà des câbles suspendus à la statue colossale de la Colonne.

A son chapiteau, des salariés, encore des Français ! aidaient les cosaques. Au milieu d'eux, on distinguait deux hommes, l'un armé d'un maillet, l'autre d'une scie; ils achevaient de découronner le chapiteau; ils pesaient de tout le poids de leur corps sur la statue, garottée, tirée d'en bas par des étragers et des Français. Le premier de ces hommes, qu'une honteuse renommée devait illustrer plus tard, c'était Vidocq; l'autre, c'était... qui? Aristide, notre artiste, l'ancien ami de Keller, le protégé de Napoléon, l'ouvrier même de cette Colonne!

— Bagasse! exclama une voix bien connue, celle de Rabasson, dans un groupe d'hommes, pouvant à peine contenir ses mouvements de rage devant cet attentat, aussi odieux qu'inutile. Bagasse, si ze n'avais vu d'en bas le paroissien à la scie, ze nierais que c'est Aristide... Troun de l'air! sauf le respect que ze dois à mon capitaine, qui va faire sauter avec nous ces ours de cosaques, comme des poissons dans une poële à frire, ze sens que je monterais là-haut, rien que pour découdre de mon sabre la peau de mon artiste, et en faire un tambour à Kasa!

— Veux-tu te taire, animal, s'écria le fidèle Kasa, poussant du coude le Marseillais, qui mordilla sa longue moustache, pendant que les muscles de son visage se contractèrent horriblement. Veux-tu te taire, ne pas donner ici l'éveil aux bons cosaques; si Aristide est là-haut, c'est qu'il a son but, peut-être?

— C'est zuste, Kasa, d'autant plus qu'il ne faut pas trop rappeler au conscrit qui est avec nous la danse solennelle que nous allons faire, en compagnie des ours du Nord; çà pourrait faire peur à l'enfant, té!

Rabasson regarda un tout jeune homme de dix-huit ans, placé entre lui et ses trois compagnons, Kasa, Bonvin et le tambour-major Fanferlot.

Tous les quatre étaient là depuis le matin; ils dissimulaient leur uniforme sous des habits civils. Rappelés depuis deux jours par Bluckmann de l'armée de la Loire, ils étaient là, après avoir fait le coup de feu sous les murs de Paris, prêts à mourir avec l'étranger, si l'étranger parvenait à abattre le plus éclatant trophée de leur gloire.

Déjà des barils de poudre avaient été porté du magasin de la mercière de la rue Neuve-des-Petits-Champs, dans les caveaux des Capucines; ils étaient placés sur les pilotis du piedestal de la Colonne Vendôme.

Marie Doucet pleurait alors dans sa boutique, en songeant au nouveau drame qui allait sacrifier l'homme qu'elle aimait le plus après Keller, Fanferlot, qui s'était marié avec elle le même jour où Bluckmann avait épousé mademoiselle de Vaudeuil.

Encore une fois, les malheurs irréparables de la patrie condamnaient les anciens amis du luron mort sur cette même place, mais au moins dans des jours glorieux!

Le conscrit dont avait parlé Rabasson était le nommé Michaud, une jeune recrue du faubourg. Le matin, il avait vu mourir, dans ses bras, sa mère, vivandière de son régiment, veuve d'un grenadier, son père, tombé à la bataille de Montereau.

Le jeune Michaud se souciait peu de la vie, depuis qu'il avait perdu ceux qu'il aimait, et il avait haussé les épaules aux paroles du Marseillais. Ce conscrit s'était associé au projet de Rabasson et de ses amis, rien que pour se venger d'un seul coup des meurtriers de sa famille!

Michaud attendait aussi avec impatience le retour de Bluckmann, qui aurait dû déjà rejoindre ses complices, sans la lettre du marquis, le retenant près de lui pour le faire renoncer à son projet infernal.

— Ah! troun de l'air! s'écria encore le Marseillais, suivant toujours des yeux les cordes tirées par les mauvais Français et les cosaques, il tient bon, le *César* de là-haut, les poulets-dindes ne le font pas broncher. Té! Est-ce que nous en serions pour nos barils de poudre?

— Quand tu auras fini de japer! l'arrêta Fanferlot, en le masquant à des gens à mines suspectes, qui observaient nos soldats déguisés.

— Oui, silence dans les rangs, dit Bonvin. Puis, se rapprochant du Marseillais, il lui désigna du doigt un grand escogriffe tirant une des cordes de la statue.

C'était Lagingeole, l'ex-sans-culotte, aux gages des royalistes, comme il avait été autrefois aux gages des Jacobins.

Le Marseillais, à la vue de ce misérable, fit un geste de dégoût.

Fanferlot, d'un autre côté, lui désigna la fenêtre d'un des hôtels de la place, où une femme voilée agitait son mouchoir, encourageant, par de vives démonstrations, les efforts honteux des ennemis de la France.

— Regarde bien, lui dit Fanferlot, si je ne me trompe, d'après les gens qui l'entourent, c'est ton ancienne fiancée, dont le visage a été entamé il y a quatre ans? elle se venge des amis de Bonaparte. Elle doit être heureuse, aujourd'hui la Cydalise, elle triomphe!

C'était en effet la Courtisane qui, guérie de ses blessures, applaudissait aux maux de la France, qu'elle ne pouvait aggraver, depuis qu'elle était sans pouvoir, depuis que son esprit infernal n'était plus secondé par sa beauté perdue!

Le Marseillais exaspéré au souvenir de cette horrible créature, dit avec colère à Fanferlot:

— Mon bon! je ne vois rien, je ne veux rien voir. Si je voyais, je verrais des cosaques et des mauvais Français; et si je voyais ces cosaques, je taperais dru, et si je tapais.... Mais, ajouta-t-il, en torturant sa moustache. Bluckmann ne viendra donc pas, c'est pourtant le moment de la danse....

En effet, le spectacle devenait des plus animés. Des clameurs s'exhalaient de la foule, partagée par l'indignation et par l'enthousiasme.

Les Cosaques, aidés des mauvais Français, tiraient les cordes avec une ardeur nouvelle. La statue de Napoléon venait de s'incliner sur sa base.

A ce mouvement, les fenêtres des maisons de la place étaient garnies de monde, les mouchoirs s'agitaient avec frénésie, aux piaffements des chevaux, aux hurrahs des étrangers, se mêlaient les battements de mains des traîtres à la patrie.

La colonne Vendôme était devenue, aux yeux de l'armée coalisée, l'image de la honte de la France!

Alors, une fenêtre d'une maison faisant le coin de la rue Castiglione, dont les volets étaient encore restés fermés, s'ouvrit discrétement.

A cette fenêtre, se tenaient quatre personnages, qui venaient d'être rejoints par Talleyrand quittant l'hôtel de Vaudeuil.

L'un, à la figure sympathique, la poitrine toute chamarrée d'ordres et de croix, était le czar Alexandre; l'autre, à la figure sombre, au maintien gauche, c'était le roi Frédéric-Guillaume. Derrière eux, se tenait un personnage dont la figure bestiale avait à peine la forme humaine, c'était le duc Constantin; le quatrième personnage, respectueusement à distance, c'était un

Français; c'était M. Pasquier, le nouveau préfet de police.

Lorsque Talleyrand se présenta aux augustes vainqueurs qui, depuis un quart d'heure, avaient quitté la rue Florentin pour assister au renversement de la Colonne, le *césar* oscillait sur sa base, et les clameurs de la multitude devenaient très-inquiétantes.

Frédéric-Guillaume souriait. Alexandre considérait la foule avec cette expression de sympathie cavalière, qui faisait dire à Napoléon, après l'entrevue du Niemen : l'Empereur de Russie est un bon homme, il a le vernis de la civilisation, mais en frottant un peu, on sent encore le cosaque.

Talleyrand, qui ne partageait pas la sécurité du czar, ni la haine du roi de Prusse, dit en entrant au duc Constantin, à la vue de la multitude partagée entre la joie et la rage, devant la chute du César de bronze :

— Prince, la Colonne ne peut que céder à tant de généreux efforts. Vous voyez que la France s'associe à votre armée, c'est une véritable démonstration politique. Comme la foule est très-forte, voulez-vous détacher un bataillon d'infanterie, pour maintenir l'ordre sur la place.

Evidemment Talleyrand songeait, en ce moment suprême, aux conspirateurs de Bonaparte, et à anéantir leur horrible projet.

— Monsieur, répliqua le grand duc assez sèchement et encouragé par les regards obliques de Frédéric-Guillaume. Les opinions du peuple Français relativement à la statue de Napoléon, ne me regardent pas. Vous avez un préfet de police, une garde nationale..., qu'ils fassent leur devoir.

Le roi Guillaume fit de la tête un signe approbatif au duc Constantin ; monsieur Pasquier, le nouveau préfet de police, se retira au fond de la pièce pour ne pas entendre le grand duc.

Talleyrand se pinça les lèvres tandis que le czar, à la fenêtre, s'absorbait dans sa contemplation, frottant l'un contre l'autre ses deux éperons, en rapprochant ses bottes.

Le czar redevenait cosaque.

La statue de bronze tombait alors avec fracas sur la place. La foule tumultueuse et hurlante, montrait des poingts menaçants ou agitait des mouchoirs avec une joie délirante, on eût dit la mer en courroux !

Dans ce tumulte effroyable, on entendit à l'extrémité de la place un coup de pistolet.

Alors, des hommes aux cris de *vive l'Empereur!* se précipitèrent sur les Cosaques, entre les pieds de leurs chevaux ; des groupes de traîtres tentèrent de s'emparer de la figure de bronze pour la traîner au bout d'une pique, très-disposés aussi à défendre les Cosaques !

Le czar prenait un plaisir extrême à ce drame. Le roi de Prusse, devant la foule menaçante, et à la suite du coup de pistolet, voyait déjà son artillerie tonner sur Paris, pour réduire en cendres la ville de Napoléon.

Talleyrand trembla, il dit vivement et tout bas à Pasquier :

— Faites venir l'homme qui nous a averti du complot des Bonapartistes, il est temps.

Sur un mot écrit au crayon par Pasquier, qui se tenait près de la porte entrebaillée, un domestique courut en toute hâte chercher l'homme à la scie qui, un quart d'heure auparavant, coupait les cordes attachées à la statue de Napoléon; cet homme, c'était Aristide.

Il était pâle, défait, lorsqu'il se présenta devant Pasquier, celui-ci, le désigna aux augustes personnages, très-indignés depuis la détonnation du coup de pistolet.

Aristide portait une énorme cocarde blanche à son chapeau ; il était en proie à une douloureuse agitation.

Talleyrand le poussa de la main et dit au czar :

— Votre Majesté désire-t-elle des détails sur ce qui vient de se passer, voilà un fidèle royaliste qui peut nous les fournir.

— Parlez, monsieur, dit le czar en se retournant, quel est le coup de pistolet que je viens d'entendre !

— C'est, répondit Aristide très-ému, un soldat de l'usurpateur, le capitaine Bluckmann, qui vient de se brûler la cervelle en face de ses amis, lorsque la statue de l'Empereur est tombée de la Colonne.

— Ah ! fit le czar d'un air indifférent.

Paris. — Typ. Walder, rue Bonaparte, 44.

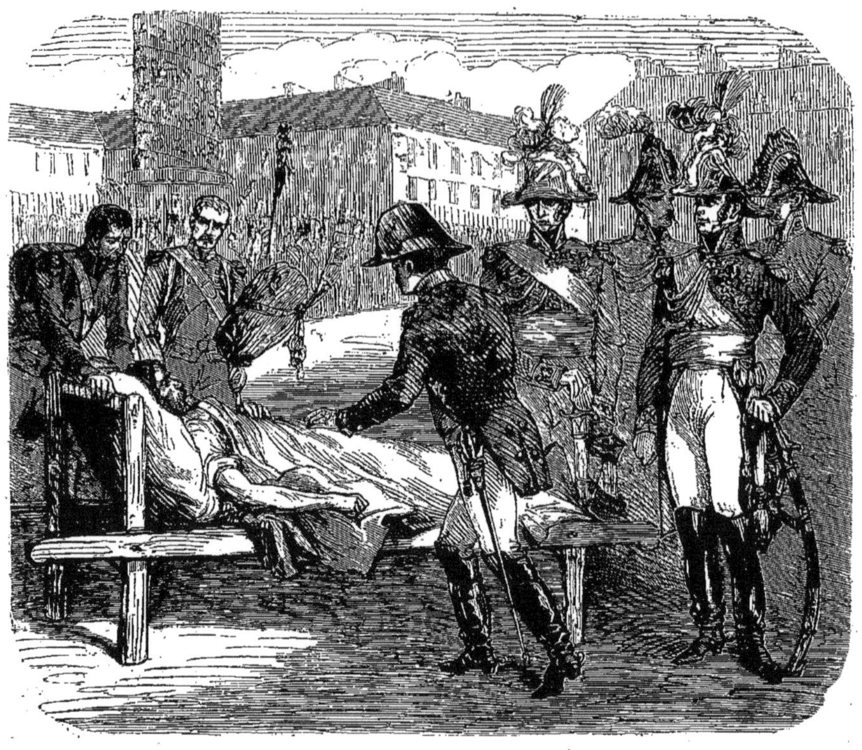

A la vue du Moribond étendu sur le brancard....

— Et, ajouta Aristide, pour se venger de cette indifférence, ce Bonapartiste s'est tué, parce qu'il désespérait de faire sauter, sur cette place, la Colonne, avec tous ceux qui ont médité son renversement.

— Ah! bah! exclama le roi de Prusse, en tressautant à la pensée du danger qu'il avait couru personnellement. Puis, se ravisant, Frédéric ajouta : Mais, si nous faisions sauter à leur tour les Parisiens qui se jouent de notre clémence...

— Votre Majesté aurait tort, s'empressa de répondre Talleyrand, car les Parisiens sont avec nous; l'homme qui vous parle, — il désigna Aristide tout rêveur, — était lui-même l'ami de ce Buonaparte; par raison, par amour pour son pays, il n'a pas craint de désavouer ses amis, et de nous avertir de leurs folies.

— Vraiment! exclama d'un air de dégoût le duc Constantin, qui n'aimait pas les traîtres, et qui regardait avec mépris Aristide, torturant sa cocarde blanche sur son chapeau.

— Mais, ajouta Talleyrand, en effaçant Aristide, que Pasquier poussa bientôt contre la porte, mais que Votre Majesté daigne s'approcher du balcon, elle se convaincra des véritables sentiments de la population.

Le malin diplomate employait alors tous les ressorts de son esprit pour sauver Paris contre le roi de Prusse, pour placer Louis XVIII sur le trône. Il désigna au czar l'endroit où l'on traînait la statue de Napoléon, pendant que, plus loin des groupes d'hommes entouraient un cadavre, celui de Bluckmann, qui s'était tué, fidèle à la parole donnée à l'émigré, et honteux de l'opprobre de la France!

Alors le czar aperçut un homme du peuple traînant avec une joie indécente la statue de bronze par la tête, aux cris insultants de la populasse; cet homme, ce traître, cet infâme, c'était Lagingeole.

— Vous le voyez, dit Talleyrand, jetant un regard de défi au roi de Prusse qui ne riait plus. Le peuple Français se prononce contre l'usurpateur. Chez les Romains, cela était décisif...

Le czar remercia par un geste Talleyrand; il dit à son chercousin le roi de Prusse :

— Que me disiez-vous donc, que les Français étaient possédés de leur Napoléon, puisqu'ils ne veulent plus eux-mêmes être dévorés par l'ogre de Corse, nous n'avons que faire de leur imposer par la force un nouveau maître. Qu'ils s'arrangent entre eux!

— Je serai toujours de l'avis de Votre Majesté, répondit en s'inclinant le roi de Prusse, battu par Talleyrand, et qui n'avait pas son Stein sous la main pour opposer son génie à celui du diplomate Français.

La guerre civile était évitée. La Prusse était déjouée par Talleyrand, en attendant que l'ancien ami de la Révolution et de l'Empire donnât les derniers coups à la Prusse par le traité de 1815; un chef-d'œuvre de pacification qui devint contre Frédéric-Guillaume, au profit de la France, une revanche de Waterloo!

Et la cheville ouvrière de cette récente menée, c'était l'artiste Aristide!

Comprenant l'horrible danger où l'entraînaient ses amis, dans leur dessein d'anéantir les démolisseurs de le Colonne Vendôme, l'artiste n'avait pas craint de trahir ses héroïques complices.

Il avait donc averti le marquis de Vaudeuil et les agents de Talleyrand.

Aristide était exempt de tout fanatisme; sans passions, en dehors de sa passion pour l'art, il n'avait deviné qu'une chose dans l'acte désespéré de ses amis : qu'ils attiraient la foudre sur Paris!

L'artiste voyait toujours les bouches des canons prussiens tournés vers la capitale. L'acte insensé, inouï, de Bluckmann et de ses amis, était pour lui le signal de la destruction de Paris.

Par intuition, Aristide voyait de loin, il avait compris que l'envieux et timide Frédéric-Guillaume, en qualité de Prussien, était l'ennemi de Paris. A tout prix, l'artiste voulait conserver à la capitale ses monuments, au risque de passer, aux yeux de ses amis, pour un traître de la pire espèce.

Voilà pourquoi, sitôt qu'il connut le plan des soldats de l'Empire, il le vendit aux hommes de la Sainte-Alliance.

Comme il avait été autrefois un des plus chauds partisans de Napoléon, un des principaux artistes de la colonne Vendôme, il n'avait pas hésité, au risque d'encourir le mépris public, de s'en faire, en apparence, de concert avec la plus vile populace, le destructeur acharné.

Il s'était joint à Vidocq pour jeter bas la statue de Napoléon, mais dans l'intention secrète de conserver la Colonne. C'était dans ce but encore qu'il avait coupé les cordes, scié avec précaution l'œuvre de Chaudet, afin que la tention ne fût pas trop violente au moment de la chute fatale!

L'art était le seul dieu d'Aristide.

Cependant, il était capable d'amitié. Après Keller, l'homme qu'il aimait le plus, c'était Bluckmann.

Insensible aux reproches de ses compagnons, l'artiste courut les rejoindre lorsqu'il eut scié la statue de Chaudet; il parut profondément affecté lorsque Bluckmann, après avoir rejoint ses amis et leur avoir fait renoncer à leur complot, s'était tiré un coup de pistolet au moment où la statue tombait à leurs pieds.

— Voilà ton ouvrage! traître! s'était écrié Fanferlot, en désignant à Aristide le cadavre de Bluckmann.

Alors, Aristide s'éloigna, parce qu'il était devenu un objet de réprobation générale.

Cependant, il ne se repentait pas de sa trahison. Il déplorait seulement la conséquence du faux point d'honneur de ses vieux compagnons.

— Ce sont des fous, se dit-il, mais des fous sublimes. Ils ne comprendront jamais qu'on puisse changer de cocarde comme d'habits, et que ma prétendue trahison leur a servi à tous de paratonnerre !

Ce fut sur ces entrefaites qu'un valet de la maison de la rue Castiglione l'arrêta pour le conduire auprès des augustes monarques dont se jouait le roué Talleyrand ; un Aristide, avec la fourberie en plus ; un artiste aussi, mais dans l'art de feindre !

On connaît le résultat de l'entretien d'Aristide avec le czar, servant toujours de tampon aux coups trop rudes du roi de Prusse.

Lorsque l'artiste retourna sur la place, la foule était toujours grande. Aristide traversa la populace, il parvint jusqu'à Lagingeole, traînant au bout d'une corde, au milieu d'une joie sauvage, le *César imperator*.

— Encore une statue renversée ! lui cria-t-il en l'arrêtant par l'épaule, mais cela est moins dangereux, lui souffla-t-il, que de tuer un homme !

Lagingeole se redressa brusquement, Aristide continua, sans lui donner le temps de le reconnaître :

— Cent louis pour toi si tu m'amènes cette statue avec sa Victoire, à mon domicile de la rue Saint-Honoré.

Aristide s'esquiva, et Lagingeole, la corde sur l'épaule, la statue au bout de la corde, se dirigea vers la rue Saint-Honoré.

En ce moment, les soldats déguisés, les amis du capitaine Bluckmann, emportaient le cadavre de ce martyr vers la boutique de Marie Doucet, comme cinq ans auparavant ils y avaient traîné Keller le moribond. Marie Doucet, l'épouse de Fanferlot, devait recevoir chez elle les victimes de tous les devoirs et de tous les dévouements.

Cette fois, Aristide n'était plus avec eux, il gagnait, tout pensif, son domicile de la rue Saint-Honoré. Il avait fait, malgré son égoïsme, un grand acte d'abnégation. Il avait sacrifié ses sympathies à son amour-propre pour l'art.

Il avait épargné la destruction de la Colonne Vendôme, qui aurait pu amener la destruction de Paris, ce rêve de la nouvelle Commune de 1871 !

CHAPITRE XVII

1833—1863

Quarante et une années, presque jour pour jour, séparent ce dernier chapitre du premier.

Le vingt-huit juillet 1833, anniversaire d'une révolution qui chassa les Bourbons, ramenés par l'étranger, la statue de Napoléon se replaçait solennellement sur la Colonne Vendôme. Sa résurrection était entourée de toutes les pompes militaires.

La statue de Napoléon remplaçait une énorme fleur de lys à quatre faces, surmontée d'un drapeau blanc.

Cette statue n'était plus habillée en César; c'était le Napoléon héroïque, le Napoléon en redingote et en petit chapeau, tel que l'avait connu ses soldats, dont il était resté l'idole.

Le destin des statues ressemble à celui des souverains, dont elles retracent l'image. Le pouvoir incarné dans un homme ne s'anihile pas ; il se transforme comme le bronze, va de race en race, de dynastie en dynastie, de génération en génération, faire éclore des législateurs, des conquérants et des révolutions.

La première statue de Napoléon Ier, — le *César* de Chaudet, faisant place, après une fleur de lys *provisoire*, au Petit Caporal de *Seurre*, — avait été remise au gouvernement de Louis XVIII par les soins d'Aristide, qui ne garda que sa statuette de la Victoire, chef-d'œuvre de ciselure de son ami Keller.

Reléguée dans les magasins de l'État, la statue de César-Napoléon, — en attendant sa résurrection, — contribua d'abord à la fonte de la statue équestre de Henri IV, réédifiée sur le terre plein du Pont-Neuf.

Les statues sont aussi peu durable, en France, que les formes diverses de ses gouvernements.

Or, le vingt-huit juillet 1833, il n'était plus question d'Henri IV, ni de ses descendants. C'était au tour des d'Orléans à tenir le sceptre de la France. C'était encore l'œuvre de l'habile Talleyrand, qui en était à sa quatrième restauration.

La France, en replaçant Napoléon sur la Colonne, répondait par ce glorieux défi à l'étranger qui l'avait jeté bas.

Donc le vingt-huit juillet, Louis-Philippe Ier, au bruit du canon, enlevait de ses royales mains, le voile qui dérobait encore l'image du grand homme aux regards de la foule impatiente.

Le fils de Philippe Égalité, qui occupait le trône des Bourbons, tendait la main au glorieux usurpateur qui avait rêvé devenir Empereur d'Occident.

Talleyrand devait bien rire.

Mais toute l'Allemagne en frémit.

Heureusement que Louis-Philippe Ier n'était pas un Napoléon.

Rien n'était changé à l'avénement au trône du lieutenant-général du royaume, il n'y avait qu'un Français de moins: l'ex-roi Charles X, et une charte de plus!

La cérémonie militaire de 1833 est resté dans le souvenir du peuple, comme celle de 1810; c'est de ce jour que date ce pèlerinage de l'honneur qui se perpétua depuis près de quarante ans, trois fois par année: le 15 août, le 20 mars et le 25 mai.

Le soir du 18 juillet 1833, on voyait encore une foule compacte aux abords de la Colonne. On voyait des veuves pleurant leur mari, des enfants regrettant leur père, des soldats, en uniformes de l'Empire, donnant un souvenir à leurs vieux camarades; tous venaient là le chagrin au cœur, presque tous l'orgueil dans l'âme.

La foule était aussi variée que compacte. On y distinguait un groupe qui contrastait par ses allures diverses, par son recueillement absolu, avec le reste de la multitude.

C'était d'abord, un grand individu, habillé en tambour-major de la garde-impérial; ses habits dorés et passés, son plumet fané, son acoutrement trop large pour sa taille, un peu voûtée, l'eussent rendu grotesque s'il n'avait été si respectable.

C'était l'ancien tambour-major Fanferlot, qui depuis 1815, afin de ne plus servir les Bourbons, avait préféré quitter l'armée pour l'église, et qui, grâce à l'avantage de sa grande taille, était entré suisse à l'église Saint-Roch.

L'ex-tambour major de la garde-impériale, avait au bras sa femme, alors en deuil, Marie Doucet, toujours mercière à la rue Neuve-des-Petits-Champs.

En se rendant à la colonne Vendôme avec son époux, madame Fanferlot donnait moins de regret à l'Empereur qu'à Keller, dont la mort tragique avait été un peu causée par ses rigueurs, par son honnêteté inflexible.

Alors Marie Doucet était une vieille femme, les chagrins qui la dévoraient depuis vingt ans n'avaient pu être atténués par le dévoûment à toute épreuve du débonnaire Fanferlot, par l'affection profonde que lui avait vouée l'enfant qu'elle avait élevée, la veuve du capitaine Bluckmann.

Cette veuve, cette dame, jeune encore, marchait alors à côté de Marie Doucet; elle aussi était en habit de grand deuil, elle portait, comme sa mère d'adoption, une couronne d'immortelles. Elle allait la déposer au pied de la grille du glorieux monument, non pour l'Empereur, mais pour son mari, mort à cette même place, par son excès de fidélité pour l'homme qui sut le mieux faire marcher à la mort une génération de héros, regrettant encore, après sa chute, de ne pas s'être éteinte avec lui!

Madame Bluckmann, plébéienne et aristocrate, avait tout le dévoûment de l'une, tout l'orgueil de l'autre. Elle était fière de son époux, fière de sa mort, quoique cette mort fût le tourment de sa vie. Mais elle savait que son époux, après l'Empereur, n'avait jamais aimé qu'elle.

L'hommage qu'elle rendait en ce moment à Napoléon était un hommage indirect à la mémoire de son époux.

A côte de cette dame en deuil, jeune encore, aux traits aristocratiques, on remarquait comme contraste, un vétéran qui marchait péniblement. Il était habillé en lieutenant de la garde. Sa jambe droite faisait défaut et était remplacée par une jambe de bois. Un morceau de taffetas noir lui couvrait la place de l'œil gauche absent, une cicatrice lui ondulait la joue droite et allait se perdre dans la région du cou.

Ce vétéran, c'était Bonvin, devenu le concierge de l'hôtel Vaudeuil, qui n'était plus habité que par madame Bluckmann, depuis que son frere, le marquis de Vaudeuil, était parti en exil avec Charles X, pour mourir auprès de son roi.

Le marquis avait tenu parole à l'ami de Keller, à Bluckmann; il avait reconnu sa sœur.

Au moment où le groupe s'approchait de la grille, déposant en silence, dans une prière mentale, leur couronne au pied du monument, — tombeau de leur plus chers amis, une vive — exclamation se fit entendre en dedans de la grille.

Fanferlot et Bonvin relevèrent la tête, pendant que Marie et madame Bluckmann priaient sur la dalle de la Colonne.

Les vieux soldats aperçurent en face d'eux, dans l'enceinte de la grille, un ancien camarade : Michaud, le conscrit de 1814, devenu depuis quelques jours le gardien de la Colonne Vendôme.

Lui aussi était un fanatique de l'Empire. Après la mort de Bluckmann, il était parti avec les Brigands de la Loire, il s'était battu comme un lion, cherchant la mort, qui n'avait pas voulu de lui, et l'avait laissé sergent-major des grenadiers de de garde, à la suite des Cent-Jours.

— Tiens, Michaud! exclamèrent en même temps l'ex-tambour-major et l'ex-sergent, en le reconnaissant.

— Oui, mes amis, répondit-il, présent à l'appel, comme au temps de l'ancien. Beaucoup des nôtres ne peuvent en dire autant, quoiqu'à cette heure, ils eussent été bien heureux de revoir là haut le Petit Caporal! Enfin, suffit, respect à leur mémoire! Assez causé, par respect pour la veuve du brave des braves.

Le gardien de la Colonne—grâce au gouvernement de juillet, qui s'était souvenu de son héroïque fidélité à l'Empereur et à l'Empire,—Michaud avait mis la main à son tricorne. Il regardait particulièrement, avec un respect voisin de l'adoration, la veuve de son ancien capitaine.

—Au contraire, mon ami, lui répondit madame Bluckmann, d'une voix douce et sympathique, en s'adressant aussi à madame Fanferlot qu'elle consultait toujours, qu'elle considérait toujours comme sa mère, malgré l'infériorité de sa position;— au contraire, parlez-nous de ceux qui ne sont plus; nous ne sommes venus ici que pour cela.

— Oui, s'empressa d'ajouter Fanferlot, dis-nous, toi qui es parti pour la Loire, avec Kasa et le Marseillais dont nous n'avons plus entendu parler; dis-nous ce qu'ils sont devenus?

— Ils sont morts en braves, répondit Michaud, d'un ton solennel.

— Je le sais — répliqua Bonvin — et ils sont morts au moment du deuxième siège de Paris où pour mon compte, j'ai laissé mon œil, ma jambe, mon bras, toute une partie de mon individu.

— Mais nous ne connaissons pas les détails de leur mort, qui a eu lieu, m'a-t-on dit, aux environs de Lyon?

— Eh bien! j'y étais, moi. Ecoutez-moi çà:

Michaud était déjà entouré par d'autres braves qui s'étaient mêlés au groupe attentif et recueilli.

— « C'était, dit Michaud, quelques jours avant le retour de l'île d'Elbe, lorsque le Petit Caporal faisait faire une rude course en arrière aux amis de la sainte Alliance. La grande armée allait au devant de l'Ancien, pendant que les traîtres se tiraient des jambes de Grenoble à Lyon, de Lyon à Paris. Kasa, Rabasson et moi nous étions campés en avant de la ville de Lyon. Voilà qu'au moment de laisser passer le Petit Caporal, les Blancs se mettent en travers. Minute, nous étions là! Voilà qu'au plus fort de la mêlée, crac, nous perdons notre chef. Plus de tête de colonne! la queue faiblissait, les Blancs reprenaient l'avantage.

« Le Marseillais voit le coup de temps, il ne fait ni une ni deux, il pousse son ami Kasa en avant de son bataillon, le commande et ordonne au tapin de battre la charge à fond de train.

« On reprend l'offensive, le combat recommence de plus belle. Partout on voit Rabasson prenant le commandement, pendant que Kasa, *dardar*, de sa peau d'âne ramène les fuyards, qui se massent la bayonnette en avant contre les soldats de Louis XVIII.

« C'est à eux de fuir! Mais patatra, Kasa tombe. Une balle lui a cassé une jambe, il s'assied sur une pierre et continue de battre de la caisse, tout comme s'il était à la parade.

« Tout à coup le tambour ne bat plus. Rabasson en cherche la cause, et il voit Kasa, qui, cette fois, a les deux jambes cassées et qui fait de vains efforts pour se relever.

— « Attends, tapin, lui crie le Marseillais ; attends, mon bon, je vais te remettre d'aplomb.

— « Non, répond Kasa, laisse-moi ici, je deviens inutile, et toi, continue de te battre.

— « Quésaco? réplique le Marseillais, si les jambes ne vont plus je vais te prêter les miennes. Avant tout, il faut ramener les fuyards, un autre prendra mon fusil, qué ?

« Et voilà mon Marseillais soulevant dans ses bras mon Kasa et son tambour comme une paille; il va se placer avec lui au plus fort du tremblement de la fusillade. Le tambour, grimpé sur les épaules du Marseillais, fait de nouveau résonner sa caisse. Les fuyards, à leur appel, redeviennent des héros, et le Marseillais, Kasa et moi, nous recommençons la charge à ce que le diable n'en puisse prendre les armes.

« Les bons soldats de Louis XVIII s'arrêtent effarés ; pas un ne passe, si ce n'est pour passer l'arme à gauche ! Autour de nous s'élève un rempart de morts !

« Les alliés sont vexés. Pour lors, un capitaine de hussards, plus vexé que les autres, commande à son escadron de piétiner sur nous et nous lance une avalanche de cavaliers sur le corps.

« Lorsqu'ils furent passés, la place était nette; il ne restait de ma brigade qu'un homme debout, moi.

« Kasa et Rabasson étaient venus augmenter le rempart de cadavres. Ils avaient trouvé là un tombeau à leur taille.

« Mais le combat avait assez duré pour laisser le temps à l'Empereur de s'avancer sur Lyon, de prendre entre deux feux les amis de la Sainte-Alliance.

« Voilà comment on se battait du temps de l'Autre ! »

Michaud terminait à peine son récit, se caressant la moustache d'un air de satisfaction orgueilleuse, lorsqu'une voix cria derrière le groupe attentif :

— Ce qui n'a pas empêché Napoléon d'aller à Sainte-Hélène, ni à M. de Talleyrand de faire les traités de 1815 !

A cette voix bien connue, le jeune vétéran se retira d'un air indigné ; le lieutenant Bonvin ne put contenir un mouvement de rage, Fanferlot pâlit; mais les deux femmes poussèrent ensemble une exclamation sympathique.

Cette voix, c'était celle d'Aristide.

A cette époque, les amis de Keller et de Bluckmann ne pardonnaient pas encore à l'artiste sa trahison dans le complot qu'ils avaient formés en 1814 pour faire sauter les alliés.

Aristide comprit le mouvement de ses anciens camarades, il en devina le sens; doué d'un aplomb que l'âge n'avait que renforcé, il s'avança résolûment vers les deux dames qu'il n'avait pas revues depuis près de dix-neuf ans.

L'artiste Aristide touchait alors la soixantaine; l'âge, de son aile, avait à peine effleuré son visage souriant. Incapable de fortes émotions, ne vivant que par le souvenir, sans amis, depuis la mort de Keller, il s'était laissé vivre au gré de ses instincts, tournant au caprice des événements, trop insensible pour y prendre part, trop intelligent aussi pour ne pas les exploiter.

Aristide portait une cravate blanche ; il était mis comme un artiste du monde dont l'habit sied aussi bien dans le salon d'un Mécène, que la blouse dans son atelier de travail.

— Je remercie Marie Doucet et madame Bluckmann, s'écria Aristide, regardant d'un air de reproche Bonvin et Fanferlot, elles qui se souviennent encore que j'ai été l'ami dévoué de Keller et de Bluckmann, avant de trahir leur cause, dans leur intérêt.

— Que veux-tu dire? exclama Fanferlot, se rapprochant d'Aristide, pendant que Bonvin, Marie et madame Bluckmann interrogeaient l'artiste du geste et des yeux.

— Je veux dire, mesdames, je veux dire, fidèles idolâtres de l'Empereur, ajouta Aristide, qu'il y a dix-neuf ans, si je ne vous avais trahis, lors de votre folle idée de faire sauter la Colonne avec les alliés, je veux dire que Paris, grâce à messieurs les Prussiens, aurait été à moitié détruit, et qu'aujourd'hui vous ne pourriez plus être aussi fiers votre Colonne !

— Bah ! exclama Bonvin, tu veux excuser ta trahison !

— Pourquoi faire ? riposta Aristide, haussant les épaules.

— Aristide, en effet, n'a aucun intérêt à mentir, s'écria la bonne Marie Doucet, qui lui tenait cordialement la main, et si, pour ma part, je l'avais écouté autrefois, j'aurais épargné à un autre et à moi-même bien des malheurs !

— A la bonne heure ! fit Aristide, reprenant sa gaieté mêlée de scepticisme; voilà Marie devenue raisonnable et bonne, un peu tard, il est vrai ; mais c'est comme cela chez les femmes : elles deviennent tendres lorsqu'elles n'ont plus le pouvoir d'être inexorables.

— Toujours sceptique ! fit madame Bluckmann en souriant et en donnant à ses amis le signal du départ du côté de son hôtel.

Alors Fanferlot, qui ne guidait sa volonté et ses sentiments que sur ceux de sa femme, tendit aussi la main à Aristide, Bonvin fit comme Fanferlot, parce que Fanferlot avait simplement tendu la main à Aristide. Puis Aristide ajouta :

— Du reste, tout finit par de la musique et des chansons.

— Avec une aulne de galons ! dit Bonvin, en lui montrant les chevrons qui s'étageaient sur son unique bras.

— Et des bras et des jambes en moins ! lui riposta le très-positif Aristide, suivant ses anciens amis à l'hôtel de Vaudeuil, devenu la propriété de la veuve Bluckmann un asile de famille pour tout ce qui restait de compagnons des Keller et de Bluckmann.

En ce moment, le gardien de la colonne Vendôme, le jeune vétéran Michaud, rangeait les couronnes de lauriers, de cyprès, qui entouraient le piédestal de la Colonne : hommage d'une idolâtrie exagérée, dont l'exemple avait été donné par les amis de Keller, qui, eux au moins, retrouvaient là le véritable tombeau des amis qui n'étaient plus, tandis que la Colonne de la grande armée n'est ni le tombeau, ni l'apothéose de Napoléon, c'est, ou plutôt c'était la Colonne, le tombeau, l'apothéose de la grande armée elle-même.

Une heure après la rencontre des amis de Keller, un chiffonnier et une chiffonnière passaient sur la place, devenue presque déserte.

— Hé ! Cydalise ! cria d'une voix avinée à la chiffonnière un horrible vieillard — vois donc, là bas : des couronnes pour le Petit Caporal ? ce n'est pas nous qui nous mettrons jamais en pareille dépense, pas vrai, madame l'amie des Cosaques ?

— C'est bon... Lagingeole ! on ne vous demande pas votre opinion ! vous feriez mieux de travailler pour me payer, après l'ouvrage, un cassis mêlé.... Et puis, faut voir à payer le garni; *l'ogre* est dur, il est capable de nous fermer le loquet de sa *turne*. C'est ça qui manquerait de *velours* !

Comme on le voit, Cydalise et Lagingeole, ces traîtres de la République et de l'Empire, s'étaient rejoints, à soixante ans, sur la même pente de misère et d'ignominie.

Lagingeole, délaissé par sa femme, après que celle-ci eut mangé son fonds, Lagingeole, vieux, misérable et débauché, s'était rapproché de Cydalise, tombée comme lui dans les bas-fonds de la société.

Cydalise, au visage brûlé, cancéreux, aux yeux rouges, chassieux, était horrible à voir ; c'était le type de la hideur, comme Lagingeole était le type de la niaiserie crapuleuse.

L'odieuse courtisane, qui, toute sa vie, avait torturé quelqu'un, avait encore trouvé dans Lagingeole, son souffre-douleur !

Bien différente était la route suivie par les amis de Keller, prêts à attester de quelle gloire ils avaient entouré la Colonne de la Grande-Armée ; idée conçue par la nation, précisée par Napoléon Ier, et réalisée par un enfant du peuple.

Durant trente ans, de 1833 à 1863 le soleil levant saluait, du haut de son piedestal glorieux, le Petit Caporal en redingote.

Napoléon Ier, dès l'aurore, de sa Colonne, semblait crier à toute la capitale: Enfants de Paris, enfants de la France, souvenez-vous d'Austerlitz !

Il appartenait à Napoléon III de priver la

France de l'image de son oncle. Le satellite espérait effacer l'astre, après eu avoir reçu tous les rayons.

Il n'y a pas que l'exemple de la statue de Napoléon Ier détaché de sa Colonne, qui nous le prouve ; nous avons d'autres exemples de cette ingratitude.

Citons en un, entre cent :

Le 7 août 1830, lorsque le lys de la Colonne Vendôme, cette anacronysme burlesque du monument d'Austerlitz — tombait sur la barricade d'où sortait la Royauté de Juillet, un patriote, M. Ad. Favre, devenu un littérateur distingué, demanda, dans un opuscule en vers, l'*Homme du Rivage*, le retour des cendres du grand homme.

Lorsque survint l'Empire, Favre le promoteur du retour des cendres de Napoléon, envoya à l'Empereur les lettres qu'il avait écrites chaque année au roi Louis-Philippe, lettres rappelant sans cesse ce que la France devait à son patriotisme.

Voici ce qu'il lui fut répondu, par *décision du Sénat*, (séance du 17 janvier 1868) n° 371. — Le sieur Favre domicilié à Paris, élève la *prétention* d'avoir le premier, en France, demandé le retour des cendres de Napoléon Ier, et veut qu'une rente viagère lui soit décernée à ce titre comme récompense nationale. (*L'ordre du jour est prononcé sur cette pétition.*)

L'ordre du jour ! voilà le silence, voilà l'oubli, voilà le dédain qui devait récompenser le patriote sincère et l'initiateur généreux ! Ah ! si, monsieur Favre eût donné des millions au Mexique, favorisé le commerce de l'Angleterre, qui avait tué l'oncle et fait revivre le neveu, peut-être Monsieur Favre eût-il été entendu du Sénat.

Mais le sénat, qui avait l'oreille du maître, n'aimait pas qu'on rappelât l'oncle ; il n'y avait pour lui qu'un césar, le césar qui payait !

Alors Napoléon III, ne faisait pas que descendre l'Empereur de sa Colonne de bronze, il le faisait encore tomber de la Colonne idéale ou l'avait élevé l'idolatrie populaire.

A cette époque Napoléon III déchirait, au profit des Hohenzholern, les traités de 1815, il laissait la France sans rempart, contre ses ennemis implacables : l'Anglais et le Prussien ! Il se faisait ainsi le complice des deux bourreaux de l'Europe; et lorsqu'il réclama plus tard le prix de leur assassinat, les bourreaux lui répondirent en lui arrachant sa couronne et en essayant de tuer la France.

La Prusse était vengée !

Ce fut en 1863 que Napoléon III réglant en apparence les destinées de l'Europe, descendit Napoléon Ier de sa colonne d'Austerlitz; lorsque la statue de Chaudet remonta au faîte de la Colonne de la Grande-Armée, César n'était plus le vainqueur d'Égypte et d'Italie; César était le futur héros de Sedan !

Mais il n'y eut de changé que le masque ; c'était assez, c'était trop pour les derniers vétérans du premier empire qui revenaient trois fois par an jeter des couronnes de lauriers au pied de leur Colonne.

La statuette de la Victoire, la même qui avait tenue dans la main du César de Chaudet, revint se fixer dans la main de ce César, *à nouveau* copié, moins le masque, sur le modèle de la première statue.

Alors la statuette de la Victoire, pour laquelle une espionne prussienne avait posé, avait été retrouvée rue Saint-Honoré, chez un marchand de vin, épicier.

Elle était là depuis la première mutilation de la Colonne, dans l'ancien domicile d'Aristide qui, on s'en souvient, l'avait gardée comme une précieuse relique, après les outrages subis au monument d'Austerlitz par les amis des Cosaques.

Cette statuette de la Victoire qui, en 1863, avait toute l'importance d'une curiosité historique, avait été conservée par un petit-neveu d'Aristide, l'unique héritier de l'ami de Keller.

Cet épicier marchand de vin, malgré sa modeste condition, était un grand amateur d'art. Ce n'avait été qu'à son corps défendant qu'il s'était établi épicier dans la maison de son oncle, très-entier dans ses opinions, depuis sa palinodie politique.

En 1863 le neveu de l'ami de Keller, rendit au César du premier Empire, sa Victoire symbolique.

Celui qui fut le plus profondément affecté de la descente de la statue du Petit Caporal, ce

Paris, — Typ. Walder rue Bonaparte, — 44.

La petite fille de Cydalise entrain d'exciter les pompiers pétroleurs.

fut le vieux Michaud qui, depuis 1833, était resté le gardien de la Colonne.

Le jour ou le César de Chaudet remplaça le Napoléon de Seurre, Michaud surnommé, la *Vieille Vendôme*, s'écria :

—Mauvais fourbi! que ce zouave sans-culotte. Le Petit Caporal n'aura plus l'œil sur Paris ; on le rabaisse en l'envoyant au milieu des bêtes, à Courbevoie, çà portera malheur au neveu, cette mauvaise action là.

Le Napoléon Hollandais n'a pas assez de respect pour la Corse, à qui il doit sa place ! mauvais fourbi, mauvais fourbi !

Michaud, le gardien de la place Vendôme, conscrit de 1814, ne parlait, jamais qu'à la façon des oracles. La vieille Vendôme venait de prévoir, en ne consultant que son sentiment froissé, les catastrophes qui allaient engloutir Napoléon III et l'Empire.

La supposition du vieux soldat vengeait déjà le monument outragé de la gloire impériale.

Là ne devait pas s'arrêter l'outrage!

CHAPITRE XVIII

1871.

Le 15 mai 1871, la colonne Vendôme, sapée à sa base, garottée, déboulonnée, était prête à tomber; sa place était fermée par des barricades hérissées de canons; elle était minée, blindée, par les procédés des barricadiers Gaillard père et fils et Ce!

En 1871, la place Vendôme présentait, avec une plus grande mise en scène, le même aspect sinistre qu'en 1792.

L'étranger, cette fois, s'était mis ostensiblement au service de la mauvaise démocratie; il tenait tous les fils de la trame ourdie par la Commune et par l'Empire.

Le 18 mars, cette parodie de 93 a été plus terrible encore que la tragédie.

Les meurtriers ne s'arrêtèrent plus aux bagatelles de la guillotine.

Ils rêvaient la destruction complète de Paris.

L'histoire parlera de sa voix juste et sévère, après la passion.

Et l'histoire dira que la Commune, cette fille incestueuse de l'Internationale et du Comité central, n'a été qu'un composé du limon des nations, dont l'écume, portée par les flots de tous les partis, a inondé jusqu'à l'Hôtel-de-Ville de Paris.

La Prusse a laissé grossir la tempête, si elle ne l'a pas fait naître.

La démolition de la colonne Vendôme, votée par la Commune, exécutée par de mauvais Français, gazelliers de coulisse, artistes incompris, prouve suffisamment la haine étrangère qui inspirait les bourreaux de notre gloire, les destructeurs de nos monuments.

Paris armé ne s'appartenait plus, il appartenait aux étrangers, qui faisaient tourner ses armes contre lui; il appertenait au Polonais Dombrowski, au Prussin Karl Marx, le chef de l'Internationale!

Paris, enduit au pétrole, est un chef-d'œuvre de la ruse diabolique que n'eût pu concevoir un Parisien.

La mèche de l'incendiaire n'eût été éventée de sitôt, sans la démolition de la colonne Vendôme, sans l'incendie de Saint-Cloud, qui nous ont mis sur la trace de nos impitoyables ennemis.

Revenons à la place Vendôme qui, au mois de mai 1871, présentait un aspect si étrange, si menaçant, si sinistre, le même qu'en 1792.

Les deux barricades qui en fermaient l'accès, de la rue Saint-Honoré et de la rue Neuve-des-Petits-Champs, avaient été élevées à la suite de la démonstration pacifique de la rue de la Paix, improvisée par Renhard.

Ces barricades, forteresses de l'état-major du citoyen Cluseret, étaient moins élevées en vue de l'armée de Versailles, qu'en vue des amis de l'ordre.

En deçà de ces remparts de pavé, s'étendait le vide, comme sur toutes les autres places de Paris, car Paris était devenu presque une solitude, depuis que la Commune régnait sous l'œil attentif du Prussien.

La place Vendôme, était place de guerre, depuis que le sang y avait coulé, à la suite de la protestation des amis de l'ordre!

La place Vendôme était déserte depuis que la Colonne n'appartenait plus à la gloire!

Le soir du 15 mai, la colonne Vendôme, déboulonnée, tendue de cordes, hérissée de petits drapeaux ponceau; la colonne Vendôme était cernée par une ceinture de Fédérés.

Elle était gardée comme savaient le faire ces sentinelles indépendantes, en buvant, en chantant, les fusils en faisceaux. Les uns, dans les cantines, lutinaient les vivandières, les autres jouaient au bouchon ou faisaient une partie de cartes.

Les dalles et les marches du piédestal de la Colonne étaient jonchés de soldats de toutes les couleurs, où les chemises rouges et les barbes incultes dominaient. Partout, ce n'était que figures hâves, fatiguées par les veilles et les libations, physionomies farouches, où l'on lisait, à travers l'insouciance apparente du présent, l'inquiétude de l'aveuir.

Dans un groupe, on distinguait trois fédérés dont l'allure pittoresque tranchait sur les allures vulgaires de leurs compagnons.

Ces fédérés étaient à demi-couchés sur la dalle.

Le premier était mince, élancé, il avait un costume de lieutenant très-coquet, portait de grandes bottes molles, un élégant képi d'où s'échappaient de longues boucles de cheveux châtains, qu'il caressait complaisamment. C'était le type du beau garçon.

Il jetait des regards langoureux du côté de la cantine, moins en vue de ses tonneaux hissés là avec une prodigalité démocratique, qu'en vue de la jolie cantinière.

Le second était un simple fédéré, petit, brun de peau, à la figure vive et intelligente. On sentait qu'il n'était soldat que par principes ; il avait les allures du civil militant, remuant et intrigant.

Le troisième, beaucoup plus âgé que les deux autres, pouvait friser la cinquantaine. C'était un homme au teint blond, aux chevenx ardents. Il avait une chemise rouge, un sombrero qui le faisait passer pour un bandit ; il avait deux révolvers passés dans sa ceinture bleue. Il se drapait dans une ample capote, une sorte de manteau à la Mélingue, c'était un Fra Diavolo démocratique.

Ce garibaldien Parisien s'appelait Monbars, il n'avait pas quitté la quartier latin depuis vingt-cinq ans, où il était censé étudier le droit ; il avait été un instant deuxième clerc de notaire, avant d'être lieutenant dans la compagnie des *Francs-tireurs de la Liberté*.

Le simple fédéré était un ancien courriériste de province, vendeur de lignes par métier, intrigant par tempérammeut ; il s'appeluit Fonviole.

Le beau lieutenant de la compagnie de Fonviole, était un ouvrier bijoutier, rêvant la gloire et les belles. On le nommait Arthur Rigolbochard.

— Tu sais, cria Montbars en se détirant, à Rigolbochard, tu sais, citoyen Adonis, que c'est demain qu'on abat le cliso-pompe de la victoire ?

— Qu'est-ce que c'est que çà ? demanda Rigolbochard très-distrait.

— Parbleu ! répliqua Fonviole à Montbars, c'est la colonne à mon oncle.

— Moi, dit Montbars, si j'étais de la Commune, j'aurais décrété autre chose que l'abattage...

— Quoi donc ? demanda Fonviole.

— J'aurais fait de ce monument ce qu'un préfet de la Seine a fait des petites colonnes du boulevard, un monument d'utilité publique.

— Que t'es bête, Montbars, puisqu'on va changer ce bronze en gros sous, pour nous payer, répliqua Rigolbochard.

— Tiens, reprit Montbars se ravisant, çà fait que toi, Fonviole, toi, un ancien journaliste à Badinguet, si tu reçois en monnaie un morceau de la Colonne à mon oncle, tu seras encore payé par l'Empire ?

— Tu es méchant, Montbars, fit Fonviole se pinçant les lèvres. Après tout, je ne recevrai que mon salaire, sans me payer de mes mains, sans barbotter, comme un citoyen que je connais, dans la caisse de son notaire.

— Hein !... s'écria le farouche lieutenant, le poing levé sur le féderé qui, heureusement, fut séparé par la cantinière de concert avec Rigolbochard, son plus chaud adorateur.

Cette cantinière dite : des *Vengeurs de la Commnne*, surnommée Macadam, le chassepot en bandouillère, l'écharpe rouge en sautoir, s'était plantée résolûment entre le grand Montbars et le petit Fonviole.

— De quoi ? leur dit-elle, les regardant fixement — vous vous dites des gentillesses ! vous vous démêlez, à la barbe de nos ennemis, quand nous avons besoin de tous nos *déméloire*, contre les *Versaillais* et les Prussiens de l'intérieur ? voyons ! à bas les pattes ! ayez l'œil, et le bon, comme dit le *Père Duchêne* !

— Oui, oui — appuya Rigolbochard que Macadam menait par le bout de son écharpe. — Ce n'est pas le moment de se diviser. Il peut y avoir d'un instant à l'autre un nouveau complot des agents du *petit Foutriquet* ; et vous savez qu'il y tient à sa Colonne le j... f... !

A ces mots de Macadam et de Rigolbochard, Montbars et Fonviolle s'étaient radoucis, Macadam avait une grande influence sur les Fédérés, autant par ses attraits que par son importance.

Elle passait pour la maîtresse d'un membre de la Commune, et savait se faire obéir de tous les Fédérés, plus efficacement que Cluseret ou Bergeret *lui-même.*

Après que l'officier et le soldat de la Commune se fussent réconciliés, Rigolbochard, entourant la taille de Macadam, se mit à chantonner :

Huit et huit font seize,
J'pose six et r'tiens un;
Je serais bien aise
De trouver quelqu'un
De pauvre et d'honnête
Qui m'prête cinquante francs
Pour que j'déboulonne
Un p'tit monument!

— Veux-tu te taire! cria Fonviolle à Rigolbochard, tu vas faire croire que c'est par intérêt que tu veux démolir la Colonne.

—Moi! fit Rigolbochard; plus souvent, c'est en haine de la barbarie, et je le chante bien haut :

Ah! qu'on est fier d'être Français
Quand on démolit la Colonne!

—Voyons, ce n'est pas tout çà, ajouta le chanteur; qu'est-ce qu'on paie pour la réconciliation ?....

— Personne et tout le monde, c'est-à-dire la *Commune*, s'empressa de crier Macadam — je viens de recevoir six tonneaux de vin, premier choix, réquisitionnés dans les caves d'à côté venez, citoyens, c'est la Commune qui paie.

— Vive la Commune ! vive Macadam !

Crièrent les trois communards, en marchant bras dessus, bras dessous jusqu'à la cantine en face de l'hôtel de l'état-major.

On pillait déjà les caves des particuliers, en attendant mieux.

Dans cet établissement en plein vent, au milieu d'un nuage de fumée, renouvellé par les pipes des communards, Macadam lut bientôt le journal *crédo* de la Commune: *le Père Duchesne.*

« Oui, le Père Duchêne, lut-elle, veut avoir son morceau de la Colonne du jean-foutre qui a assassiné la première Révolution ! »

— Bravo ! hurlèrent les buveurs.

— Laissez parler Macadam — crièrent les plus ardents.

— Le premier qui l'interrompra, on s'asseoira dessus.

Hurla Montbars qui ne demandait qu'à cogner.

Et Macadam recommença sa lecture, cette fois dans un silence presque général.

« Mais si le Père Duchêne veut avoir demain son morceau de la Colonne, ce n'est pas tout!

« Et, si le Père Duchêne est bougrement con-
« tent qu'on ait foutu en bas le jean-fou tre Ba-
« dinguet premier, cependant, c'est encore de
« lamoutarde,

« Car, celui qui a vraiment détruit la Co-
« lonne c'est celui qui a tué la légende bonapar-
« tiste, — Badinguet III de Sedan, — lorsqu'il a
« été assez bête pour transformer en césar celui
« que l'amour imbécile des grognards ne voyait
« qu'en redingotte.

« Donc :

« Vouloir jeté en bas le bonhomme de bronze,

« Ca n'est pas mal,

« Ce n'est pas tout,

« Citoyens de la Commune,

« Pourquoi le bronze seulement!

« La justice du Peuple a bien d'autres saletés à
« jeter au vent!

« Et le Père Duchêne demande ce que vous
« allez faire du bonhomme en chair et en os qui
« est aux Invalides!

« Vous l'avez empaillé, avec des aromates
« dans l'estomac, de peur qu'il ne se gâte!

« Voyez-vous ça?

« Eh bien! qu'allez-vous en faire?

« Après l'avoir condamné en effigie, absou-
« drez vous sa pesonne?

« Ça ne serait pas logique ;

« Et le vieux propose,

« Qu'on foute le corps de Badinguet premier
« dans un lit de chaux vive,

« Parce qu'on n'a pas besoin de garder des sa-
« letés pareilles,

« Et que, quand on va voir ça, ça ne sent pas
« bon,

« Outre que ça fout ces idées de majesté et de gloire dans la cervelle des gens simples!

« Allons,
« Foutez ça dans la de chaux vive,
« Ou brûlez-le,
« Et jetez ça dans la Seine,
« Ou dans les égoûts !
« Le Père Duchêne dit que c'est pas la peine de « garder les rester d'un gredin qui a fait tuer plus « de quatre millions d'hommes.
« Et que pour des bougres semblables il n'y a « qu'un endroit convenable :
« Le dépotoir »

Un hourra frénétique accueillit cet horrible et dégoutant langage.

Macadam s'était exaltée en lisant cette feuille qui, on le sait, avait l'oreille de la Commune, excitant tous les mauvais instincts, préparant les esprits à bien accueillir les mesures les plus ignobles du farouche Rigault et de *l'organisation* Varlin !

Macadam n'était vivandière que pour la forme, Elle était payé pour chauffer l'enthousiasme. Cette amie de Madame Eudes, cette maîtresse d'un membre de la Commune se faisait alors la main, en attendant le jour de la victoire de la Commune ou de l'anéantissement de Paris.

Macadam était une future pétroleuse, et, comme les anciennes Tricoteuses, elle n'avait que du fiel dans l'âme. Elle n'était faite que pour la haine !

Mais au milieu de l'enthousiasme chauffé par Macadam et par des libations insensées, une voix discordante changea le cours des esprits.

Cette voix était prononcée par un jeune homme de vingt-cinq ans, à la figure pâle, aux yeux ardents, qui attestaient l'intelligence unie à l'énergie :

— Je proteste, s'écria le jeune homme, contre cet ignoble langage ! contre ces jurons obscènes. Ce n'est pas aimer le peuple, que de le flatter dans sa grossièreté !

— Hein !... à l'eau, le mouchard, le gendarme, le badinguiste. à l'eau !

Crièrent les plus chauds séïdes de la Commune, prêts à s'emparer du jeune homme qui s'arma d'un révolver et continua :

— Je m'appelle Bedinier, et suis un des secrétaires de la Commune.

Ces paroles en inspirèrent plus que son pistolet braqué contre les communards.

— Et je vous le dis, moi, un des membres du Comité Central, moi qui n'ai voulu ni grades ni honneurs, ni profits dans la juste revanche du peuple sacrifié à l'Empire ; oui, je vous le dis, vous vous perdez en imitant ce que la première révolution avait de mauvais ! Vous ne servez plus la France, vous servez la haine de ses vainqueurs.

A ces derniers mots, Macadam courut exciter Montbars, Fonviolle et Rigolbochard, les trois communards qui menaçaient déjà de leurs armes le courageux orateur, furent arrêtés par un groupe de fédérés protégeant déjà le vaillant citoyen, le sincère patriote.

C'était la majorité des fédérés comprenant déjà que la Commune mettait l'arbitraire à la place du droit, la force à la place de la justice, la haine anarchique contre toutes les classes, au lieu de cet amour social qui devait les unir !

Macadam était furieuse, en face de ce rempart de soldats protégeant Boudinier.

Elle entraîna ces acolytes, elle dit à Montbars :

— Si ces b..gres là continuent, ils perdront la Commune. Il faut que çà finisse ; ça finira. Demain, vous savez, nous abattons la Colonne ; et dans huit jours, si la réaction prête la main aux scélérats de Versailles, nous fichons le feu aux monuments, et incendions le reste ! Voilà !

— C'est entendu, approuva Montbars, en bourrant une pipe.

— En effet, répliqua Fonviolle, ce serait trop bête de griller avec les réactionnaires....

— Et ! ajouta Rigolbochard, tout est prévu, nous nous battons jusqu'à Belleville et à la Roquette, de là, nous nous ménageons une retraite dans les lignes prussiennes.

— Ces bons Prussiens, fit Montbars avec un sourire féroce, nous devrons bien çà pour la joie que nous leur procurerons.

— Et ils nous ont déjà servi ici, fit Macadam en clignant des yeux à ses complices.

— Comment? demanda Rigolbochard.

— Voilà la chose, reprit Macadam. Vous voyez bien cet hôtel là-bas?

Elle désigna aux trois hommes l'hôtel de Vaudeuil, où s'étaient passé tous les événements que nous avons raconté précédemment. Eh bien, cette maison, je la connais de longue date : ma grand-mère, une vivandière comme moi, y a été femme de chambre.

— Tu as donc de la famille ? demanda Montbart en la goguenardant.

— C'est-à-dire, j'ai eu une famille comme la Commune le comprend : ma grand-mère a eu une enfant des émigrés, une enfant dont je suis la fille, toujours du côté gauche; car nous sommes bâtardes de mère en fille, dans ma famille.

— Compris ! fit Fonviolle.

— Or, pour revenir à cette hôtel, il est habité en ce moment par un riche bourgeois, un fils adoptif d'une dame qui a été dans le temps la veuve d'un officier de l'Empire, d'une dame Bluckmann. Ce fils d'adoption est lui-même, à ce qu'il paraît, un bâtard d'un grand seigneur, d'un certain marquis de Vaudeuil.

— Ah ça ! qu'est-ce que cela nous fait tout çà ! fit avec impatience Rigolbochard.

— Oui, et au fait ! répliqua Montbars.

— Le fait, le voilà, le marquis de Vaudeuil a servi autrefois les Prussiens dans l'émigration; et lorsqu'il partit de France, sous Charles X, il laissa comme intendant de son hôtel, un prussien. Le fils de ce prussien est encore l'intendant de la baraque.

— Eh bien ? interrogea Rigolbochard qui, pas plus que ses compagnons, ne voyait le but des paroles de la cantinière.

— Eh bien, hier, le fils adoptif de madame Bluckmann, le bourgeois de l'hôtel, autant par un patriotisme imbécile que guidé par un certain respect pour la mémoire de sa famille d'adoption, a offert cinq cent mille francs à un membre de la Commune, afin que l'on conservât le monument élevé à la gloire de Badinguet Ier.

— Ah ! je commence à comprendre le zèle de Badinguet à défendre la Colonne, dit Montbars.

— Et voilà d'où vient la fureur du Père-Duchêne, reprit Fonviole, il veut déjouer les menées souterraines des J... F..tre de Versailles et de Paris !

Mais ce qui a rendu sans effet les vues du bourgois répliqua Macadam, c'est que le rusé intendant prussien a averti toute la Commune des propositions de son maître.

— Ce Prussien est un malin ! s'écria Fonviolle en ricanant.

— Aussi, le lendemain de sa proposition, acheva Macadam, lorsque le bourgeois vint revoir le membre de la Commune, celui-ci, qui savait le secret inventé, dit au bourgeois :

— « La Commune accepte bien vos cinq cents mille francs, à la condition qu'elle démolira tout de même la Colonne. »

— De qui tiens-tu ces détails, demanda Montbars à la cantinière.

— Parbleu, répondit Macadam, du suisse Prussien dont le père entretenait ma mère, uniquement parceque ma grand-mère avait été au service de la Prusse, comme le marquis de Vaudeuil! Maintenant que je vous ai averti du tripotage des amis de l'ordre, ayez l'œil, et le bon, comme dit toujours le Père Duchêne !

Puis, Macadam quitta ses compagnons, pour aller dénoncer aux frères et amis les tièdes de la Commune, qui refusaient de s'associer aux atrocités commises en son nom.

Macadam, la vivandière, l'espionne avant d'être pétroleuse, était bien la petite fille de Cydalise.

Comme on vient de voir par son précédent entretien avec des communards, de la plus belle eau, la Prusse tenait l'enjeu dans la partie décisive qui se jouait pour le salut, ou pour la ruine de Paris.

Jamais Karl Max, le Prussien, n'eut pu, sans nos discordes civiles, si bien diriger, au gré de l'*Internationale*, tous les instruments de vengeance des Hohenzollern.

Dès le triomphe de la Commune, l'élément prussien se manifesta, du reste, par le décret du 13 avril, qui décida le renversement de la Colonne !

Il est inutile, ici, de rappeler la cérémonie qui accompagna le 6 mai, le renversement de la colonne Vendôme, ni de citer le discours d'un des roitelets de la Commune, au moment ou la Colonne de la Grande-Armée, déboulonnée par le procédé Courbet, tombait sur une litière de fumier!

La cérémonie du 16 mai fût aussi burlesque que le renversement de la Colonne, qu'elle célébrait.

Le discours qui suivit la chûte de la Colonne, est la répétition, dans un langage moins ignoble, des idées émises par le *Père Duchêne*, journal officieux de la Commune!

Le renversement de la Colonne a été jugé par un communard lui-même, qui s'est écrié :

— C'est la lie du peuple qui couche la colonne Vendôme sur son tas boue !

Immédiatement après cette démolition, crime de lèse-Nationalité, le maréchal Mac-Mahon adressait cet ordre du jour à l'armée :

« Soldats,

« La colonne Vendôme vient de tomber.

« L'étranger l'avait respectée. La commune de Paris l'a renversée. Des hommes qui se disent Français ont osé détruire, sous les yeux des Allemands qui nous observent, ce témoin des victoires de vos pères contre l'Europe coalisée.

« Espéraient-ils, les auteurs indignes de cet attentat à la gloire nationale, effacer la mémoire des vertus militaires, dont ce monument était le glorieux symbole ?

« Soldats ! Si les souvenirs que la colonne nous rappelait ne sont plus gravé sur l'airain, ils resteront du moins vivants dans nos cœurs et, nous inspirant d'eux, nous saurons donner à la France un nouveau gage de bravoure, de dévouement et de patriotisme.

Le jour ou parut cette Proclamation, l indignation était à son comble. Une véritable conspiration faillit éclater.

La démolition de la colonne produisait son effet; huit jours avant l'entrée des troupes de Versailles, la Commune eut vent de cette conspiration dite : des *Brassards tricolores*.

Ses chefs s'étaient donné rendez-vous dans une maison de la rue Neuve-des-Petits-Champs.

Ce quartier si hostile à la Commune tenait précisément dans la maison habitée jadis par Marie Doucet, ses conciliabules secrets. Les notable. du quartier qui n'avaient pas encore fui Paris, se réunissaient, chaque soir, dans cette maison.

Le vieux Michaud, l'ancien gardien de la place Vendôme, renvoyé par la commune, avait appris aux conspirateurs qu'il existait derriâre l'ancien hôtel de Vaudeuil un passage souterrain conduisant jusqu'aux pilotis de la colonne brisée.

De ce passage, les conspirateurs devaien arriver sur la place et envahir en arme, le brassard tricolore aux bras, l'hôtel de l'état-major.

Le complot échoua parce qu'il fut éventé par un communard un judas impérialiste de la Commune.

Ce communard, dans un jour d'ivresse, donna tous les détails de la conspiration à la petite fille de Cydalise, à Macadam.

La future pétroleuse, comme on sait, avait pour amant un chef de la Commune.

Elle dévoila le complot; elle ne jouit pas longtemps de son triomphe : à l'arrivée des troupes de Versailles, la petite-fille de Cydalyse fut arrêtée rue Castiglione, en train d'exciter les pompiers pétroleurs du Ministère des Finances, maudissant jusqu'à son amant qui jugea prudent, après avoir fait incendier Paris, de fuir dans les lignes Prussiennes.

Montbars mourut, lui, en incendiant au pétrole le Palais-de-Justice. Fonviole s'échappa de la capitale, sûr de l'impunité puisqu'il n'avait travaillé qu'à rendre plus odieux les actes de la Commune, tont en les dénonçant au gouvernement de Versailles.

Telle fut la fin des successeurs des sans-culotte, des Cydalise, des Brutus et des Caracalla !

Un mois aprés, on lisait ces deux entre-filets dans divers journaux de Paris :

« On vient d'arrêter sous un costume ecclé-
« siastique, soutane et bas violets, un commu-
« neux du plus beau poil, le citoyen Rigollochard,
« entrepreneur de démolitions patriotiques sous la
« Commune et chargé de diriger les travaux de
« la colonue Vendôme.

« Le jour du renversement de cette colonne,
« on pouvait voir Rigolbochard rayonnant de joie
« vêtu d'une vareuse bleue, ornée de galons d'or,
« et coiffé d'un magnifique bérêt rouge, aller

« de l'échafaudage dressé par ses soins à la tri-
« bune du ministre Protot, où trônaient les roi-
« telets de l'Hôtel-de-Ville.

« N'ayant pu réussir à quitter Paris, Rigollo-
« chard avait, du moins, changé de costume et
« s'était installé pieusement dans une maison
« meublée de la rue Jacob, où il s'était fait ins-
« crire sous le nom de François-Marie Bovis,
« *évêque des Thermopyles.*

« Le faux évêque ayant inspiré des soup-
« çons, a été arrêté et écroué au dépôt de la
« préfecture de police, où il a avoué son véri-
« table nom.

Deuxième entrefilet :

« Il est fortement question de rétablir le Na-
« poléon en redingote sur la colonne Vendôme.

« L'histoire ne peut être décapitée, l'Interna-
« tionale qui fait la guerre au capital et au mili-
« tarisme ne saurait effacer notre sublime passé.
« La honte de ses conquêtes raffermit notre an-
« cienne gloire. Signalons un de ses derniers
« débris :

Le vieux père Michaud, ancien sergent-major
« des grenadiers de la garde, né en 1794, che-
« valier de la Légion d'honneur, vient de mou-
« rir à Passy, des suites des regrets qu'il a eu
« de quitter sa colonne : « La vieille Vendôme, »
« comme on l'appelait, était resté ferme à son
« poste, même pendant une partie de la Com-
« mune, ne voulant pas abandonner les immor-
« telles de son empereur aux mains sales des
« sectaires. Puis, quand il apprit qu'il était ques-
« tion de démolir la colonne; sentant qu'il ne se-
« rait plus maître de lui, et que, la vue d'une
« telle ruine le ferait mourir, il est parti de Paris,
« y laissant une partie de son existence, depuis
« ce jour, il alla de mal en pis jusque avant hier,
« où, après une courte maladie, pendant laquelle
« il ne cessa de parler de sa colonne, il rendit le
« dernier soupir. »

. . . .

Aujourd'hui, il ne reste de la colonne Vendôme que son piédestal couronné de ses aigles mutilées, chef-d'œuvre du ciseleur Keller.

Il semble que la mauvaise démocratie, en respectant l'œuvre de l'artiste faubourien, ait voulu protéger ce qui émanait du citoyen indépendant !

En tous les cas, ce piédestal sans colonne, est bien le mausolé de la France ! de cette chère patrie qui gît à terre, blessée mais non blessée à mort.

Ce piédestal qui appelle de nouveau son trophée, c'est l'espérance de la patrie !

Elle se relèvera, cette colonne, comme la France meurtrie !

Qu'il reste donc ainsi, ce piédestal, qu'il reste encore pour apprendre aux Français quelle revanche éclatante la patrie doit reprendre après l'insulte, après la ruine, après le deuil !

Puisse cette revanche légitime, devenir la dernière guerre.

Puisse ce Napoléon Ier que ce trophée réédifiera dans notre mémoire, plus encore que dans nos cœurs, nous faire oublier à jamais le vaincu de Sedan !

Le piédestal brisé de la colonne Vendôme, c'est la vengeance qui nous appelle.

Jamais la colonne Vendôme n'a été touchée en vain par nos ennemis ; et le génie de la France nous crie de son mausolé, par l'âme du vainqueur d'Austerlitz :

Malheur aux vaincus !

FIN.

Paris. — Typ. Walder, rue Bonaparte, 44.

www.ingramcontent.com/pod-product-compliance
Ingram Content Group UK Ltd.
Pitfield, Milton Keynes, MK11 3LW, UK
UKHW012046240726
13965UKWH00003B/1092